되살리기의 예술

작가는 쓰는 사람이지 '쓰이는' 대상이 아니다. 하지만 어떤 편집자들은 '감히' 작가에 대해 쓰려고 시도한다. 런던에서 가장 뛰어난 편집자였던 다이애나 애실도 자신의 작가들에 대해 탁월한 책을 한 권 써냈다. 작가의 민낯을 알고 싶어 하는 독자를 위해, 그리고 저자에 대한 애정을 드러내기 위해.

회고적 에세이를 쓰는 데 가장 큰 무기는 첫째 '솔직함', 둘째 '도덕적 잣대를 중심에 두지 않는 것'이다. 그래야만 작가의 이중성을 잘 드러낼 수 있다. 우리가 왜 그들의 이중성을 알아야 하는가. 많은 작품은 죽음 충동을 이기고 삶에의 충동을 이끌어낸 것으로, 순수의 결정체와는 거리가 멀다. 그러니 작가가 일상의 진부함과 불안을 딛는 과정을 목격한다면, 범접 불가능한 작품이 얼마나 힘겨운 과정을 통해 탄생했는가를 알 수 있다.

흑백의 선명한 대비는 때로 위험하지만, 편집자가 작가에 대해 쓸 때는 유용한 관점이 될 수 있다. 편집자인 내가 검은색이 되면 희끄무레했던 작가는 가장 빛나는 흰색이 된다. 편집자로서 애실은 '자신이 한 일은 별로 없다'며 스스로를 바닥으로 끌어내리는 반면, 작가를 높이 올려놓는다. 나를 낮추고 남을 높이는 것은 흔히 '사랑하는' 관계에서 나타나는 행위다.

그녀의 편집 대원칙은 '되살리기'다. 작가의 글을 읽노라면 편집자는 고치고 싶은 유혹에 직면한다. 하지만 교정지에서 삭제하려 했다가 되살리려고 밑줄을 그은 뒤 옆에 '생生'이라고 적는다. 즉 '되살리기'는 편집자의 가장 큰 미덕인데, 애실은 노먼 메일러, V. S. 나이폴, 필립 로스, 존 업다이크 등 대단한 작가들의 책을 만들면서 그들의 글을 고쳤다가 다시 원래대로 되살렸다. 이런 원칙하에, 그리고 편집자의 겸손함 속에서 작가들의 창조력과 글쓰기는 더욱 광채를 발휘한다.

나는 15년 차 편집자가 되어 이 책을 읽었다. 그녀의 편집 인생이 50년이었으니, 내 편집 경력은 이제 겨우 청춘 시기에 이르렀다. 애실과 나의 공통점이 있다면 "흥미진진한 사람들을 만날 수 있다는 출판업계의 오래된 클리셰를 끊임없이 확인하는 것"이다. 하지만 작가가 진정 만나고 싶어하는 사람은 독자이니 편집자는 작가가 진심으로 잘되길 바라면서 한발 물러나 있어야 한다는 걸 다시 한번 마음에 되새긴다.

애실에 따르면 필립 로스는 "신데렐라 같은 작가"여서 자정이 되어 그녀의 품을 떠났고, 조지 마이크스는 "편집이 많이 필요한 작가"였다. 우리가 감히 대놓고 말할 수 없었던 사실들을 그녀는 편집자로서 거침없이 풀어내는데, 이는 그들과의 신뢰 관계가 그만큼 두터웠기 때문이리라.

이 책은 모든 편집자가 읽어야 할 필독서이지만, 내심 작가와 독자들의 필독서 목록에도 올랐으면 하는 바람을 갖는다. 편집자는 작가를 비추는 거울이 될 수 있고, 독자는 제1독자인 편집자의 세계를 앎으로써 작가라는 미지의 존재에 더 잘 접근할 수 있기 때문이다. 게다가 이 책 자체가 일단 붙들면 손에서 놓을 수 없는 흥미로운 역사와 이야기로 가득 차 있다.

이은혜

---

* 이 글을 쓴 이은혜는 글항아리 출판사의 편집장이다. 15년여간 인문학, 사회과학, 과학, 예술 분야의 책들을 기획하고 편집했으며, 제54회 한국출판문화상 편집상을 수상했다. 지은 책으로《읽는 직업》이 있다.

편집자가 되어 교정 부호를 제대로 배울 때 가장 인상적이었던 것은 '되살리기'라는 의미의 '生' 표시였다. 이것은 교정 내용을 이전 상태로 되돌릴 때 쓰는 것인데, 그럴 거면 그냥 교정 내용을 지우면 되지 않나? 싶었던 것. 알고 보니 이 표시는 작가와 편집자가 함께 고민하고 판단했던 흔적을 남기기 위한 것이었다. 편집자와 작가는 교정지라는 조용한 세계에 각자의 의견을 남기며 소통한다. 다듬으면 더 세련된 표현이 될지 몰라도 그대로 두는 경우가 있고, 삭제하면 더 깔끔해 보이겠지만 아무래도 필요한 내용이라 되살리는 일도 있다. 그것이 차곡차곡 쌓여 더 좋은 책이라는 공통의 목표를 향한 길을 만든다.

다이애나 애실의 이 근사한 회고록을 읽다 보면 그가 자신의 삶 곳곳에 표시해둔 '生' 표시를 발견할 수 있다. 숨기거나 충분히 낭만화할 수 있었을 부분들 곳곳에서 말이다. 자신의 뛰어난 점과 부족한 점을 정확히 아는 이의 문장을 읽다 보면 어느새 그 생생함과 진솔함에 흠뻑 빠지고야 만다.

삶이 영광스러운 장면만으로 채워질 수 없다는 것을 아는 사람. 지혜로움과 관대함, 마음의 여유와 유머를 가진 사람이 자기객관화까지 잘할 때 그의 인생은 이렇게나 흥미롭고 입체적인 한 권의 책으로 완성될 수 있다. 교사나 간호사 외에 다른 직업은 생각해보기 어려웠던 이전 세대 여성이 어떻게 자신의 전문성을 다져갔는지 따라 읽는 즐거움도 크다. 일단 이분, 너무 잘 쓰는걸.

삶의 마디마디를 자신이 편집한 책과 작가 이야기로 채울 수 있단 것은 편집자 일의 가장 큰 기쁨이리라. 필립 로스나 존 업다이크처럼 내가 흠모하는 작가들과 일했던 편집자들은 어떤 사람일까, 어떻게 일했을까 늘 궁금했다. 당대를 대표하는 작가들에 대한 애정 어린(신랄함 포함) 초상을 읽다 보면 역시 책 중의 책은 남이 만든 책이라는 생각만 드는 것, 은 아니고 새로운 '느낌의 공동체'에 소속된 기분이 든다. 읽고 쓰는 일을 사랑하는 사람에게 이 책은 계속 머무르고 싶은 세계와도 같을 것이다.

강윤정

---

* 이 글을 쓴 강윤정은 문학동네 출판사의 국내 문학 편집팀장이다. 지은 책으로 《문학 책 만드는 법》,《우리는 나란히 앉아서 각자의 책을 읽는다》(공저)가 있으며, 유튜브 채널 '편집자K'를 운영하고 있다.

작가와 편집자를 꿈꾸는 모든 사람들이 반드시 읽어야 할 책.

《선데이 텔레그래프 *The Sunday Telegraph*》

책의 모든 페이지마다 깃든 관대한 정신. 다이애나 애실은 편집자들의 수호 성인으로 지명되어야 마땅하다.

《뉴스데이 *Newsday*》

20세기 문학과 그 창조자들의 이야기가 궁금한 모든 독자들에게 만족감을 선사하는 책.

《워싱턴 포스트 *Washington Post*》

출판에 관한 좋은 책을 찾는 것은 좋은 출판사를 찾는 것만큼이나 어렵다. 이런 직업에 대해 잘 쓰려면 솔직함, 지혜, 열정, 균형감, 그리고 무엇보다 유머 감각이 있어야 한다. 다이애나 애실은 이 모든 것을 다 갖추었다.

《인디펜던트 온 선데이 *Independent on Sunday*》

탁월한 지성의 횃불. 회의론적이고 흥미진진하며 인간미 넘치는 이야기.

《뉴 스테이츠맨 *New Statesman*》

되살리기의 예술

다이애나 애실 지음 * 이은선 옮김

101세 편집자의 삶에서 배우는,
읽고 쓰는 사람의 기쁨과 지혜

아를

절친한 친구이자 지원군인
에드워드 필드와 닐 데릭에게
사랑을 담아서 바친다

1부 〜〜〜〜〜〜〜〜〜〜〜〜〜〜〜〜〜

2부

일러두기

- 본문의 각주 중 *로 표시된 것은 옮긴이 주이며, ♦로 표시된 것은 저자의 주석이다. 문맥을 이해하는 데 최소한의 설명만 필요한 곳에서는 옮긴이 주 대신 대괄호[ ]를 사용하여 본문 내에 첨언했다.

- 저자가 강조한 단어나 표현은 볼드 서체로 표시했다.

- 원 저작은 1부와 2부로 나뉘어 있는 각 장들에 일련번호만 붙어 있으나, 한국어판에는 저작권사의 허락을 얻어 각 장에 제목을 붙였다.

- 이 책의 원제 "STET"은 작가 또는 편집자가 원고 내용 중 삭제 표시한 부분을 되살리고자 할 때 사용하는 교정 부호이다. 이 라틴어 단어의 의미는 '그대로 둘 것Let it stand' 또는 '전에 쓴 대로As you were'이다. 우리나라에서는 되살리고자 하는 부분에 한자 "生"을 써 넣는다. 본문에서는 "생生"이라고 번역했다.

1부

출판인이 아니라 편집자

몇 년 전, 작가이자 역사학자인 미국의 출판인 톰 파워스가 고맙게도 나의 편집자 생활 50년을 책으로 내면 어떻겠느냐고 제안한 적이 있었다. 그러면서 그는 이렇게 덧붙였다. "책 속에 여러 통계 자료를 넣는 거예요. 사람들이 궁금해하는 건 그런 거니까요." 그는 이 한마디로 아직 빛을 보지도 못한 이 책의 싹을 거의 잘라버린 거나 다름없었다.

나는 조건 반사(자세한 설명은 뒤에 하겠다), 그리고 그보다 더 심각하게는 정신적인 문제(분명 정신적인 문제가 있을 것이다) 때문에 숫자를 기억하지 못한다. 지금까지 내가 런던에서 살았던 수많은 집들만 하더라도 현관이 무슨 색이었는지, 현관으로 이어지는 계단이 어떤 식으로 닳았는지, 어떤 난간이 둘러져 있었는지 생생하게 기억하지만, 번지는 전혀 떠오르지 않는다. 수십 년째 똑같은 은행 계좌를 쓰고 있지만 계좌 번호를 적을 일이 있으면 아직도 수첩을 봐야 한다. 만약 내가 관리하는 저자가 책을 몇 부 찍느냐고 물으면 가지고 있는 모든 자료를 동원해 알려줄 수는 있다. 하지만 3개월 뒤에 다시 물으면 3000부였는지 5000부였는지 기억하지 못한다. 내가 지금까지 출판과 관련해서 기억하는 숫자라고는 《광막한 사르가소 바다》를 검토하는 조건으로 진 리스*에게 지불했던 낯부끄러운 25파운드와, [독일의 정치가] 프란츠 폰 파펜의 회고록 시리즈의 판권료로 받았던 3만 파운드라는 목돈(그 당시 기준으로는)뿐이다.

그래도 찾으면 통계 자료가 나오지 않겠느냐고?

그것도 불가능하다.

톰 로젠탈은 거의 40년 전 창립 때부터 내가 이사로 근무했던 안드레 도이치 출판사를 1985년에 인수하자마자 자료를 통째로 오클라호마의 털사 대학교에 팔아넘겼는데, 나는 거기까지 건너가서 산더미 같은 자료 속으로 뛰어들 만한 돈도 없고 기력도 없다. 그리고 솔직히 고백건대 나는 이런 핑곗거리가 오히려 고맙다. 자료 조사도 소질이 있는 사람이나 하는 것인데, 나는 그런 방면에 재주도 없거니와 팔십 줄에 접어든 이제 와서 재주를 계발할 생각도 없기 때문이다. 그러니 미안한 이야기이지만 이 책은 톰 파워스가 관심을 가질 만한 유익한 참고 도서는 되지 못할 것이다.

그런데 나는 왜 이 책을 쓰기 시작했을까? 20세기 후반 영국 출판계의 역사를 되돌아보기 위해 펜을 잡은 것은 아니다.

---

* 영국의 소설가. 《제인 에어》에 등장하는 로체스터의 미친 아내 버사 메이슨 로체스터의 젊은 시절을 재구성한 《광막한 사르가소 바다》로 대성공을 거두었다. 진 리스에 대한 회고는 이 책 192쪽에서 자세히 다루고 있다.

살날이 얼마 남지 않은 시점이 되어 내가 죽으면 내 머릿속에 들어 있던 경험도 모두 사라지겠구나, 커다란 지우개가 한번 지나가듯 모조리 지워지겠구나 생각을 하니 나도 모르게 "으악! 그것만은 안 돼!"라는 소리가 나와서 펜을 든 것이다. 그러니까 이성적인 의지라기보다는 본능적인 충동이 집필 동기인 셈인데, 그렇다고 해서 무시할 일은 아니다. 출판계의 오랜 관행상 편집자는 교정지에서 삭제하려고 했다가 되살리고 싶은 부분이 있으면 밑줄을 긋고 옆에 "생生"이라고 적는다. 《되살리기의 예술》은 내가 축적한 경험의 일부를 고스란히 '되살리고자[生]' 쓴 책이다(아쉽게도 통계 자료로 뒷받침하지는 못하겠지만). 출판업계를 소개한 책이라면 다른 작품들도 많다(특히 제러미 루이스가 쓴 《끼리끼리Kindred Spirits》는 출판업계에서 벌어진 여러 일들을 그 이유와 더불어 미주알고주알 재미있게 소개한다). 이 책은 그저 나이 든 전직 편집자가 몇 사람이라도 읽어주면 한물간 듯한 느낌을 덜 수 있겠거니 생각하며 끼적거린 것에 불과하다.

발단은 아버지의 이 한마디였다. "너도 나중에는 밥벌이를 하며 살아야 한다." 나는 (1917년부터 시작된) 어린 시절 내내 이 소리를 여러 번 들었는데, 그 말투로 짐작건대 원래부터 밥벌이가 당연한 일인 것 같지는 않았다. 이 말을 듣고 화가 났던 기억은 없지만 조금 걱정이 되기는 했다. 자작농 집안 출신으로 요크셔에서 의사를 했던 외증조할아버지는 당신의 능력이었는지 처가의 덕을 보았는지 아무튼 살아계실 때 노퍽에 대지 1000에이커[약

400만 평방미터]짜리 근사한 저택을 마련했고, 우리 세대는 그 저택이 아주 오래전부터 '우리 집'이었던 것처럼 여기며 자랐다. 아마도 외가 쪽 친척들이 모두 그곳을 고향이라고 생각했기 때문일 것이다. 아버지 쪽 집안은 번 돈보다 날린 돈이 많았기 때문에 고향이라고 느낄 만한 터전을 마련할 형편이 되지 못했다. 노퍽에 살던 아버지 쪽 조상들은 17세기에 앤티가섬으로 이주해 사탕수수 농장주로 상당한 성공을 거두었지만 사업을 하다 전부 실패했기 때문에 그 후 몇 세대 동안 밥벌이를 당연하게 생각했다. 하지만 이렇게 현실적인 집안이었음에도 불구하고 밥벌이의 의무가 아들뿐 아니라 딸에게까지 확대된 것은 우리 세대가 처음이었다. 물론 딸들이야 결혼을 하면 밥벌이를 하지 않아도 됐지만, 이제는 지참금 없이 사랑만을 믿어야 했기 때문에 (아무도 **대놓고** 그렇게 얘기하지 않았지만) 결혼은 더 이상 확실한 버팀목이 되지 못했다.

요즘 들어 비로소 깨달은 사실이지만, 나의 출판 인생을 돌이켜보면 우리 집안의 분위기가 편집자로서의 성향을 결정하는 데 많은 영향을 미친 것 같다.

1952년, 안드레 도이치가 설립한 첫 출판사 앨런 윈게이트에서 일한 지 5년이 지났을 때 나는 그가 두 번째로 설립한 안드레 도이치 출판사의 창립 이사가 되었다. 그러니까 거의 50년 동안 출판인으로 산 셈이지만, 사실 출판인은 아니었다. 나는 나고 자란 환경 때문에 출판인이 될 수가 없었다.

나는 평생 돈이 없는 쪽에 가까웠지만, 부유층 근성이 몸에 배어 있었다. 즉 기본적으로 빈둥거리기를 원체 좋아했다. 내 안 어딘가에는 돈이란 모름지기 하늘에서 우박처럼 쏟아져야 한다고 철석같이 믿는 완고한 생명체가 도사리고 있었다. 돈이 우박처럼 떨어지지 않더라도 입맛을 다시면 그만이었다. 가뭄을 견디는 농부처럼 어떻게든 살 수 있겠지, 괴롭기야 하겠지만 돈 걱정을 하느라 하루를 망칠 정도로 괴롭지는 않겠지 하고 생각했다. 사실 나도 인간이라면 어느 정도는 돈 걱정을 해야 한다고 생각했고, 실제로도 돈 걱정을 하며 살았지만 언제나 최소한의 수준에 머물렀다. 그러니까 백수로 지낼 정도는 아니었지만, 하기 싫은 일을 하면서 살지는 않았다는 얘기다. '못 하겠다'였는지 '하지 않겠다'였는지 모르겠지만, '못 하겠다'에 가까웠던 것 같다. 그리고 내가 못 하겠다고 생각한 일들 중에는 출판인라면 반드시 해야 하는 일들이 대거 포함되어 있었다.

출판사는 매매와 제작으로 이루어진 복잡한 회사다. 출판사에서 사고파는 것은 상상력의 산물, 책을 만드는 데 필요한 재료, 그리고 여러 가지 법적 권리이다. 출판사에서 만드는 상품은 매번 달라진다. 따라서 출판인은 복잡한 재정적, 기술적 구조를 이해하고 통제할 수 있어야 한다. 협상에 능한 교섭자가 되어야 하고, 선심을 쓸 때와 짠돌이가 되어야 할 때를 본능적으로 판단할 줄 알아야 한다. 직원들로 북적대는 사무실을 효과적으로 관리하거나 효과적으로 관리될 수 있도록 감독할 줄 알아야 하고, 무엇보다도 상품을 온갖 형태로 판매할 수 있어야 한다. 그런데 나는 돈을 가지고 부릴 수 있는 재주가 쓰는 것밖에 없고, 사람들에게 이래라저래라 지시를 내리거나 책임이 따르는 자리는 딱 질색이며, 무엇보다도 남에게 뭘 파는 재주가 없다. 내가 바보라서 그런 건 아니다. 배울 수도 없었고 배우고 싶지도 않았을 뿐, 나는 업계의 온갖 노하우가 얼마나 중요한지 알았고 심지어 상당 부분 파악을 하고 있었다. 하지만 죄책감이 들기는 해도 **내가 진심으로 관심을 쏟을 수 있는 분야**는 작품 선정과 편집이었다. 작품 선정과 편집은 출판에서 아주 중요한 부분을 차지하지만 나머지가 없으면 말짱 도루묵이다.

그러니까 나는 출판인이 아니라 편집자였다.

하지만 정말로 사랑한 편집 일을 할 때에도 시간 외 근무에 선을 긋는 등 아마추어 같은 면모를 버리지 못했다. 아침을 먹으면서 일을 한다거나 금요일에 퇴근하면서 집으로 일을 싸들고 간다거나 하는 짓(수많은 사람들이 이 두 가지를 성실한 직원의 상징으로 꼽는 데다 천생 출판인인 안드레 도이치의 취미이기도 했다)은 딱 질색이었다. 보통은 회사와 집이 멀리 떨어져 있었으니 일로 만난 사람과 사생활까지 공유하는 경우는 거의 없었고, 회사보다는 가정이 훨씬 중요했다. 회사 내에서 나의 한계가 부끄럽기는 했어도, 나의 사생활을 일보다 훨씬 더 중요하게 여겼던 것이 부끄럽지는 않았다. 내 생각에 그건 모든 사람들이 마땅히 그래야만 하는 것이었다.

그럼에도 불구하고 편집자 생활을 하면서 내 인생은 아주 긍정적인 방향으로 넓어지고 깊어졌다. 덕분에 나는 좋아하는 일을 하면서 생활비를 벌 수 있었고, '흥미진진한 사람들을 만날 수 있다'는 출판업계의 아주 오래된 클리셰를 끊임없이 확인할 수 있었다. 이 책의 1부는 내가 겪은 출판업계의 일상에 관한 이야기이고, 2부는 그 속에서 만난 사람들 몇몇에 관한 이야기이다.

출판사에서 일할 만한 인재?

내가 자란 집안 환경은 출판 일에는 걸림돌이 됐지만, 편집에는 많은 도움이 되었다. 어렸을 때 가장 중요했던 것이 '연애, 승마, 독서'였음을 떠올려보면 말이다.

　이 세 가지는 모두 일찍부터 시작되었다. 나는 기껏해야 네 살밖에 안 됐을 때 첫사랑에 빠졌다. 네 살배기가 아니면 어느 누가 창밖으로 고개를 내밀고 상대방의 머리 위에 침을 뱉어 대화를 유도하는 작전을 쓸 수 있을까? 그는 정원사의 '아들'로 이름은 데니스였고, 우수에 젖은 갈색 눈을 가졌으며, 매일 뒷문 옆에서 초록색 수동 펌프로 우리 가족의 목욕물을 대주었다. 펌프 손잡이에서 끼익 하는 소리가 날 때마다 화장실 위 다락방에 놓인 탱크에서 물이 찰박거렸고 처음에는 폭포수처럼 콸콸 쏟아지다 점점 졸졸 흐르는 수준으로 바뀌곤 했다. 어느 날인가 나는 펌프 소리를 듣고 화장실로 들어가 창밖으로 고개를 내밀어 그의 납작한 모자를 애정 어린 눈으로 내려다보다 문득 이야기를 하고 싶다는 생각에 침을 한입 가득 모아서 뱉었다. 이상한 낌새를 느끼고 고개를 든 그의 아름다운 갈색 눈이 내 눈과 마주쳤다. 나는 발개진 얼굴과 두근거리는 가슴을 달래며 화장실 밖으로 뛰쳐나갔다. 내가 기억하는 한, 그 후로 나는 늘 사랑에 빠져 있었다.

승마도 일반적인 기준보다 빠른 시기에 시작했다. 유모 대신 나를 데리고 밖으로 나선 어머니가 유모차를 미는 게 귀찮아지자 미니 의자처럼 생긴 괴상한 안장을 늙은 조랑말 위에 얹고 나를 거기에 묶어 길 대신 잔디 위로 끌고 다녔던 것이다. 외출할 때마다 조랑말이나 말을 애용하게 될 몇 년 뒤의 내 모습을 예고하는 깜찍한 발상이었다.

책을 읽는 습관은 이야기를 듣는 데서 출발했지만 책 읽기와 이야기 듣기는 한동안 동시에 이어졌다. 할머니의 책 읽는 솜씨가 어찌나 수준급이었던지(우리는 오랫동안 할머니의 집 근처에서 살았다) 할머니가 들려주는 이야기는 언제 들어도 질리지가 않았던 것이다. 미취학 어린이에게는 베아트릭스 포터의 작품이나 《아빠가 읽어주는 신기한 이야기》[러디어드 키플링의 동화책], 저학년에게는 《엉클 리머스》[조엘 해리스]나 《정글북》, 고학년에게는 《킴》[이상 러디어드 키플링]이나 월터 스콧의 작품이 주로 선택되었지만(지루한 부분은 우리가 전혀 눈치 채지 못할 정도로 교묘하게 건너뛰었다), 어떤 책이 되었건 할머니의 입을 거치면 모두들 귀를 기울이지 않고는 못 배기는 이야기가 되었다. 그리고 어디를 둘러봐도 책이 있었다. 우리 집만 하더라도 책장뿐 아니라 테이블과 의자 위에도 책이 쌓여 있었고 할머니의 집에 가면 서재 사방의 바닥에서 천장까지, 거실의 한쪽 면, 할아버지가 쓰시는 서재의 삼면, 흔히 '복도'라고 불리는 통로의 이쪽 끝에서 저쪽 끝까지, 놀이방의 한쪽 벽 4분의 3이 책이었다. 크리스마스나 생일이 돌아오면 선물의 80퍼센트가 책이었고, 이런 책은 읽으면 안 된다는 말을 들은 적은 한 번도 없었다. 우리 할머니의 아버지는 옥스퍼드 대학교 유니버시티 칼리지의 학장이었다. 대학생 때 할머니에게 청혼한 할아버지는 논문으로 상을 몇 번 받은 적이 있었으니(할머니가 모두 모아두었다가 할아버지가 돌아가신 뒤에 자비로 출간했다) 그 논문의 수준으로 보았을 때 증조부의 죽음으로 땅을 물려받아 편안한 지주가 되지 않았더라면 전문 역사학자가 되고도 남았을 것이다.

우리 집안에서는 독서를 의무로 생각하는 사람이 아무도 없었기 때문에 나도 그렇게 자랐다. 집 안에서는 독서, 집 밖에서는 승마. 이 두 가지는 단순한 취미라기보다 생활의 일부분이었다. 나이를 먹어가면서 "너도 나중에는 밥벌이를 하며 살아야 한다."라는 아버지의 말은 단순한 입버릇이 아니라 현실적인 전망으로 바뀌었다. 나는 감히 출판계에서 일을 할 수 있을까 자신 없어하면서도 할 수만 있다면 그것이 가장 바람직한 직업이라고 생각했다.

그런데 출판계에서 일할 만한 인재가 못 된다면 어떻게 해야 할까? 나는 머리가 제법 좋은 편이라 옥스퍼드 대학교에 입학은 했지만……. 도무지 마땅한 일거리를 찾지 못했다. 실은 빈둥거리는 천성이 가장 극에 달했던 때가 대학교 시절이었고,

그때 나는 인생을 마음껏 즐기는 것 말고는 아무 일도 하지 않았다. 교사도 좋고 간호사도 좋겠지. 하지만 두 직업을 생각하면 차가운 포리지* 한 그릇을 앞에 두고 앉아 있는 듯한 기분이 들었다. 교사나 간호사 말고 다른 직업은 생각나는 게 없었다. 지금은 정말 많이 달라졌지만 그 당시 영국에서 이십 대 초반의 중산층 여성들 중에 직업이 있는 여성은 한 명도 없었다. 나는 친구가 제법 많았지만, 도움이 될 만한 친구는 한 명도 없었다.

그런데 정말 걱정이 되려던 찰나에 2차 세계 대전이 시작되면서 직업 문제로 고민할 필요가 없는(심지어는 고민조차 불가능한) 상황이 벌어졌다. 전쟁 관련 업무가 배정되면 그 길로 뛰어들어야 했다. 맡은 일이 마음에 들면 다행이었고 마음에 들지 않으면 망할 전쟁 탓으로 돌리며 묵묵히 견뎌야 했다.

나는 행운아에 속했다. 처음 두세 번은 좌절이었지만 차출부에서 근무한 옥스퍼드 동창생이 BBC 외신부에 신설된 정보 센터에 나를 추천한 것이다. 나는 선발되었고 전쟁이 끝날 때까지 거기서 근무했다.

당시 관할 당국이 어디였는지는 잊어버렸지만 모든 업무가 수시로 재검토되었고, 도움이 안 된다 싶은 직원이 있으면 좀 더 쓸모 있는 일자리로 옮겨졌다. 아무튼 외신부 뉴스룸에 드골 장군이 누구인지, 플로이에슈티 유정의 석유 생산량이 얼마나 되는지를 알려주는 일은 필수 업무로 분류되어 있어서 나는 재

---

* 오트밀에 물이나 우유를 넣어 걸쭉하게 쑨 죽.

미있는 친구들과 수월한 일을 하면서 전쟁 기간을 보낼 수 있었다. 정보 센터 업무란 자료가 어디에 있는지만 알면 되는 것이었기에 쉬울 수밖에 없었다. 어쨌거나 그때는 BBC가 《타임스》를 성서와 혼동하던 시절이라 《타임스》를 잘라서 보여주면 모두 믿었다.♦

♦ BBC 정보 센터를 신설한 사람은 《타임스》에도 똑같은 서비스를 도입한 배철러라는 사람이었다. 우리는 《타임스》에 의존하는 고객들을 비웃곤 했지만, 배철러 씨 덕분에 정보가 놀라울 정도로 잘 제공되었다는 사실에는 의심의 여지가 없었다. 오려낸 신문 기사들을 모아놓은 자료실은 오래되기도 하고 규모도 커서 주눅이 들기는 했지만, 우리도 그에 못지않게 구조적으로 훌륭했고 빈틈없이 세심했다. 내가 선발됐을 때 배치(우리는 그를 그렇게 불렀다)는 말단 사원들과 마주칠 일이 없을 정도로 거물이 되어 있었다. 아무튼 그는 자기 일에 대해서는 의심할 여지 없이 똑 부러지는 사람이었다.

난생처음 만난 '출판업계 종사자'

얼마 후에 나는 BBC 동료와 한 아파트에서 살게 되었다. 그 전에 회사가 우스터셔의 이브셤으로 피난 갔을 때에는 기숙사에서 지내고, 다시 런던으로 돌아와 히틀러의 비밀 병기인 비행 폭탄*과 장거리 미사일의 포격을 기다리던 때에는 우울한 단칸 셋방 신세를 면치 못하다 누리게 된 호사였다. 아파트는 데번셔 플레이스에 자리 잡은 대저택의 꼭대기 두 층이었다. 원래 데번셔 플레이스는 영국에서도 가장 잘나간다는 의사들이 살던 곳인데, 전쟁 때문에 모두 피난을 떠난 뒤라 일시적인 진공 상태였다. 부엌이 딸린 위층은 마조리와 내가, 조지 바이덴펠트와 헨리 스완지는 아래층을 썼다.

　당시 BBC의 젊은 남자들 중에서 군 면제를 받은 사람은 거의 없었다. 조지가 면제를 받은 이유는 국적이 오스트리아이기

---

* 2차 세계 대전 당시 나치 독일의 피젤러 사에서 개발한 무기 V1을 말한다. 폭탄을 실은 동체에 날개와 엔진만 붙어 있는 형태이며, 벌이 날아가는 듯한 특유의 엔진 소리 때문에 버즈 폭탄Buzz Bomb이라 불리기도 했다.

때문이었고 헨리는……. 이제 와 생각해보니 헨리가 면제받은 이유는 잘 모르겠다. 이것이 1차 때와 다른 2차 세계 대전의 특징이었다. 1차 세계 대전 때는 호전적인 애국주의가 극에 달했고 여자들은 군복을 입지 않았다는 이유 하나만으로 남자들을 겁쟁이 취급했다. 하지만 2차 세계 대전 때는 그런 모습을 볼 수가 없었다. 아마 헨리는 건강상의 이유로 현역 입영 대상에서 제외되었거나 탄광보다 BBC에 훨씬 쓸모 있다고 판정을 받은 양심적 병역 거부자였을 것이다. 예전에는 이유를 알고 있었겠지만 나나 친구들은 전혀 신경 쓰지 않았다. 아무튼 헨리는 처음에는 조지와, 나중에는 레스터 어쩌고와 한 아파트를 썼는데 레스터가 다른 곳으로 이사를 가자 조지, 마조리, 나와 다시 합쳤다. 당시는 조지가 마조리한테 한창 빠졌을 때라 그가 우리까지 끌어들였을 것이다.

　남자들 층에는 온통 까만 유리와 크롬으로 장식된 샘나는 욕실이 있었고, 헨리가 종종 우울한 음악을 연주하던 피아노도 있었다. 우리 욕실은 아주 단순했지만(가정부들이 쓰던 게 아니었을까 싶었다), 그 대신 부엌이 있어서 주로 우리 층에서 모임이 이루어진다는 장점이 있었다. 마조리의 부모님이나 우리 부모님이 이런 동거 생활을 문제 삼지는 않았다. 우리가 유혹에 흔들리지 않는 순결한 사람이라고 생각했기 때문인지, 조지와 헨리 이야기를 하지 않았기 때문인지 이유는 생각나지 않는다.

　우리 둘 중에서 결국 침대로 골인한 쪽은 마조리와 조지였다. 조지와 열애에 빠진 마조리를 보고 동료들 가운데 일부는

"우웩!" 내지는 "마조리가 왜?"라는 반응을 보였다. 조지는 이미 스물네 살 때부터 투실투실했고 얼굴이 개구리 같았기 때문이다. 하지만 우리가 아는 대부분의 젊은 남자들보다 다섯 배쯤 똑똑했고 성적 매력이 넘쳐흘렀다. 내가 금세 눈치 챈 바에 따르면(마조리는 몰랐지만) 가장 요란하게 "우웩!" 했던 여자들 대부분이 한 달이 채 되기도 전에 조지와 잤다.

좀 더 정확히 짚고 넘어가자면 여자들의 반응은 내가 눈치 챘다기보다 조지한테 들은 이야기였다. 직장 초년생 시절에 그는 연애 성공담을 아무렇지도 않게 흘리고 다녔다. 정복한 대상을 수첩 뒤에 적어놓고 부엌에서 마조리 없이 단 둘이 있을 때면 나한테 보여줄 정도였으니…… 신이 나서 이렇게 외치던 그의 얼굴이 아직도 생각난다. "이것 봐. 50명을 돌파했어!"

그 무렵 나는 상심에 젖은 금욕 생활을 하고 있었다. 결혼을 약속한 남자가 중동에서 복무 도중 연락을 끊고 다른 여자와 결혼을 하더니 급기야 저세상 사람이 된 것이다. 조금 더 시간이 지난 뒤였더라면 바람이나 피우고 다니더니 꼴좋다며 혀를 찼겠지만 데번셔 플레이스 시절은 그러기엔 너무 이른 시기였다. 나의 황량한 내면은 외적인 유흥을 더욱 중요하게 만들었다. 만약 마조리가 조지와 함께 행복을 향해 순항하고 있었다면 나는 아마 그 모습을 보면서 피눈물을 흘렸을 것이다. 하지만 두 사람은 그렇지가 않았다. 나는 마조리를 좋아했고 행복을 바라는 입장이었지만 두 사람의 관계를 흥미진진한 눈으로 바라보게 되었다. 짐승처럼 번득이는 내 눈빛에 난생처음 스스로 충격을 받은 순간이었다.

8~9개월 뒤에 레스터가 돌아와 아파트의 절반에 대한 권리를 요구하자 마조리는 당분간 부모님과 함께 살기로 했고 나는 단칸 셋방으로 돌아갔다. 그런데 이사를 앞두고 우리는 부엌에서 일대 사건을 저질렀다. 조지가 조만간 창간할 잡지의 이름을 우리 넷이서 정하기로 한 것이다. 수많은 이름을 나열한 뒤 괜찮은 이름은 이미 선점당했다는 사실에 실망하기를 반복한 끝에 '콘택트'라는 이름이 채택되었다. 이름을 짓다 화제가 다른 곳으로 흘렀을 때 궁극적인 목표가 뭐냐고 물었더니 조지는 이렇게 대답했다. "아주 단순해. 성공하는 거." 이렇게 해서 조지의 출판 인생이 시작되었고 처음에는 방향이 아주 뚜렷했다. 그리고 얼마 안 있어 조지를 통해 알게 된 사람 덕분에 내 출판 인생도 깊숙이 심어놓은 구근 식물처럼 땅속에서 희미한 싹을 틔우기 시작했다.

이런 일들이 있기 전부터 나는 침체기를 벗어나는 중이었다. 다행히 불장난처럼 재미있는 연애가 시작된 덕분이기도 했고, 마조리의 어머니를 담당하는 치과 의사가 데번셔 플레이스에서 몇 분 거리에 있는 퀸 앤가의 집 꼭대기 층을 세놓고 싶다고 했을 때 마조리와 내가 차지한 덕분이기도 했다. 치과 의사는 아들을 위해 2층을 우아한 아파트로 꾸몄는데, 아들이 가스 오븐에 머리를 처박고 스스로 목숨을 끊었다고 했다. 그래서 처음에는 오븐을 쓰기가 꺼려졌지만, 얼마 안 있어 이렇게 쾌적한 아파트에 살면서 자살을 택하다니 심약한 성격이었던 모양이라는 생각이 들기 시작했다. 데번셔 플레이스는 재미있기는 했지만, 그러면서도 동시에 불편하고 지저분하다 싶을 정도로 허름했던 반면에 퀸 앤가의 아파트는 집으로 돌아가는 발걸음이 가벼울 정도로 즐거운 곳이었다.

그래서 우리는 자축 파티를 열기로 했다. 당연히 조지가 참석했고, 그에게 《콘택트》의 제작과 보급을 담당할 출판사를 소개해준 안드레 도이치가 함께 왔다(그가 소개한 니컬슨 앤드 왓슨 출판사는 얼마 후 문을 닫았다). 헝가리 출신의 안드레는 스물여섯 살로 나와 나이가 같았고, 경제학을 공부하러 영국에 왔다가 전쟁이 터지자 적국적敵國籍 거류 외국인으로 맨섬Isle of Man에 억류되었다고 했다. 얼마 후 헝가리 사람들은 당국에 정기적으로 보고한다는 조건하에 억류에서 풀려났고, 같이 억류되었던 사람의 추천서를 들고 유명한 도서 판매업자를 찾아간 안드레는 니컬슨 앤드 왓슨의 전무이사를 맡고 있던 존 로버츠에게 연결되었다. 친절하고 게으른 애주가로 회사를 살리려고 고군분투하던 로버츠는 그를 영업 사원으로 채용했고, 똑똑하고 팔팔한 젊은이가 출판업의 모든 부분을 배우고 싶어 안달하는 모습을 보며 기뻐했다. 사실 안드레는 이곳에서 천직을 찾은 셈이었다. 우리 파티에 참석했을 무렵 안드레는 서점과 도서관을 찾아다니는 수준 이상의 일을 하고 있었다. 하지만 내 입장에서는 그가 포장 보조였다 해도 상관없었을 것이다. 난생처음 만난 '출판업계 종사자'라는 사실 하나만으로도 차원이 다른 사람처럼 보였으니 말이다.

그는 키가 작고 단정하며 귀여운 동안이었다. 그의 입술이 어린아이처럼 풋풋하고 보들보들하게 생겼다는 생각을 하다가 그런 것에 매력을 느끼고 있는 나 자신에게 깜짝 놀랐던 게 기억난다. 거친 남자를 좋아하는 내가! 그는 바닥에 앉아서 '안개 자욱한 날의 이슬The foggy foggy dew'*을 뜻밖의 헝가리어로 감미롭게 불렀기 때문에 그날 파티에 참석한 그 누구보다 나에게 강한 인상을 남겼다. 이틀 뒤에 저녁을 먹고 함께 영화를 보자는 데이트 신청을 받았을 때 어찌나 기분이 좋던지! 그가 나이츠브리지 골목길의 작은 집에 살고 있는 것도 인상적이었다. 집 한 채를 독차지하다니 나로서는 생각조차 해본 적 없는 일이었다. 전시 부역에 동원된 친구에게 빌린 것이라고는 하지만 내 눈에는 그의 집처럼 보였고, 그 때문에 나보다 훨씬 '어른'스럽게 느껴졌다. 우리는 극장에서 영화를 본 뒤 그의 집에 가서 오믈렛을 먹고 양쪽 모두 별다른 기대 없이(적어도 내 기억으로는 그렇다) 침대로 직행했다.

나는 그 무엇에도 비할 수 없는 사랑의 흥분(신경증일 수도 있지만 인간의 구석구석에 그런 식으로 불을 밝힐 수 있는 것은 사랑이라는 감정뿐이다)과 이보다 흔하지만 달콤한 맛은 떨어지는 강렬한 육체적인 매력의 차이점을 지금 이 나이까지 기억한다. 하지만 안드레와는 어떤 관계였는지 가물가물하다. 나는 언제

---

* 영국의 작곡가 벤저민 브리튼이 편곡한 영국 민요.

나 남자가 떠난 뒤에야 내가 왜 그 사람을 만났을까, 어떤 면에 반했을까 생각하는 성격이다. 그러니 이번에도 기억을 더듬기보다 추리를 해야겠다.

나는 사랑에 빠지지도 않았는데 빠졌다고 착각할 만큼 어리석은 사람은 아니다. 그리고 사랑하지도 않는 사람과는 결혼할 수 없다고 생각하는 낭만주의자였기 때문에(현실주의자라고 해야 하나?) 단순히 정착하고 싶은 본능에서 그를 만나지도 않았다. 처음에는 모퉁이 너머로 코를 내밀고 싶은 고양이처럼 호기심에서 출발했고, 감정적으로 공허하던 당시 상황이 여기에 불을 질렀다. 그를 만나면 텅 빈 가슴이 채워질 것 같았다. 그렇게 시작되자마자…… 결국에는 정착하고 싶은 본능이 고개를 들었을 것이다. 나는 내가 첫눈에 반하는 성격이라는 것을 경험을 통해 알고 있었고, 안드레는 그런 경우가 아니긴 하지만 그래도 어쩌면 사랑이 싹틀지 모른다는 희미한 희망을 품었다. 아무튼 나를 원하는 남자가 있다는 게 좋았다. 사교적이고 관능적인 독점이 좋았다. 누군가를 계속 마음에 두고 있는 상황이 좋았다. 그리고 호기심이 계속 나를 끌고 갔다. 나는 아주 예전부터 바닥이 유리로 된 보트의 이미지가 섹스와 잘 부합한다고 생각했다. 한 남자와 사랑을 나누는 관계가 되면 그의 속을 들여다볼 기회가 생긴다. 언젠가 한 남자의 어린 시절 이야기를 세 번째 듣고 있었을 때 나도 모르게 '이 남자는 즙을 짤 대로 짠 오렌지 같네.'라는 생각이 든 적이 있었다. 아……. 여기서 또다시 등장하는 짐승처럼 번득이는 눈!

이내 안드레와 나는 오래 만날 수 없는 사이라는 사실이 분명해졌다. 내 입장에서는 그가 조금만 더 적극적인 태도를 보이면 육체적인 관계를 즐길 수도 있을 것 같았지만, 정말 원했던 남자를 잃어버린 뒤 차가운 성격으로 변해버린 나를 감안했을 때 어쩌면 그도 나와 비슷한 생각을 했을지 모른다. 내가 적합한 연애 상대는 아니라고 말이다. 게다가 더블 사이즈라고는 하지만 그리 넓지 않은 침대를 함께 써야 하는 상황에서 그는 불면증 환자였다. 나는 잠을 자고 싶은데 그는 앉아서 《타임스》를 읽었고, 항상 거리낌 없이 부스럭거리면서 자기 하고 싶은 대로 했다. 그곳은 그의 집이고 그의 침대였다. 그리고 다들 불면증 환자는 배려하지만 졸음증 환자는 따분해한다. 그는 짜증 난다는 듯이 영국 여자들은 잠이 많기로 악명이 높고 애인으로서 부족한 점이 많다고 말하기도 했다. 유럽 대륙 출신 남자들은 "지금 누구한테 그런 얘길 하는 거야?"라는 식의 신경질적인 반응을 예상 못하는지 이런 애처로운 말실수를 자주 저지른다. 아무튼 우리는 즐겼다기보다 '그냥 옆에 있는 사람이니까.' 하는 식으로 열 며칠 밤을 함께 보냈고, 그가 새로운 잠자리 파트너를 찾으러 떠났을 때 내가 느낀 슬픔은 고작 이런 식의 자동반사적인 반응이었다. '그럼 그렇지. 넌 만나는 남자마다 차이더라.' 내가 이렇게 의기소침해진 원인은 나를 배신한 약혼자에게 있었기에 안드레가 원망스럽지는 않았다. 게다가 짧게 끝난 애정 행각에도 불구하고 우리는 친구가 되었다. 우리 두 사람의 성격이 얼마나 다른지 생각해보면 정말 불가사의한 일이었다.

계속 만나는 동안 나는 그의 연애 카운슬러가 되었고, 그는 나에게 다른 친구들을 소개해주었다. 그가 소개한 친구들이란 몇몇 헝가리 출신과 그를 양자처럼 생각하는 똑똑하고 서글서글한 아주머니 서넛이었다. 아주머니 중 두 사람은 난민 정착을 돕는 기관을 운영하고 있었다. 안드레도 억류당하기 전까지 그곳에서 아르바이트를 했다. 두 사람 중 나하고도 절친한 사이가 된 실라 던은 안드레가 사귀던 여자의 숙모였고, 나머지 한 명인 오드리 하비는 실라의 오랜 친구였다. 나는 정신적으로 워낙 피폐한 상태였기 때문에 두 사람을 만났을 당시에 런던에서 아는 사람이라고는 직장 동료뿐이었다. 전쟁 이전에 사귄 친구들은 뿔뿔이 흩어져 만날 방법이 없었다. 나를 살뜰히 챙겨주었던(이후에도 계속 간간이 그랬던) 유쾌한 애인마저 BBC 외신부의 옆 부서 직원이었다. 게다가 그는 바쁜 유부남이었기 때문에 만나면 저녁을 먹고 침대로 직행하는 게 고작이었다. 이런 상황에서 잘은 모르지만 재미있는 사람들을 만나 절친한 관계로 발전해나가는 과정은 의미 있는 즐거움이었다.

처음 비행 폭탄이 떨어졌을 때 나는 안드레의 침대에 누워 있었다. 엔진 소리가 이상하기는 했지만 전투기이겠거니 생각하고 있었는데, 갑자기 정적이 흐르더니 뭔가가 격추당해 추락한 것처럼 쾅 하는 폭발음이 들렸다. 다음 날 누구도 믿고 싶지 않았던 히틀러의 '비밀 병기' 소식이 전해졌고 그것은 전쟁이 시작된 이래 가장 소름 끼치는 충격이었다. 조종사 없이 엔진만으로 움직이는 폭탄이라는 발상 자체도 무서웠지만 그런 폭탄 때문에 공포에 떨어야 하는 현실도 무서웠다. 이럴 때는 가능한한 잊어버리려고 노력하는 게 상책이었고 대부분의 사람들은 그런 식으로 대처했다. 이 끔찍한 녀석들이 다가오는 소리가 들렸다가 덜커덩거리며 다른 곳으로 지나가면 죄책감이 섞인 안도의 한숨을 내쉬고, 이윽고 짧았던 순간의 공포를 잊고 지내는 식이었다. 그 뒤를 이어 V2(수백 킬로미터 멀리서 발사되는 대형 미사일이다)가 등장했을 때 나는 오히려 괜찮다고 생각했다. 경고의 속삭임도 없이 곧장 쾅 하고 떨어지면 목숨을 잃더라도 공포에 떨 필요가 없기 때문이었다(이제 와서 생각해보면 이쪽이 훨씬 무섭긴 하지만). 안드레와 나는 잠을 푹 자고 싶은 주말이면 가끔 메릴본 역에서 기차로 한 시간 거리에 있는 오드리 하비의 집을 찾아갔다. 그곳에 가면 실라와 헝가리 친구 한두 명도 늘 함께 있곤 했다. 배급품이 정말 빡빡하던 그 시절에 오드리는 무슨 수로 그 많은 사람들의 저녁과 아침을 준비했을까? 우리는 아마 배급받은 식료품을 들고 갔을 것이다. 이렇게 즐거운 시간을 보내는 동안 안드레와 나 사이에는 '가족'이라는 감정이 싹트기 시작했다.

우리는 '가족'이었기 때문에 전쟁이 끝나자마자 안드레가 출판사를 차리면 나도 동참하는 게 당연한 수순으로 간주됐다. 하지만…… 그건 어디까지나 밑도 끝도 없는 나의 바람에 불과했다. 그는 돈도 없고 연줄도 없었다. 그런데 무슨 수로 출판사를 차릴 수 있을까? 이건 "내가 만약 축구 도박에서 돈을 따면" 어쩌고 하는 것과 마찬가지였다. 하지만 안드레가 도박에서 정말로 돈을 따면 나도 한몫 거들고 싶었다.

어느 날 둘이 팔짱을 끼고 프리스가를 걷고 있을 때 그가 물었다. "연봉은 최소 어느 정도 받고 싶어?" 나는 대답을 하지 못했다. BBC에서 받는 380파운드보다 많았으면 좋겠다 싶었지만 욕심꾸러기처럼 보이기는 싫었다. 그는 머뭇거리는 나를 보며 이렇게 말했다. "500파운드면 어때?" 500파운드라니 엄청나게 많은 느낌이었지만, 어차피 꿈을 이야기하는 건데 뭐 어쩌랴 싶었다.

우리는 유럽 전승일 때에도 군중들과 함께 웨스트엔드를 정처 없이 돌아다니며 함께 보냈다. 사람들은 좋아서 날뛴다기보다 안심하는 표정이었다. 나는 의심을 이기려고 계속 떠들어댔는데, 확실히 내 기분은 "이겼다!"보다는 "끝났다!"에 가까웠다. 일본이 항복했을 때는 조금 나았다. 몇몇 예민한 친구들과 달리 나는 그날 원자 폭탄의 충격은 실감하지 못했다. 원자 폭탄의 충격은 나중에서야 찾아왔다. 우리는 세인트 제임스 공원 산책길로 향하는 인파에 휩쓸려 왕실 사람들을 발코니로 계속해서 불러냈고, 그런 분위기에 흠뻑 취했다. 워낙 차분하게 즐거워하는 분위기였기에 다음 날 신문에서 사람들이 궁전 앞 화단을 밟고 있었지만 다들 풀 한 포기 상하지 않도록 조심했다는 기사를 보았을 때에도 전혀 놀랍지 않았다.

기꺼이 선택한 길의 출발점에서

안드레는 1945년 말에 첫 출판사 앨런 윈게이트를 설립했다. 나는 처음 한두 달은 합류하지 못했는데, 그해 7월이 지나도록 BBC를 떠나지 못하고 있었던 데다 그 후에는 노퍽에 있는 집으로 가서 재충전을 했기 때문이다. 내가 7월까지 BBC에 있었다는 사실을 기억하는 이유는, 전후 최초로 치러진 선거 결과가 전신용 티커 테이프에 찍혀 나오고 노동당의 승리가 점점 기정사실로 굳어지자 외신부가 밤새도록, 심지어 일본이 항복했을 때보다 더 흥겨운 축제 분위기였던 게 생각나기 때문이다. 이때는 정말 "이겼다!"는 기분이 들었다. 다른 사람들은 전후 몇 년이라고 하면 계속되던 배급과 '긴축 재정'과 피로감을 떠올리겠지만 나는 그렇지가 않았다. 느리기는 해도 복구가 꾸준히 이루어지고 있었다. 상황이 점점 나아지고 있고 사회가 예전보다 정의롭고 너그러워지고 있는 게 빤히 보이는데 안달을 낼 필요가 있을까? 게다가 국가 보건의료 서비스*라는 존재와 원활한 기능은 그 '자체'만으로도(사람들이 어떻게 이걸 잊어버릴 수 있을까 싶었다.) 수년 동안 이런 순진해 보이는 낙관론을 펼치기에 충분했다.

그때 안드레 혼자 처리한 일 중 하나가 출판사 이름 정하기였다. 나는 노퍽으로 떠나기 전에 안드레와 하루 저녁을 함께 보내며 런던 전화번호부에서 그의 소원인 D로 시작되는 회사 이름을 모조리 불렀다(그의 아버지는 헝가리에서 편지를 보내 안드레André와 같은 이름의 출판사는 안 된다고 강조했다. 사람들이 독일 출신인 줄 알고 반감을 가질 것이라는 이유에서였다). 그가 이니셜을 고집한 이유는 얼마 전 새로 산 셔츠에 이니셜을 수놓았기 때문인데, 예나 지금이나 내가 보기에는 말도 안 되는 이유였고 D로 시작되는 이름을 모조리 불러도 아무 반응이 없었던 것으로 보았을 때 빈약하기 짝이 없는 논리였다. 나는 그의 아버지의 의견에 반대하는 입장이었지만(그럼 하이네만Heinemann 출판사는 어쩌라고?) 내가 없는 사이 지어진 회사 이름은 마음에 들었다. 어찌나 그럴듯하게 들렸던지, 전쟁 이전부터 있었던 출판사로 착각하고 다시 문을 열어서 다행이라고 말하는 사람들과 가끔 마주칠 정도였다.

내가 런던으로 돌아갔을 무렵 안드레는 사무실을 하나 임대하고(마블 아치 인근 그레이트 컴벌랜드 플레이스에 자리 잡은 후기 조지 왕조풍의 건물 1층이었다) 회계를 맡을 카우프만 씨,

---

* 2차 세계 대전 기간 내내 독일군에게 폭격을 당해 수많은 사상자를 낸 영국은 종전 후 첫 선거에서 승리한 노동당의 주도하에 '모든 국민이 무료로 필요한 의료 서비스를 받을 수 있는' 국가 보건의료 서비스NHS, The National Health Service를 도입했다.

비서 둘, 포장 담당 브라운 씨, 그리고 자본을 일부 출자하고 우리 출판사의 임프린트로 아동 잡지 《주니어》를 발간할 오드리 하비와 함께 이사를 마친 뒤였다. 그림을 잘 그리고 재치가 넘치며 상업 화가로 적으나마 생활비를 충당하는 실라 던은 파트타임으로 오드리의 미술 담당 편집자를 맡기로 했고, 진지하게 잘생긴 얼굴의 빈센트 스튜어트가 프리랜서로 우리 책의 디자인을 책임지기로 했다. 창업 자금의 대부분을 댔다는 핸드백 제조업자 알렉스 레더러는 나도 잘 모르는 배후의 인물이었다. 나는 천부적인 아마추어답게 안드레가 이 괴상한 조합을 어떻게 탄생시켰는지 관심이 없었다. 알고 싶다는 생각조차 하지 않았다. 하지만 우리의 자본금이 총 3000파운드이고, 보통 출판사는 자본금이 최소 1만 5000파운드는 되어야 성공할 수 있다는 사실은 알고 있었다. 안드레가 귀에 못이 박히도록 강조하며 봉투를 재활용하고, 사무실을 비우면 불을 끄고, 최대한 허리띠를 졸라매라고 다그쳤기 때문이다.

사무실의 구조는 길쭉한 창문 두 개와 화려한 대리석 벽난로 선반이 달려 있고 한때 식당으로 쓰였던 대형 거실, 계단통이 내다보이고 이보다 크기가 좀 작은 뒷방(집 주인의 서재였을까?), 브라운 씨의 책상과 포장용 의자가 놓인 계단통 옆쪽의 넓은 복도로 이루어져 있었고, 복도 끝에는 화장실과 한 층으로 확장된 조그만 공간이 있었다. 계단통을 사이에 두고 '서재'와 등진 이곳이 카우프만 씨의 아지트였다.

나는 BBC에서 여러 사람들과 한 사무실에서 지냈지만, 거실을 보고 실망을 금할 수가 없었다. 안드레의 책상이 창가를, 오드리의 책상이 그 맞은편을 차지하고 있고, 벽난로 맞은편 벽에 놓인 근사한 식탁은 원고, 종이 샘플, 참고 도서, 기타 등등이 잔뜩 쌓여 거의 보이지도 않았던 것이다. 아직 책꽂이도 책장도 파일용 캐비닛도 없다니……. 이 식탁 한쪽 모퉁이가 내 차지였고, 2~3주 뒤에 실라가 합류하면 다른 쪽 모퉁이를 쓰게 될 예정이었다. 지금까지 내가 했던 어떤 일보다 집중력을 발휘해야 할 것 같은데, 열심히 일하는 사람들 사이에 껴서 열띤 통화 내용을 들으며 잦은 방문객에 시달려야 하다니……. 과연 견딜 수 있을까?

이 밖에도 어떤 불편한 점들이 있었는지 나중에는 다 잊어버렸지만, 3주인가 4주 뒤에 맞닥뜨린 경험은 아직도 생생하다. 때는 점심시간이었고, 나는 하던 일을 옆으로 밀쳐놓고 사방을 둘러보았다. 안드레는 좀 더 좋은 조건에 계약을 맺으려고 인쇄소 대표와 옥신각신하고 있었고, 오드리는 아이를 둘 데리고 온 작가와 이야기를 나누는 중이었고, 실라는 어떤 화가와 함께 스케치 포트폴리오를 검토하고 있었다. '정말 인간의 적응력은 대단하지.' 나는 이런 생각이 들었다. '이렇게 둘러보기 전에는 나 혼자 있는 줄 알았는데.'

내가 맡은 일은 원고를 읽고, 교정을 보고, 표기를 통일하고, 윤문을 하고, 안드레가 어느 신문에 어떤 책 광고를 싣고 싶다면서 예산을 알려주면 광고 문안을 만들고, 시안을 짜고, 지면을 확보하는 것이었다. 맡은 일 중에서 원고를 읽고 교정을 보는 게 제일 재미있었지만, 처음에는 대수롭지 않은 업무처럼 느껴졌다. 워낙 책을 많이 읽은 덕분에 판단을 내리는 데 점점 자신이 생겨서 둘 다 식은 죽 먹기였기 때문이다. 반면에 신문 광고의 경우, 예전에는 신문에 어떤 식으로 광고를 넣는지 생각해본 적도 없었던 데다 어떤 과정을 거치는지 파악하자마자 나에게는 소질 없는 분야라는 것을 알 수 있었다. 지면을 확보하는 데에는 문제가 없었지만, 그 후 신문사 광고 담당을 만나 우리 광고가 작더라도(보통 15~20센티미터짜리 1단 광고였다) 대형 광고가 실리는 눈에 잘 띄는 곳에 배치해달라고 설득하는 작업이 관건이었던 것이다. 안드레로서는 노발대발할 일이었지만, 나는 설득에 성공한 적이 거의 없었다. 내가 실패하고 돌아오면 그는 신문사로 전화를 걸어 이번 일을 만회하기 위해서라도 다음번에는 꼭 좋은 자리를 줘야 한다는 다짐을 받아냈다. 그러면 그 치사한 광고 담당은 안드레의 부탁은 들어주면서도 나를 붙잡고는 그런 식으로 특혜를 주면 골치 아픈 일이 생기니 안드레를 좀 말려달라고 통사정을 했다. 얼마 안 있어 나는 '광고'라는 단어만 들어도 신물이 올라올 지경이 되었지만, 내가 그렇게 바위를 짊어지고 몇 년 동안 버텼다는 사실만 보더라도 자신이 하는 일이 **옳다**는 확신 하나로 밀어붙이는 안드레의 능력이 얼마나 대단했는지 짐작이 될 것이다.

　나는 하기 싫은 수많은 일들을 요리조리 피할 때마다 죄책감을 느꼈고, 안드레는 그 죄책감을 이용해 광고 일을 맡겼다.

말하자면 대규모 속죄의 기회를 주는 셈이었다. 하지만 그의 능력은 **정말** 남달랐다. 그를 보고 있노라면 어느 누구도 따를 수 없는 상습적인 거짓말쟁이의 비법을 목격하는 듯한 기분이 들었다. 기업가과 정치인들을 설득해 말도 안 되는 투기 사업에 발 담그게 하는 사기꾼의 비법을 눈으로 확인하는 것 같기도 했다. 희생자가 어수룩한 욕심꾸러기라야 거짓말도 먹히는 법이지만, 철저한 자기 확신에서 비롯된 '마술 같은' 설득력이 없으면 그도 엄청난 성공을 거두지는 못했을 것이다. 안드레가 선천적으로 솔직한 사람이었기에 망정이지 그렇지 않았더라면 우리 모두 어떻게 되었을까? 나는 이런 생각이 자주 들었다.

내가 이 시기에 포착한 그의 또 다른 면이 있다면 위에서 말한 엄청난 능력보다 도움이 덜 되는, 아니, 사람들을 관리하는 입장에서는 오히려 상당한 감점 요인으로 작용하는 특징이었다. 그는 자신이 원하는 방식에 따라 **정확히** 처리되지 않은 일은 모두 잘못된(분통 터질 만큼 잘못된) 일로 간주했고, 제대로 처리되지 않은 일은 논할 가치가 없다고 생각했다. 일을 하다 보면 첫 단추부터 잘못 끼워지는 경우가 종종 있었고 이럴 때 그의 날카로운 지적은 큰 도움이 되었다. 하지만 모든 게 잘 돌아가고 있을 때 질타 대신 등장하는 무관심은 사람을 기운 빠지게 만들었다. 실라와 내가 칭찬을 해주고 따뜻하게 대해야 직원들도 더 열심히, 행복하게 일을 하는 법이라고 몇 번씩 지적하면 말로는 고치겠다고 하면서도 매번 똑같았다.

처음 얼마 동안은 이런 일들과 광고 때문에 하루하루가 괴로웠다. 낯선 분야에 뛰어들어 나의 천성을 극복하고 질색하는 일을 몇 년 동안 강단 있게 견디어냈다니(연필, 자, 지우개를 가지고 하는 일은 즐거웠지만) 지금 생각하면 나도 참 용감했던 것 같다.

예상했던 대로 안드레는 잔소리가 심했다. 그는 내가 신문사의 광고 담당자들을 마음대로 주무르지 못하는 것도 못마땅하게 여겼고, 광고 문안과 띄어쓰기도 일일이 꼬투리를 잡았다. 처음에는 이런 지적들이 도움이 됐지만, 나중에는 내가 만든 광고가 그럭저럭 쓸 만하다는 걸 알면서도 억지로 맡은 따분한 일에는 영 소질이 없다는 죄책감이 차츰차츰 가슴속에 쌓여 광고를 만들 때마다 내 발목을 붙잡았다.

안드레의 잔소리는 한 사람에게 집중되면 점점 증폭되기 때문에 한때는 무슨 일을 하건 죄책감을 느꼈다. 나는 가끔 별로 중요하지 않다 싶은 세세한 부분은 대충 넘길 때가 있었다. 예를 들어 우리 출판사는 보통 작은따옴표를 쓰고 인용구 안에 또 인용구가 있을 때에만 큰따옴표를 쓰는 게 원칙인데, 깜빡하는 사고가 이런 경우였다(원고를 손볼 때가 아니라 광고 문안이나 표지 문구를 타이프로 칠 때에만 이런 일이 발생했다). 이런 사고가 터질 때마다 안드레의 반응은 극에 달했다. "이렇게 간단한 일 하나 제대로 못하는데, 어떻게 너를 믿고 파리에 다녀올 수 있겠어? 이대로 교정지를 뽑았으면 수정하는 데 돈이 얼마나 드는지 알아?" 이런 소리를 들으면 죄책감의 수위가 조금 더 높아졌다. 그런데 섬뜩한 결론이지만, 사람들은 죄책감의 수위가 높아질수록 더 끔찍한 실수를 더 자주 저질렀다. 나는 비난의 화살(항상 희생양을 찾아 움직이는 사악한 서치라이트였다)이 다른 사람에게 향했을 때 이런 광경을 숱하게 목격하곤 했다. 한번 시작된 죄책감은 놀라운 속도로 불어나고, 결국에는 출근길이 끔찍해지는 지경에까지 다다를 수 있었다. 따지고 보면 사소한 문제를 가지고 가끔은 잔인하다 싶을 정도로 쓸데없이 난리를 부리는 안드레가 잘못됐지만, 그런 **주장**을 펼쳤다가는 완벽이라는 공동의 목표에 무관심한 사람처럼 낙인이 찍힐 게 뻔했다. 분노와 계속되는 죄책감이 한데 뭉뚱그려져 신경 줄이 나달나달 헤진 듯했던 그때의 기분은 아직도 생생하다.

이렇게 우울한 이야기를 계속할 게 아니라 몇 달 뒤로 건너뛰어 안드레가 파리 출장(이번에도 괜찮은 원고 사냥이 목적이었다)을 마치고 돌아왔을 때 벌어진 사건을 소개하자면, 그때 안드레는 돌아오자마자 내게 자동차 열쇠를 달라고 했다. "무슨소리야? 나 열쇠 없어." 내 말을 듣고 그는 또 퍼붓기 시작했다. "내가 못 살아. 정말 구제불능이라니까! 출장 가기 전에 너한테 맡겼잖아. 또 어디다 흘린 거야?" 나는 머리를 한 대 얻어맞은 기분이었다. 자동차 열쇠처럼 중요한 물건을 받아놓고 엿새만에 까맣게 잊어버리다니. 나는 열쇠를 받은 기억을 떠올리려고 애를 썼지만, 도무지 생각이 나지 않았다. 하지만 안드레가워낙 확실하다는 듯이 밀어붙였고, 내 약점은 나도 잘 알고 있었다. 그러니까 분명 열쇠를 받기는 받은 모양인데 생각이 나지 않다니 점점 넋이 나가는 것 같아 덜컥 겁이 났다. 나는 우울한 마음으로 퇴근을 했고 기억력이 왜 이렇게 갑자기 나빠졌을까 밤새 고민하다 다음 날 아침 우물쭈물 사무실로 향했다.

그런데 안드레의 차가 건물 밖에 서 있었고, 그는 싱글벙글 웃는 얼굴로 책상에 앉아 있었다. 나는 조심스럽게 다가가서 무슨 수로 시동을 걸었느냐고 물었다. "아, 그게 말이지……." 그가 말했다. "네가 아니라 주차장 관리인한테 열쇠를 맡겼더라고."

이 사건으로 죄책감이라는 괴물은 영영 사라졌다. 나는 이 때부터 안드레가 이렇게 해야 하는데 저렇게 했다는 둥 쓸데없이 투덜거릴 때마다 무시할 수 있게 되었고, 내가 정말 잘못했을 때에도 잔소리의 폭발을 사전에 방지하는 방법을 터득했다. 방법은 간단했다. 얼른 '내 잘못이로소이다' 카드를 내미는 것. "으악, 안드레! 내가 엄청난 실수를 했어. 표지 뒷면에 스티븐스의 이름 중간을 v로 잘못 썼는데 모르고 그냥 지나간 거 있지?" "지금 고칠 수 없는 거야?" "응, 그래서 **엄청난** 실수라고 했잖아." "그래도 그만하길 다행이네. 나중에 스티븐스한테 미안하다고 해. 앞으로는 다른 사람한테 표지 한번 봐달라고 부탁하는 거 잊지 말고." 상황 종료. 솔직하게 인정하면 기선을 제압할 수 있다는 사실을 터득하자 다시는 '서치라이트'를 걱정할 필요가 없었다. 하지만 그 후로도 거의 50년 동안 서치라이트는 누군가를 항상 괴롭혔다. 서치라이트만 없었더라면 앨런 윈게이트와 안드레 도이치에서의 생활이 훨씬 즐거웠을 텐데 안타까울 따름이다.

글을 쓰거나 말을 할 때는 언어에도 대위법이 있었으면 좋겠다는 생각이 든다. 여기까지 읽은 독자들은 내가 왜 회사를 그만두지 않았는지 궁금하겠지만, 사실 안드레의 잔소리는 수많은 측면의 한 조각에 불과하다. 내가 광고와 더불어 출판과 관련된 여러 가지 일들을 즐기는 동안 안드레로 말할 것 같으면……

안드레의 역할은 한마디로 요약하기가 쉽지 않다. 그는 원고를 읽고 책을 사냥했고, 몇 년 동안 영업을 도맡았고, 저작권을 사고팔았고, 종이를 매입했고, 인쇄소와 제본소와 조판소를 상대했고, 책의 홍보에 관한 모든 사항을 결정했고, 광고 문안과 교열과 활자를 체크했고, 은행을 어르고 달랬고, 우리를 전폭적으로 믿어달라고 납품업자들을 설득했고, 결제할 돈이 없으면 어디에선가 마련해왔고, 번호판의 **AGY**를 따서 애기Aggie라고 이름을 붙인 애마 오스틴 자동차로 책을 배달했고(이 일은 나도 했다), 홍보 책자를 보낼 일이 있으면 바닥에 앉아 남들보다 더 세심한 부분까지 챙기면서 자정 너머까지 봉투에 넣었고, 자기 건강보다 회사의 총매출과 고정 비용에 더 신경 썼다. 그리고 자동차 열쇠 사건은 예외였을 뿐 회사의 제반 사항을 모두 기억하는 것도 안드레의 몫이었다. 자세한 부분까지 어찌나 기억을 잘하는지 거의 소름 끼칠 정도였다. 그는 업계의 방식을 순식간에 철저하게 터득했고 천직이라고 해도 무방할 만큼 이 일에 온몸을 바쳤다. 그가 설립한 앨런 윈게이트는 그가 있기에 운영되는 회사였다. 그가 손을 떼면 당장 무너질 수도 있었다.

독재 정권은 효과가 있다. 그렇기 때문에 사람들은 독재 정권을 쉽게 받아들이고, 처음엔 보통 그렇듯이 정당하다 싶으면 다른 체제보다 더욱 열렬하게 환영한다. 안드레의 미니 독재 정권은 다음과 같은 이유에서 막강했다. 첫째, 그는 상당히 방대한 출판 관련 지식을 축적했지만 밑에서 일하는 사람들은 아무것도 몰랐다. 둘째, 그는 아이디어가 떠오르면 즉시 행동으로 옮기는 보기 드문 재능의 소유자였다. 셋째, 월급이 적었지만 그가 받는 월급도 적었고 회사가 워낙 작았기 때문에 돈이 없는 게 훤히 보였다. 넷째, 결제 금액을 슬쩍 낮추고 깎아달라며 조르고 우리 뒤를 쫓아다니며 불을 끄라고 잔소리를 하는 등 치사하게 굴었던 것은 어쩔 수 없는 그의 천성이었지만, 다 회사를 위해서 그러는 것이었다. 별것 아닌 일에 잔소리를 늘어놓고 노발대발하는 것도 역시 회사를 위해서 그러는 것이었다. 차근차근 설명하고 다정하게 격려해주면 훨씬 효과적이고 기분도 좋았겠지만, 그는 선천적으로 그런 성격이 아니었다. 우리는 그를 있는 그대로 받아들여야 했고 대부분 기꺼이 이 길을 선택했다. 특히 그와 가깝게 지냈던 실라와 나는 깊은 애정을 가지고 있었기 때문에 다른 길은 꿈도 꾼 적이 없었다.

이렇게 해서 우리는 전쟁의 압박과 그늘이 서서히 사라져가는 가운데 기운 넘치고 능력 있는 남자가 준비한 즐거운 모험길에 올랐다. 험난한 순간도 있었지만, 그만두고 싶은 마음은 조금도 없었다.

어떤 책을 출간해도 우습지 않던 시절

내 머릿속에는 앨런 윈게이트의 초기 작품보다 초기 사무실에 대한 기억이 더 많이 남아 있다. 초기작들을 생각하면 어찌나 한심한지 낯이 뜨거워지기 때문이다. 앨런 윈게이트에서 첫 테이프를 끊은 책은 모두 네 권이었다. 첫 번째로 안드레의 헝가리 친구 벨라 이바니가 쓴 《포츠담으로 가는 길》은 연합국의 유럽 재건 계획을 다루었는데, 누가 읽어도 별다른 감흥이 없는 정치 저널리즘 논평이었다. 두 번째로 인류의 수면 습관의 역사를 지루하게 늘어놓은 《침대》는 안드레가 조지 오웰에게 소개받은 레지널드 레이놀즈의 작품이었다. 세 번째로 다이어트를 주제로 한 《지방과 치수》는 깔끔하지만 책이라기보다 소책자에 가까웠고, 작가는 나중에 테일러 경이라는 작위를 받은 어느 교도소장이었다. 그리고 마지막으로 네 번째 책은, 뭐였는지 생각이 나지 않는다. 안드레는 어쩌다 길 잃은 원고를 마주치면 무조건 낚아채는 식이었고, 다른 여가 선용 방법이 없었던 전후 독서 인구는 책에 목이 말라 있던 상황이었기 때문에 당시에는 어떤 책을 출간해도 우스울 게 없었다.

그런데 이런 상황 속에 슬픈 아이러니가 숨어 있었다. 안드레가 니컬슨 앤드 왓슨에 근무하고 있었을 때 조지 오웰이 찾아와 《동물농장》의 원고를 넘기자 존 로버츠가 안드레에게 검토를 맡긴 적이 있었다. 안드레는 대단한 작품이라고 생각했지만 로버츠는 줄거리를 듣더니 이렇게 말했다. "말도 안 되는 작품이로군. 요즘 같은 때 조 아저씨*를 비꼬는 이야기가 팔리겠어?" 평소 돈 한 푼 없고 겸손한 오웰을 성자처럼 생각했던 안드레는 어떻게든 그를 돕고 싶었고, 조너선 케이프라면 그에게 딱 어울리는 출판인이라고 생각했다. 그리고 오웰은 그의 추천을 받아들였다. 케이프는 원고를 수락하는 대신 한 가지 조건을 달았다. 전쟁을 수행하는 데 영향이 없을는지 관계 당국의 검열을 받겠다는 것이었다. 원고를 검토한 대영제국 정부는 우리의 동맹 소련을 이런 식으로 날카롭게 비난한 책은 출간하지 말았으면 좋겠다는 뜻을 전했다. 케이프 씨는 정부의 권고를 따랐다.

이 무렵 상황이 정말 다급했던 오웰은 안드레가 푼돈이나마 마련이 되면 출판사를 차릴 계획인 줄 알고 있었기 때문에 이렇게 물었다. "자네가 맡지 그러나? 자네 출판사의 첫 작품으로 출간하면 어떻겠어?" 안드레는 기회를 덥석 물고 싶은 욕심이 간절했지만 출판사를 차릴 수 있을지 확실하지도 않았고, 진심으로 좋아하고 존경하는 작가에게 그런 위험 부담을 안길 수

---

* '조 아저씨'는 스탈린을 가리킨다.

는 없었다. 결국 그는 안 될 것 같다고 대답했다. 그 후《동물농장》의 인기가 높아질수록 작품의 진가를 처음 알아본 사람은 자기뿐이라는 자부심과 오웰에게 위험 부담을 안기지 않았다는 뿌듯함만이 날로 커졌을 뿐, 안드레는 그처럼 엄청난 기회를 놓친 것을 한 번도 아쉬워한 적이 없었다. 이런 태도를 보면 알 수 있다시피 그는 선천적으로 과거에 연연하는 성격이 아니었다.

내가 선택한 첫 작품은 지금도 우리 집 책장에 꽂혀 있는데, 볼 때마다 신기하다는 생각을 많이 하게 된다. 안드레는 파리에 있는 헝가리 친구들을 통해 프랑스에서 활동 중인 문인을 몇 명 알게 되었고, 그중 제러드 홉킨스라는 작가가 있었다. 그런데 홉킨스로부터 노엘 드보의 작품을 주목하라는 얘기를 듣고 안드레는 파리에서《재단사의 케이크》라는 일곱 편의 조그만 단편집을 사들고 돌아와 내 테이블 위 한쪽 모퉁이에 던져놓았다. 그는 프랑스어를 몰랐지만, 나는 프랑스어를 구사하지는 못해도 철저한 교육을 받은 덕분에 영어나 다름없이 쉽게 읽을 수는 있었다. 따라서 판단은 내 몫이었다.

막중한 책임감이 느껴졌다. 처음에는 잠시 당혹스러웠지만 이내 점점 매혹됐다. 그 단편들은 초현실적인 이야기였는데, 독자가 더 잘 알고 있다고 가정한 등장인물들이 바다가 없는 곳에 자리 잡은 분주한 항구, 바보처럼 웃을 때 말고는 아무 소리도 내지 않는 노인들만 살고 있는데 여행자가 하룻밤 머물고 다음 날 아침이 밝으면 사라져버리는 마을 같은 이상한 장소들을 돌아다니는 내용이었다. 그런데 모든 장면의 묘사가 진지하고 명확해서 꿈속의 현실이 농축된 듯한 분위기를 풍겼다. 비유인 모양인데, 무엇을 비유한 걸까? 작가가 현실이라고 확신하는 것만큼은 분명했다. 그렇지 않고서는 이런 식으로 글을 쓸 수가 없었다.

나는 얼마 후 이런 식의 판타지를 시간 낭비로 간주하게 됐지만, 그때는 진지하고 명확한 문체가 마음에 들었고 신비주의의 매력을 느낄 수 있었다. "내 능력 밖이라 이해는 잘 되지 않지만 아주 특이한 작품인 것 같아." 사람들은 주제를 잘 이해할 수 없는 작품을 접하면 보통 자기 탓으로 돌린다. 하지만 그렇다고 해서 쓰레기에 예술의 가면을 씌운 지적 허구가 달라지는 것은 아니다. 이것이 중요한 문제인가 아닌가는 별개의 범주이지만. 나는 편집자 생활 내내 이것이 중요한 문제라고 생각했기 때문에 1946년에 《재단사의 케이크》를 베티 애스크위스의 유려한 번역으로 선보인 다음부터 다시는 신비주의의 유혹에 넘어가지 않은 것을 다행스럽게 생각한다.

아무리 책에 굶주린 시절이라고 해도 이 단편집은 정말 팔리지 않을 만한 작품이었는데, 신기하게도 내가 재미있게 읽었다는 판단을 내리자 그 길로 출간 결정이 났다. 그 책의 실적이 형편없지는 않았을 것이다. 책에 대한 나의 책임감이라든가 남 탓하기 좋아하는 안드레의 성향으로 미루어볼 때 실적이 저조했더라면 내가 분명히 기억했을 테니까. 이때는 '시장에서 팔릴 만한 작품일까?'라고 고민할 필요가 없었던 행복한 시절이었다. 그게 얼마나 엄청난 호사인지 몰랐다니 생각해보면 슬픈 일이다.

윈게이트에서 나는 안드레의 파트너가 아니라 직원이었다. 나의 의견은 그의 판단에 영향을 미칠 수도 있고 미치지 않을 수도 있지만, 그가 독자적으로 어떤 결정을 내리면 싫든 좋든 따라야 하는 게 내 입장이었다. 나는 보통 '안드레가 알아서 잘하겠지, 뭐.'라는 식의 태도를 보였다. 애초부터 출판은 나보다 똑똑하고 진지한 사람이 하는 일이라고 생각했고, 내 경험이 얼마나 보잘것없는지 알고 있었기 때문이다. 그런데 (이제 와서 돌이켜보면 충격적이지만) 선천적으로 게으른 성격 탓도 없지 않았다. 나는 우리 출판사가 지향하는 방향만 마음에 들면 그가 어떤 원고를 들고 오건 상관없었다.

우리는 초기에 근엄하다 싶을 만큼 진지한 작품들을 주로 선택했다. 전후 책 가뭄 현상으로 프랑수아 비용이나 하인리히 하이네와 같은 고전을 재출간할 필요성을 느낀 결과였다. 안드레의 소개로 알게 된 빌 스털링은 유럽의 유명한 시를 모두 번역할 수 있다고 자부하는 사람이었다. 허풍이 조금 심한 경향은 있었지만, 우리는 그의 번역 덕분에 비용과 하이네의 작품을 2개 국어의 깔끔한 시집으로 선보일 수 있었다. 그런가 하면 브론테 자매의 소설과 시를 근사하게 편집한 필리스 벤틀리는 현대의 브론테 자매 연구를 정면으로 반박하는 서문을 실었고, 영국에서는 최초로 이들의 초창기 작품을 일부 소개했다.

하지만 우리 출판사에서 처음으로 대박을 터트린 두 작품은 위에 소개된 고전들과는 분위기가 전혀 달랐다. 먼저 《외계인이 되는 법》을 쓴 조지 마이크스는 안드레와 부다페스트에서 학교를 함께 다닌 동창의 형이었다. 안드레는 근사한 어른처럼 보이는 친구의 형을 보고 부러워한 적이 있었고, 나중에 망명객의 신분으로 런던에서 다시 만났을 때 두 사람은 나이 차를 잊고 친구가 되었다. 영국에 사는 외국인의 생활을 풍자적으로 묘사한 조지의 작품은 엄청난 성공을 거두었다. 가만히 있어도 해외로 판권이 저절로 팔려 지금까지 꾸준히 판매되고 있고, 조지는 이때 얻은 명성을 바탕으로 1990년에 눈을 감을 때까지 풍자 작가로 편안한 생활을 누릴 수 있었다. 그런가 하면 나중에 안드레 도이치 출판사를 설립했을 때 동업자로 참여한 니컬러스 벤틀리도 이 작품을 통해 알게 된 작가였다. 《외계인이 되는 법》은 너무 짧아서 삽화를 넣어 분량을 늘릴 필요가 있었는데, 무명의 외국인 작가라는 약점을 보완하려면 좀 더 낯익은 영국인 삽화가의 이름을 표지에 나란히 실어야 승산이 있었다. 안드레는 닉을 끈질기게 설득한 끝에 열두 개의 삽화를 받아냈고, 책이 성공을 거두자 엉뚱한 두 헝가리 출신과의 공조를 미심쩍어하며 인세 대신 100파운드 매절로 계약하겠다고 했던 닉의 과거 발언을 잊을 만하면 들추어냈다. 그때 안드레는 끝까지 인세 계약을 고집했고, 계약은 거의 파기될 뻔했다. 정확하게는 모르겠지만 닉이 이 열두 장의 삽화로 거둔 수입은 1만 파운드가 훨씬 넘었을 것이다. 그 후 닉과 그의 부인 바버라는 안드레와 절친한 친구가 되었고, 안드레가 윈게이트를 설립한 직후 바버라는 안드레의 열렬한 사랑의 대상, 그가 죽을 때까지 충정을 바친 여인이 되었다.

우리의 두 번째 히트작인 《리더스 다이제스트 옴니버스》는 안드레가 뉴욕에서 처음으로 획득해온 전리품이었다. 미국으로 해마다 쇼핑을 나가는 게 얼마나 중요한 일인지 알아차리자마자 놀라운 속도로 인맥을 넓힌 결과 탄생한 히트작이었다. 그는 이런 책을 맡기면 오드리와 내가 어떻게 반응할지 뻔히 알고 있었기 때문에 **기정사실**로 선포한 뒤 받아들이라고 강요했다. 우리는 실제로 몸을 비틀면서 불평을 늘어놓았다. 오드리보다는 교열과 과대광고를 맡은 내 쪽의 불평이 훨씬 심했다. 지금은 《리더스 다이제스트》도 변했겠지만(나는 이때 한번 데인 뒤로 다시는 쳐다보지도 않았다) 다음 이야기를 읽으면 1940년대 말 《리더스 다이제스트》의 주제가 어떤 식이었는지 대충 짐작이 될 것이다. 한 남자가 부정한 방법으로 돈을 버느냐, 부정한 방법을 거부하고 가난뱅이로 남느냐의 기로에 서 있다. 그런데 남자는 용감하게 가난뱅이로 남는 쪽을 선택하고 이로 인해 뜻밖의 사건들이 꼬리에 꼬리를 물고 이어지면서 부정한 방법으로 손에 넣었을 금액보다 **훨씬 더 많은 돈**을 벌 수 있게 된다. 이제와 생각해보면 처음에 그렇게 우거지상을 지었으니 체면을 생각해서라도 계속 못마땅하게 여겼어야 했을지 모른다. 하지만 공전의 히트를 기록하고 여기저기서 우리더러 안목이 있다고 감탄하는 눈치를 보이자 나도 결국에는 뿌듯해하는 쪽으로 태도가 바뀌었다.

이 먼 옛날의 수습 편집자 시절에 중요한 역할을 한 작품을 추가로 소개하자면 두 권이 더 있다. 그중에서 먼저 현대 건축의 발전상을 진지하게 다룬 기술서는 편집자가 아니었다면 접하지 못했을 생소한 주제에 대해 많은 정보를 알려주었고 편집의 묘미를 깨닫게 해주었다. 그리고 타히티의 발견을 다룬 나머지 한 권은 내 직업의 본질을 확실히 일깨워준 작품이었다.

이 두 번째 작품의 작가는 글을 쓸 줄 모르는 사람이었다. 우연히 타히티라는 주제에 푹 빠진 뒤로 종이 위에 삐뚤빼뚤 힘겹게 수많은 단어를 적어놓은 게 고작이었다. 출간 도서 목록을 늘리지 못해 안달이 난 젊은 출판인이 아니면 그의 원고를 쳐다보지도 않았겠지만, 나는 원고를 검토하면서 의미심장하고 비범한 특정 사건에 대해 정말 모르는 게 없는 작가라는 생각이 들었고 잘만 만들면 정말 자부심을 느낄 만한 작품이 될 수 있겠다는 확신이 생겼다.

당시 안드레는 영국의 태평양 식민지 총독을 지내다 은퇴한 지 얼마 안 된 세련되고 교양 있는 노신사를 알게 되었는데, 소일거리로 문학 관련 일을 찾는다고 했다. 우리는 두 사람의 만남을 주선했고 저자는 상당한 금액을 지불하기로 하고 어쩌고저쩌고 경에게 편집을 맡겼다. 노신사가 3개월 뒤 청구서와 함께 원고를 보내자 아무것도 모르는 저자는 우리 쪽으로 '완성된' 원고를 보내기도 전에 편집 진행비를 지불해버렸다. 그런데 실망스럽게도 게으른 어쩌고저쩌고 경의 원고는 여섯 쪽 정도 읽었는데 하품이 나왔고 그 뒤로는 손을 댄 부분이 거의 없었다. 여전히 출간이 불가능한 상태였던 것이다. 이제는 편집 진행비에 해당하는 금액과 함께 원고를 돌려보내거나 내가 직접 편집을 하거나, 둘 중 하나를 선택해야 하는 기로에 놓였다. 우리는 논픽션 부분의 작품 수가 모자랐다. 따라서 내가 편집을 맡는 수밖에 없었다.

내가 손을 대지 않은 문장이 있을까 싶을 정도로(손을 대지 않은 단락은 분명 없었다) 고치고 타자기로 다시 쳐서 한 장章씩 보내면 저자는 언짢아하면서도 항상 승인을 내렸다. 나는 이 일이 좋았다. 이상한 모양의 꾸러미에서 꾸깃꾸깃한 갈색 포장지를 한 겹 한 겹 벗겨내 그 안에 담긴 예쁜 선물을 꺼내는 듯한 심정이었다(능력 있는 작가의 글을 아주 조금 손보는 것보다 훨씬 보람 있었다). 이 책은 출간되자마자 《타임스 리터러리 서플리먼트》에 학구적이고 세부 묘사가 탁월하며 문장 또한 빼어난 수작이라는 서평이 실렸다. 저자는 그 즉시 기사를 오려 짤막한 쪽지와 함께 나에게 보냈다. '정말 자상하기도 하지.' 나는 이렇게 생각했다. '나한테 고맙다는 인사를 하려는 모양이구나!' 하지만 쪽지에는 이렇게 적혀 있었다. "이 서평을 보면 아시겠지만 내 문장은 나무랄 데가 없었어요. 나도 처음부터 그렇게 생각하고 있었단 말입니다." 나는 한참을 웃다 멈추고 인정했다. 편집자는 고맙다는 인사를 바라면 안 되는 것이었다(가끔 고맙다는 소리를 들을 때도 있지만, 그건 보너스로 받아들여야 한다). 편집자는 산파에 불과하다는 사실을 잊지 말아야 한다. 자식에 대한 칭찬을 듣고 싶거든 직접 낳아야 한다.

앨런 윈게이트 역사상 가장 굵직했던 작품은 노먼 메일러의 첫 번째 작품 《벌거벗은 자와 죽은 자》였다. 이 소설은 기세 좋게 대서양을 건너왔다가 런던의 유명한 출판사 여섯 군데에서 퇴짜를 맞자 다급해진 에이전트가 우리 쪽으로 넘긴 작품이었다 (당시에는 일대 센세이션을 불러일으킬 것이라는 근거 없는 자신감을 보이며 영국으로 건너오는 미국 작품들이 있었다). 우리는 출간 도서 목록이 제법 늘었고 영업망이 탄탄했지만, 에이전트에게 첫 번째 제안 대상이 되기에는 아직 규모가 너무 작았다. 이 경우 일곱 번째로나마 제안을 받은 이유도 우리보다 더 탄탄한 출판사에서는 관심을 보일 것 같지 않다고 판단한 에이전트 덕분이었다.

《벌거벗은 자와 죽은 자》는 전쟁 소설이었고, 모든 등장인물이 메일러가 복무했던 태평양에서 지옥을 경험하는 병사들이었다. 그는 병사들의 본능과 경험을 정확하게 전달하는 데 집착했고 등장인물들의 말투가 실제 병사들처럼 자연스럽길 바랐기 때문에 '우라질fuck'과 '우라지게fucking'라는 단어를 자주 썼다. 미국의 출판사들은 이 작품이 훌륭하다고는 해도 출판할 수 없다고 했고, 이런 표현들을 쓰는 한 아무도 나서지 않을 것이라고 장담했다(정말 그런 것 같았다). 이럴 때 보통 대안으로 등장하는 것은 '우**f——'이겠지만 워낙 자주 등장하는 바람에 대화가 그물망처럼 뻥뻥 뚫리자 '오라질fug'과 '오라지게fugging'로 순화시켰다.

그런데 나는 상스러운 표현 때문에 난색을 표한 영국의 여섯 출판사보다 이와 같은 해결책을 받아들인 미국 출판사가 더 우스웠다. '우라질'이라는 단어는 책에 쓰지 못할 상스러운 욕으로 간주하면서 발음이 거의 비슷하고 뜻은 똑같은 단어는 어째서 괜찮다는 걸까? 내가 보기에는 이보다 더 우스운 금기 사항이 없었다.

우리는 이렇게 좋은 기회를 당연히 놓치지 않았다. 그 책을 다시 읽은 지 너무 오랜 시간이 지나 지금은 기억이 희미하지만, 지친 병사들이 깊은 진흙탕 속에서 총을 움직이려고 애를 쓰던 장면은 아직도 생생하다. 이것을 보면 알 수 있다시피 빼어난 작품이라는 내 판단은 정확했다. 이 책은 내 상상력의 한계를 넓혀준 작품이었다. 우리는 '우라질'을 그냥 쓰고 싶었지만 용기가 없었다. 그리고 나중에 밝혀진 바로는 용기가 없길 다행이었다.

출간 3주 전에 언론 서평용 도서가 언론에 배포됐을 때다. 《선데이 타임스》의 문학 담당 기자는 자기 앞으로 배달된 책을 책상 위에 그대로 방치했다. 그런데 은퇴가 얼마 안 남았을 만큼 나이가 많은 주필이 이 책을 발견하고 펼쳐 들었다. 그때 그의 시선을 처음 사로잡은 것은 '오라질', 끝없이 이어지는 '오라질', '오라질'이었다. 그 주 일요일, 《선데이 타임스》 1면에는 그 주필이 노발대발하며 직접 쓴 짧은 기사가 실렸다. "품위 있는 남편이라면 아내나 아이들이 행여나 들춰볼 수 있는 곳에 절대로 두어서는 안 될"(그는 정말로 이렇게 썼다) 저질스럽기 짝이 없는 이 작품의 출간에 반대한다는 내용이었다.

나는 여느 일요일처럼 늦잠을 자고 있었기 때문에 8시 30분에 울린 초인종 소리를 들었을 때 짜증이 났다. 현관 앞에는 수염도 깎지 않은 안드레가 잠옷 위에 바지와 레인코트를 걸친 채 《선데이 타임스》를 손에 쥐고 서 있었다.

"이거 읽어봐."

"맙소사!"

나도 안드레만큼 깜짝 놀랐다. 이미 인쇄와 제본을 끝냈고 (초판 부수도 상당했다) 분량이 많아서 제작비도 많이 들었는데……. 만약 이 책이 판매 금지를 당한다면 우리는 문을 닫을 수도 있었다.

"얼른 옷 챙겨 입어." 안드레가 말했다. "데스먼드 매카시한테 한 부 보내자. 주소 알아냈어."

매카시는 그 당시에 가장 영향력 있는 서평 전문가였다. 우리는 그에게 이 소설이 상스럽지 않은 작품이라고 공언해달라고 간청하는 내용의 쪽지를 적은 뒤 안드레의 애마를 타고 달려가서 책과 함께 우편함에 넣고 돌아왔다. 일요일 아침 그 시각에 만나자고 했다가는 오히려 역효과가 날 것 같았기 때문이다. 우리가 달려 나간 첫째 이유는 이렇게 피가 마르는 상황에서 **뭐라도** 하지 않으면 안 될 것 같았기 때문이다. 지금은 별다른 기억이 나지 않는 것을 보면 매카시의 반응은 예의를 갖추는 정도에 지나지 않았던 것 같다.

그런데 다음 날 아침부터 주문이 쏟아지기 시작했고, 그제야 쪽박 아니면 대박이 될 것 같은 예감이 들었다. 이와 더불어 법무부 장관 하틀리 쇼크로스 경이 사건을 심사하고 허가할 때까지《벌거벗은 자와 죽은 자》의 출판을 금지한다는 명령이 전달되었다. 아침에 우리 모두를 심문했던 상냥한 경찰관이 출판 금지 명령을 직접 들고 와서 전달했는지 아니면 별도로 통보되었는지 여부는 생각이 나지 않는다.

이후 2~3주 동안 주문이 폭주하는데도 책을 묵혀둘 수밖에 없는 좌절감이 뼈에 사무쳤지만, 사방에서 쏟아지는 격려로 미루어볼 때 쪽박이 아니라 대박 쪽으로 결론 날 가능성이 높아 보였다. 결국 안드레는 아는 헌병을 통해 하원에 책의 운명을 타진했다. 법무부 장관이 출판 금지 조치를 내릴 것 같습니까? 대답은 '아니오'였다. 쇼크로스가 몹쓸 책이라고 생각하기는 했지만 어쩔 수 없이 출판을 허락하는 쪽으로 결론이 내려졌다고 했다. 이렇게 해서 우리는 역설적으로 심각한 재정적 압박에 시달리게 되었다. 몇 판을 한꺼번에 제작하느라 허리가 휘었던 것이다.

우리는 이 모험을 통해 좋은 베스트셀러를 확보하고 노먼 메일러의 작품을 독점 출간하는 것 이상의 성과를 거두었다. 하룻밤 사이에 우리는 에이전트들 사이에서 재미있는 신인을 소개해줄 만한 용감하고 멋진 소규모 출판사로 부상했고 안드레는 뉴욕에서 더욱 열렬한 환영을 받았다.

출판사를 빼앗길 때에도 지켜낸 원고

외부에서 보기에 앨런 윈게이트가 거둔 성적은 제법 근사했다. 우리의 출간 도서 목록은 점점 더 흥미로워졌고, 계속되는 종이 배급제의 한계 안에서 최대한 근사하고 우아하게 책을 만들었다(종이의 질이 형편없고 여백을 제한하는 규정이 있어 전쟁이 끝난 뒤 몇 년 동안은 인쇄의 묘미를 발휘하기가 상당히 어려웠다). 그리고 가내 공업의 기준에서 볼 때 영업을 잘했다. 안드레는 니컬슨 앤드 왓슨에서 영업 사원으로 지내는 동안 서점과 도서관 정보를 많이 축적했고(도서관은 소설의 주요 고객이었다), 이들과의 우호 관계를 절대 과소평가하지 않았다. 우리는 출판사 대표가 서점을 직접 찾아가 이야기를 듣고, 주문량이 너무 많을 경우 반품 처리 등의 문제를 직접 의논하는 게 얼마나 흔치 않은 일이며 기분 좋은 경험인 줄 아느냐는 소리를 몇 번이나 들었는지 모른다. 안드레가 이런 식으로 직접 찾아간 근본 이유는 우리 회사에 영업부가 **없었기** 때문이지만, 사실 그는 출판계를 떠날 때까지 이런 원칙을 고수했다. 그는 항상 고객들에게 사랑을 받았다. 참고 도서, 실용서, 말랑말랑하고 화려한 오락물 등 출판사라면 비축해두어야 **마땅한** 분야를 거의 출간하지 않는 우리 같은 회사 입장에서는 고객의 사랑이 필수적인 요소였다.

하지만 안을 들여다보면 위태로웠다. 경험해본 사람들이 말하길 3000파운드로는 출판사를 차릴 수 없다고 하더니 맞는 말이었다. 우리는 항상 자금난에 허덕였다.

나는 결제가 밀릴 때면 구역질과 함께 끔찍한 공허감을 느꼈고, 파국을 막기 위해 아슬아슬한 곡예를 벌여야 했던 카우프만 씨도 비슷한 기분이었을 것이다. 반면 안드레는 이런 위기 상황이 닥칠 때마다 한층 기운을 냈다. "결제가 밀렸는데 돈이 없구나."가 아니라 "멍청한 인쇄소와 제본소들 때문에 이 세상 사람들이 반드시 읽어야 할 책을 출간하는 데 문제가 생겼군. 출간만 하면 전부 결제하고도 남을 텐데."라는 식으로 생각했기 때문이다. 그는 자금을 확보해야 할 필요성을 느끼면서도 의기소침해지지 않았다. 오히려 한층 더 분발했다. 우리는 위기가 닥칠 때마다 어려운 신생 출판사에 투자할 만한 사람을 구하지 못했다. 하지만 안드레는 늘 며칠 만에 투자자를 찾았다. 극심한 공포감을 날려버리는 나만의 방법은 문제가 되는 사안은 옆으로 밀쳐두고 원고를 읽거나 광고를 짜거나 하는 식으로 코앞에 닥친 일에 몰두하는 것이었다. 내가 지적인 관심을 가지고 안드레의 대처에 동참했더라면 지금 와서 좀 더 의미 있는 이야기를 할 수 있었겠지만, 그때 나는 계속 눈을 감고 있었다. 그러다 눈을 뜨면 안드레가 의기양양하게 새로운 간부를 데리고 나타났다. 그것도 다섯 번씩이나.

하지만 안드레는 타고난 위기 탈출 능력에도 불구하고 사랑스럽지만 불편한 약점이 있었다. 그가 영국으로 건너온 이유는 영국이라는 나라를 사랑했기 때문이다. 부다페스트에서 학창 시절을 보낼 무렵 라틴어와 더불어 어떤 외국어를 배울 것인지 독일어와 영어 중 하나를 고르게 되었을 때 그는 사랑하고 존경하던 삼촌의 영향으로 주저 없이 영어를 선택했고 적성에 잘 맞는다고 생각했다. 그런데 이때 희한한 작품들만 읽었는지 영국이라고 하면 정직하고 믿음직하며 낭만적인 이미지와 매력적인 영국 신사를 떠올렸다. 만일 그가 투자자를 찾고 있을 때 헝가리인 동포가 그물망에 걸렸더라면 그는 철저하게 비즈니스적인 관점에서 접근했을 것이다. 그런데 매번 그물에 걸리는 사람은 영국인이었다. 색안경 낀 눈에 비친 그 영국인은 그의 기도에 대한 응답으로서 은은하게 반짝거렸고, 근사한 분홍빛을 띠었다. 지금도 믿기지 않지만, 때맞춰 나타난 다섯 번의 기적과 안드레가 맺은 관계는 신사협정 그 이상도 그 이하도 아니었다. 계약서 자체가 없었기에 계약서를 운운할 필요도 없었다.

이런 일들이 벌어지기에 앞서 오드리가 떠났다. 안드레가 그녀의 남편 로널드를 못 견뎌했기 때문이다. 남편이 군 복무를 마치고 돌아오자 오드리는 일자리 마련 차원에서 우리 출판사에 투자했고 로널드는 회사 설립 후 몇 개월 동안 영업부장으로 근무했다. 그는 조용하고 차분한 인상의 소유자였고, 말을 하기보다 듣는 쪽이었으며, 전직에 대해서는 나도 들은 바가 없었다. 그는 우리 출판사를 그만둔 뒤에 교육을 받고 접골사로 명성을 날렸다. 하지만 사업가 기질은 전혀 없었다. 물론 영업부장 기질도 전혀 없었다.

출판사 설립 후에 만난 로널드를 예로 들 수는 없겠지만, 안드레는 사람의 본성을 파악하는 능력이 부족했다. 자기 자신의 관점 외에는 전혀 관심을 갖지 않는 데서 비롯된 약점으로, 조급하고 서투른 직원 관리에 영향을 미쳤다. 그는 추진력 있는 영업부장이나 엄청나게 꼼꼼한 광고 담당 편집자 등 회사에 필요하다 싶은 직원이 있으면 맨 처음 만난 사람을 적임자로 낙점하고 반대 의견을 모두 무시했다. 그러고는 사각형 나무를 동그란 구멍 안에 쑤셔 넣으려고 애를 쓰는데, 이들의 본성을 파악하고 나서 분개하며 해고할 때까지 얼마나 자주 신경전을 벌였던지 지금 생각해도 피곤해진다. 하지만 로널드는 판단이 잘못되었다기보다 운이 나빴던 경우다. 함께 근무한 지 3주도 되지 않았을 때부터 서치라이트의 표적이 되어 제대로 하는 것이 없는 사람으로 찍혔고, 그 결과 점점 더 실수만 연발했으니 로널드로서는 정말 안타까운 노릇이었다.

오드리를 사랑했고 로널드를 좋아했던 실라와 내가 중간에서 안드레를 설득하려고 했지만 아무 소용이 없었다. 나라도 그랬을 텐데, 거래처에 제때 결제를 해줬다는 이유로 로널드가 죄인으로 몰렸을 때가 아직도 생각이 난다. "한심한 인간 같으니라고! 그 작자는 외상이 뭔지도 모르는 모양이지?" "그런 식으로 말하지 마. 30일 있다가 결제해도 된다고 미리 **설명**을 해주지 그랬어. 몰라서 그랬을 거 아냐. 이런 일을 해본 적이 없으니까." "**나는** 그런 거 설명 안 해줘도 안단 말이야."

로널드는 그 자리에 어울리지 않는 사람이었다. 마침내 로널드와 오드리가 투자했던 돈을 챙겨서 나가는 수밖에 없겠다는 결론이 내려지자 우리는 안드레를 좋아하고 존경하는 대가로 참아야 하는 부분들이 너무 부담스럽게 느껴지기 시작했다.

그런데 이때 다섯 번의 시기적절한 기적이 일어났고 우리는 다시 뭉쳤다. 투자자랍시고 영입된 간부들이 하나같이 어찌나 무능력한지 우리로서는 공동으로 반대 전선을 형성하지 않을 수가 없었던 것이다. (그중에서도 최악은 안드레가 아니라 나한테 접근했다가 퇴짜를 맞은 인간이었다. 그는 엄청난 갑부와 결혼한 나의 어린 시절 멋쟁이 친구였는데, 어느 날 느닷없이 나에게 편지를 보내 자리를 하나 내주면 막대한 자금을 우리 출판사에 투자할 용의가 있다고 했다. 안드레는 이 소리를 듣고 사냥개처럼 온몸을 떨었지만, 점심 초대를 받은 사람도 나였고 다음과 같은 이야기를 들은 사람도 나였다. "오전 중에 할 일을 만들고 싶어서 자리를 마련해달라고 했어. 안 그러면 계속 술만 마시거든." 만약 안드레였다면 이런 소리를 듣고 어떤 식으로 못 들은 척했을지 지금도 궁금하다.)

다섯 명 가운데 1, 2, 3번은 금세 손을 털고 나갔지만 4번과 5번이 그들의 지분을 사들여 안드레보다 많은 지분을 소유하게 되자 안드레는 권리를 주장할 만한 서류 한 장 없는 신세가 되었다. 두 사람 모두 사기꾼은 아니었다. 그들은 안드레가 윈게이트를 설립한 공로를 인정했고, 윈게이트를 가장 잘 이끌 만한 인물도 안드레라고 생각했다. 엄청난 인내심과 융통성을 발휘했더라면 두 사람과 공존할 수 있었겠지만, 인내심과 융통성은 안드레의 전문 분야가 아니었다.

4번은 P. G. 우드하우스의 작품에 등장하는 버티 우스터*의 사십 대를 연상시키는 외모와 목소리의 소유자였기 때문에 앞으로 '버티'라고 부르겠다. 그는 유명한 작가를 아버지로 두었고, 자신도 값비싼 스포츠 자동차가 등장인물보다 더욱 집중 조명을 받는 작품을 몇 권 발표한 적이 있는 소설가였다(안드레가 여러 번 강조하길 버티를 흥분시킬 수 있는 물건은 라곤다 상표를 단 자동차뿐이라고 했다). 그런데 그는 사업 감각과 상식이 부족한 인간이었다. 옆에서 누가 감시를 하지 않으면 일상적인 업무조차 엉망으로 만들 정도였다. 내가 그가 한 일을 가져가 아무 말 없이 다시 하는 식으로 그의 부아를 돋웠다면, 안드레는 아주 공개적으로 망신을 주곤 했다.

내 나름대로 '로저'라는 별명을 붙인 5번은 오랫동안 출판계에 몸을 담았지만, 건축과 영국의 전원을 전문으로 하는 구식 출판사에서 근무했기 때문에 일에 기운을 쏟은 적이 별로 없었다. 그는 업계의 생리를 알고 있었지만 자신의 지식을 활용하려 들지 않았고, 술에 취해 있을 때가 많았다(내 어린 시절 친구

---

* 영국의 작가 펠럼 그렌빌 우드하우스의 '지브스와 우스터' 시리즈에 등장하는 인물로, 키가 크고 호리호리하며 골치 아픈 문제가 생기면 집사 지브스에게 도움을 청하는 엉뚱하고 어리숙한 영국의 부유층 신사이다.

와는 달리 주로 오후에 술을 마셨다). 가끔은 잘못 만난 남자 친구에게 얻어터져 시커멓게 멍든 눈을 하고 앉아서 오후 내내 눈물을 짓곤 했다. (로저는 결국 자살로 생을 마감했다. 그때는 그와 피상적인 관계였기에 나는 그가 가진 내면의 슬픔을 알지 못하고 그를 바보 같다고만 생각했다.) 그는 어쩌다 반짝 정신이 들 때면 18세기의 시누아즈리*나 스트로베리 힐 고딕**을 주제로 우아한 작품을 만들어보겠다고 생각했을지 모르지만 계약을 성사시킨 적이 없었고, 우리의 출간 도서 목록을 늘리는 데 아무런 도움이 되지 못했다. 그래서 로저도 안드레에게 무시를 당했다. 물론 버티와 로저는 무능력한 바보 취급을 당할 때마다 앨런 윈게이트의 실질적 주인은 안드레가 아니라 자기들 두 사람이라는 사실을 상기시키곤 했다.

이처럼 치명적인 구조는 1~2년에 걸쳐 처음에는 외부인의 개입 없이, 나중에는 변호사 사무실을 무대 삼아 점점 부글부글 끓어올랐다. 그 사이 우리는 해로즈 근처의 좀 더 넓고 편리한 곳으로 사무실을 옮겨 영업부와 제작부까지 갖추었다(하지만 지긋지긋한 광고는 여전히 내 담당이었다). 뿐만 아니라 여러 가지 문제에도 불구하고 한 해에 약 50권을 출간해 대부분 손익

---

* 시누아즈리chinoiserie는 17세기 말~18세기 말 근세 유럽 상류 사회에서 유행한 중국 기풍 또는 중국 양식을 뜻한다.

** 고딕 문학(고딕 호러)의 창시자 호레이스 월폴Horace Walpole은 스트로베리 힐에 거대한 고딕풍 저택을 지었는데, 이 저택이 유명해지면서 '스트로베리 힐 고딕'은 건축 양식의 명칭이 됐다.

분기점을 넘겼으니 버티와 로저의 얼굴을 볼 필요 없이 자금만 쓸 수 있었더라면 정말 더 이상 바랄 나위가 없었을 것이다. 이렇게 모든 게 너무나 잘 돌아가는 상황에서 안드레가 두 바보한테 출판사를 빼앗기다니 상상조차 할 수 없는 일이었지만, 전문가의 의견을 들으면 들을수록 그럴 가능성이 높아졌다. 안드레는 법적인 권리가 전혀 없었고 그의 변호사가 할 수 있는 일이라고는 회사를 떠날 때 요리책 몇 권과 보잘것없는 작품 서너 권을 챙길 수 있도록 버티와 로저의 '양해'를 구하는 것뿐이었다(안드레와 나는 현실을 받아들이자마자 출판사를 새로 차리는 수밖에 없다는 결론을 내렸다).

하지만 조만간 도착할 책 한 권에 대해서는 아직 결정이 내려지지 않은 상황이었다. 바로 프란츠 폰 파펜의 회고록인데, 내가 작성한 출간 도서 목록의 소개를 인용하자면 다음과 같은 내용이었다.

프란츠 폰 파펜의 인생은 조국의 50여 년 운명과 정확하게 맥을 같이한다. 어렸을 때 그는 황제 측근의 궁중 시동으로 제국주의의 전통적인 위용을 목격했다. 칠십 대에는 뉘른베르크 국제군사재판에서 전범의 누명을 벗었지만, 동포들에 의해 구금당하면서 완벽한 패배를 경험했다. 그는 이처럼 양극단을 달리며 독일 역사의 한복판에 있었고, 그가 유지한 균형이 명백한 양심의 결과인지 아니면 양가적 양심의 결과인지는 여전히 추측의 문제로 남아 있다.

그가 직접 전하는 자신의 이력과 이에 얽힌 사건들은 중요한 의미를 갖는다. 1913년부터 1915년까지 미국 주재 독일 대사관에서 주재무관을 지냈던 시절의 경험담, '반대편의 입장에서 본' [영국의 야전군 사령관] 에드먼드 앨런비의 중동 전투 이야기, 국회의원이자 총리로 몸담았던 바이마르 공화국 몰락의 원인 분석……. 그는 부총리로 히틀러와 공조한 시절, 합병을 앞두고 오스트리아 주재 대사를 지낸 순간, 앙카라 주재 대사를 지낸 2차 세계 대전 시절까지 숨김없이 이 책에서 공개한다. 뿐만 아니라 마르부르크 연설에서 나치의 방식을 공개적으로 비난한 뒤에 수락한 고위 관직, 룀 폭동 때 살해당한 동료들, 가택 연금 등 그의 이력에서 가장 큰 수수께끼로 꼽히는 사건에 대해서도 언급을 회피하지 않는다.

프란츠 폰 파펜의 회고록은 독일인의 시각에서 바라본 현대사 해설서로 보나 개인적인 기록으로 보나 흥미진진한 작품이다.

한 가지 덧붙이자면 2차 세계 대전을 직접 겪어보지 않은 사람들은 전쟁이 끝나자마자 **당사자들**의 이야기를 듣는다는 것이 얼마나 짜릿한 경험인지 상상조차 할 수 없을 것이다.

폰 파펜이 회고록을 집필하게 된 이유는, 전쟁이 끝나갈 무렵 독일군에게 대사관 금고 속 서류를 넘긴 앙카라 주재 영국 대사의 하인 이야기를 다룬 《시세로 작전*Operation Cicero*》 건으로 안드레를 만난 자리에서 설득에 넘어갔기 때문이다. 당시 폰 파펜은 '시세로 이야기'의 진위를 알려줄 수 있는 입장이었다(꿈인가 생시인가 싶을 만큼 기쁜 일이었다). 그런데 편지로 물을 수도 있는 상황에서 안드레는 직접 찾아가 더욱 엄청난 기회를 잡는 쪽을 선택했다. 시세로 이야기를 낚은 것만도 대단한데, 이것을 더 중요한 프로젝트로 연결시키다니 그의 열정이 어느 정도인지 엿볼 수 있는 일화였다.

엄밀히 따지면 완성된 회고록의 판권은 앨런 윈게이트의 소유였지만, 변호사들도 안드레에게 도의적인 권리가 있다는 입장이었다. 그런데 버티와 로저는 이 부분을 인정하려 들지 않았다. 격렬한 논쟁이 벌어진 끝에 두 사람은 양측 변호사가 금요일에 내놓은 제안을 받아들였다. 금요일은 안드레와 내가 앨런 윈게이트에서 보낸 마지막 날이었는데, 그다음 주 화요일에 회의를 통해 판가름을 낼 때까지 모두들 진정하고 폰 파펜 문제는 '모라토리엄' 기간을 갖자는 것이 변호사들의 제안이었다.

그 주 일요일에 나는 작전 회의차 점심 무렵 안드레의 집으로 건너갔다. 그런데 나와 함께 있을 때 전화벨이 울렸고, 독일어로 이야기하는 것을 보니 폰 파펜의 전화인 모양이었다. 폰 파펜은 조금 전에 안드레가 앨런 윈게이트에서 잘렸다는 전화를 받았는데, 전화를 건 사람이 누구냐고 물었다. 그리고 잘리다니 무슨 소리냐고, 어떻게 된 일이냐고 물었다.

안드레는 예전부터 주변머리가 좋기로 유명했지만, 내가 본 중에서 이때가 최고였다. 뜻밖의 전화였던 데다 처리하기가 쉽지 않은 문제였고, 버티와 로저의 비열한 수작에 온몸이 부들부들 떨리는 와중이었음에도 불구하고 안드레는 10분 만에 자연스러운 말투로 아주 명쾌하게 전후 상황을 설명했다. 그리고 앨런 윈게이트가 아니라 안드레가 조만간 설립할 새 출판사에 원고를 넘긴다는 폰 파펜의 다짐을 받아낸 뒤에 전화를 끊었다. 어리석은 영국의 두 신사가 제 꾀에 넘어간 꼴이라니, 내 출판 인생을 통틀어 가장 통쾌한 장면으로 꼽힐 만한 경험이었다.

　내가 이사로 참여한 안드레의 새 출판사는 이 사건을 계기로 탄탄한 기반을 갖추게 되었다. 얼마 안 있어 3만 파운드(지금이야 푼돈이지만 당시에는 어마어마한 금액이었다)를 받고 《피플》이라는 일요 신문에 폰 파펜의 회고록 연재권을 넘겼으니 말이다.

출항! 안드레 도이치 출판사

1952년. 신생 출판사는 시작부터 두 가지 사항을 확실히 했다. 첫째, 회사명은 '안드레 도이치'로 정한다. 둘째, 안드레가 확고부동한 사장이다. 사내 이사로 근무할 니컬러스 벤틀리와 나를 비롯해 여덟 명의 주주가 있었지만, 한 명이 나머지 일곱 명의 주식을 모두 매수해도 회사를 장악할 수는 없었다. 안드레는 조만간 갚을 대출을 통해 이처럼 만족스러운 상황을 만들었고, 폰 파펜의 연재 계약이 맺어지자 회사는 금세 흑자로 돌아섰다.

나는 이사가 되기 위해 필요한 최소 자금 350파운드를 대모님에게 빌렸다. 닉과 내가 주식을 매수한 이유는 일자리를 위해서였다. 반면 다른 주주들은 안드레와의 친분을 생각해 투자한 경우였지만, 모두들 결국 많지는 않아도 제법 짭짤한 이윤을 챙길 수 있었다. 이야말로 현명하고 기분 좋은 상황이었고, 앨런 윈게이트에서 그런 일을 겪고 난 뒤에 찾아온 커다란 위안이었다. 한편 앨런 윈게이트는 안드레가 떠난 지 5년 만에 자연 도태됐다.

우리는 윈게이트에서 5년을 동고동락하는 동안 제작과 소매, 양쪽 분야에서 친구를 사귀었고, 에이전트들 사이에서 좋은 평판을 유지하며 많은 경험을 쌓았다. 우리로서는 새 출발을 한다기보다 훨씬 좋은 조건으로 예전의 업무를 계속 이어나가는 기분이었다. 자금은 있고 버티와 로저의 얼굴은 볼 필요가 없었으니 원하던 바였다. 이렇게 신나는 상황이 되면 정신이 해이해지는 사람도 있겠지만 우리는 아니었다. 윈게이트에서 얻은 가장 큰 수확이 있다면 가난에 의해 형성된 기질이었다. 안드레는 원래 꼼꼼한 성격이었고, 윈게이트에서 그와 함께 일했던 사람들은 꼼꼼한 태도가 생존의 필수 조건이라는 사실을 깨닫고 동화되었다. 심지어 천성적으로 덤벙대는 나 같은 사람도 예외가 아니었다. 시간이 흐른 뒤에 간파한 사실이지만 사업을 시작할 때 자금이 넉넉하면 좋을 게 없다. 자금이 넉넉하면 그럴 필요가 없기 때문에 조직을 알맞게 체계화하는 방법을 배우지 못한다.

우리는 마음의 여유를 누리고 싶어도 그럴 수가 없었다. 안드레가 질색했기 때문이다. 그는 향후 40년의 전망을 제시하며 소름이 오싹 돋을 만큼 우울한 분위기를 조장했다. 아무리 실적이 좋아도 불필요한 지출의 기미가 조금이라도 보이면(응접실을 새단장한다든지, 열여섯 쪽만 넣으면 되는 삽화를 서른두 쪽 넣는다든지, 누군가 연봉 인상을 요구하는 극악무도한 짓을 저지른다든지) 어려움이 임박한 상황에서 어쩌면 그렇게 생각 없는 짓을 저지를 수 있느냐며 난리 법석을 피웠다. 나머지 직원들은 투덜거리기 일쑤였지만, 덕분에 우리 회사는 당시 소규모 독립 출판사들에게는 힘들었던 마지막 5년을 넘기고 1985년에 매각될 때까지 해마다 흑자를 기록했다. 안드레의 철저한 단속이 없었더라면 불가능했을 일이었다.

처음 3년 동안 우리는 세이어가에 자리 잡은 한 의사의 집 꼭대기 층 3분의 2를 사무실로 썼다. 이때는 행복했지만 아마추어 기질이 조금 남아 있던 시절이었다. 욕조 위에 널빤지를 얹어 포장용 작업대로 삼고, 편집부와 영업부가 조그만 사무실 하나를 나눠 쓴 출판사가 우리 말고 또 있었을까? 하지만 우리는 1956년에 데릭 버숄의 회사를 인수할 수 있을 만큼 성장해 소호 칼라일가 14번지의 사무실로 입성했다.

데릭 버숄은 어정쩡하게 인맥이 넓고 어정쩡하게 문학계에 발을 담그고 사는 자유분방한 인물이었다. 나는 아버지를 통해 그의 이름을 처음 들었는데, 아버지는 버숄이 《스펙테이터》의 문학부장을 잠시 맡았을 때 상당히 인상적인 인물이었다고 기억했다. 잡지사가 있는 고어가의 뒤편 골목길이 내려다보이는 사무실의 책상 위에 다리를 올려놓고 창문 너머로 보이는 고양이들을 22구경 권총으로 난사하곤 했다는 것이다. 출판사까지 차린 것을 보면 돈을 제법 번 모양이었지만(입지가 좋은 사무실 건물도 출판사 소유였다) 오래 버티지는 못했다. 우리가 데릭 버숄에게서 인수한 작가들 중 정말 의미 있는 작가는 두 명뿐이었다. 그중에서 로이 풀러의 소설과 시는 우리 출간 도서 목록에 오랫동안 광채를 더해주었고, 루드비히 베멀먼즈의 아동 도서 마들린느 시리즈는 아주 좋은 성적을 거두었다. 데릭 버숄에게서 인수한 작품 중 가장 부담스러웠던 《기억에 남을 만한 연회들》은 아무 의미 없는 편집물이라 제1회 《선데이 타임스》 도서 박람회 때 진열대를 설치하면서 제외시킬 생각이었다. 그런데 그 책 한 권이 한쪽 귀퉁이에 꽂혀 있다가 박람회 개회를 선포한 여왕의 눈에 띄었다. 여왕은 책을 집어 들고는 기쁜 목소리로 외쳤다. "독자를 유혹하는 제목이로군요!" 안드레는 이 말을 듣더니 여자처럼 무릎을 굽히면서 인사를 했다. 본인의 주장에 따르면 너무 당황했기 때문이라고 한다.

버숄은 안드레와 운명적으로 만날 수밖에 없을 것처럼 보이는 전형적인 영국 신사였다. 비록 정리되지 않은 채무 관계가 오랫동안 찔끔찔끔 이어졌고 잊을 만하면 그가 다닌 양복점이나 와인 가게에서 청구서가 날아와 우리의 눈을 튀어나오게 만들었지만, 그래도 그는 우리에게 해를 입히기보다는 많은 도움이 되었다. 그의 사무실에 둥지를 트고 나서야 우리는 촉망받는 기대주가 아닌 진짜 전문가가 되었다.

버숄의 출판사에는 널찍한 사무실이 두 개 있었고, 좁은 입구를 지나면 편리하게 칸막이로 나뉜 공간들이 뒤죽박죽 등장했다. 두 사무실 중에서 더 나은 쪽은 당연히 안드레의 몫이었고, 니컬러스 벤틀리가 나머지 하나를 차지했다. 나는 잽싸게 가장 작은 공간을 내 것으로 만들었다. 책상이 하나밖에 안 들어가는 곳을 골라 독차지하자는 게 나의 계산이었다. 내가 만약 닉의 사무실에 욕심을 냈다면 차지할 수도 있었다. 워낙 예의 바른 닉이 순순히 양보했을 테니까. 하지만 그랬더라면 안드레가 그 사무실에 나 말고 다른 직원 두 명을 몰아넣었을 것이다. 닉의 사무실에 그의 비서 외에 다른 직원까지 들여달라고 부탁할 생각은 절대 하지 못했겠지만 말이다.

닉은 논픽션을 편집했지만, 전부 다 맡은 것도 아니었고 속도도 느렸다. 워낙 정확성에 목숨을 거는 성격이라 문장을 너무 현학적으로 고치거나 잘못 쓰인 부정사에 경악하다 사실 관계가 잘못된 부분을 놓치는 경우가 많았기 때문에 누군가가 뒤처리를 해주어야 했다. 자랑은 아니지만 닉보다는 내가 훨씬 바빴고 훨씬 쓸모가 많았다(하지만 사업 감각에 있어서는 도토리 키재기였다. 안드레는 이걸 두고 종종 농담을 던지면서도 안타까워했다). 그런데도 닉이 여러 가지 특권을 누리고 연봉도 나보다 많은 이유는 남자라서였다. 이 사실을 눈치 챘을 때 나는 화를 내기보다 단념했다. 출판계는 박봉에 시달리는 다수의 여자들과 보수가 훨씬 좋은 소수의 남자들로 이루어진 곳이었다. 여자들도 이와 같은 불평등 구조를 당연하게 여겼다.

이런 상황을 어쩌면 그렇게 담담하게 받아들였느냐고 내게 의문을 제기한 젊은 세대 여성들도 있었지만 일부분은 조건 반사가 아니었을까 싶다. 나는 사근사근한 여자가 되어야 한다는 교육을 받으며 자랐고, 우리 세대 여자들은 남자의 기준으로 자신을 바라보았기 때문에 남자들 눈에 고집이 세고 성가시고 우스운 여자로 보이면 어떤 일이 벌어질지 알고 있었다. 우울한 이야기이지만 그럴 경우 자신이 보기에도 성가시고 우스운 여자가 되고 마는 것이다. 심지어 지금도 나는 마땅히 분노해야 하는 상황에서 괜히 언성만 높이고 얼굴만 시뻘게지는 무능력한 바보로 전락하는 굴욕을 감수하느니 차라리 돌아서서 피하는 편을 택할 것이다.

하지만 피하는 것은 누구나 할 수 있는 일이다. 나만 하더라도 부지불식간에 피하면서 살아왔다. 내가 존경한 여자들은 적극적으로 반발하기 시작했지만, 나는 세뇌 교육을 당한 여자 특유의 자만심과 자신감 부족의 동반 작용으로 부당한 일인 줄 알면서도 계속 받아들였다.

1998년 1월의 어느 날, 나는 《인디펜던트》에서 자신의 직업을 대하는 태도에 있어 남녀 간에 어떤 차이점이 존재하는지 최근에 '조사'한 결과를 읽은 적이 있었다(소규모의 피상적인 조사인 것 같기는 했다). 그런데 남자들은 승진과 연봉 인상을 목표로 삼는 반면 여자들은 성취감을 느끼며 즐길 수 있는 일이 목표인 것으로 밝혀졌다. 나는 이 기사를 읽자마자 속으로 "말도 안 돼!"라고 외쳤지만, 잠시 후 맞는다는 생각이 들면서 이상하게 기분이 좋아졌다. 내 경험을 한마디로 정확하게 요약한 기사였던 것이다. 나는 편집자라는 직업을 사랑했을 뿐 아니라 이사 취급을 받지 않는 게 좋았다. 앞에서도 이야기했다시피 예나 지금이나 책임감을 싫어하고, 내키지 않는 일은 건성으로 대하며, 돈에 대한 고민을 따분하게 여기는(돈을 쓰는 건 좋아하지만) 성격 때문이었다. 안드레가 이런 성격을 이용해 나를 착취하고 내 감정 따위는 신경 쓰지 않은 것이 사실이지만, **일과 관련해서** 내 감정을 공격한 적은 없었다.

모든 여자들이 직위와 연봉에 무관심하다고 볼 수는 없지만, 나처럼 자기 일을 즐기던 여자들은 대부분 무관심했다. 우리 직장 동료들은 1960년대와 1970년대에 페미니스트 운동가들을 존경하고 공감했지만, 운동에 동참한 사람은 한 명도 없었다. 부조리를 느끼기는 했지만, 좋아하는 일을 하다 보니 절실하게 고민하지 않았다. 게으르거나 이기적이었기 때문일까? 그렇다고 말할 수도 있을 것이다. 하지만 그로 인한 죄책감은 없다(나처럼 쉽게 죄책감을 느끼는 사람조차 말이다). 우리가 이렇게 게으른 반응을 보인 데에는 조건 반사가 미친 영향도 있겠지만, 나 같은 경우에는 운명에 만족하는 것이 타고난 기질이었다. 연봉이나 조직 내의 위치가 아니라 좋아하는 일을 선택하는 남자도 **몇 명**쯤은 있을 텐데, 여자가 그런 반응을 보이는 걸 가지고 세뇌 교육 때문이라고 단정 지을 이유는 없지 않을까?

이 세계에서 저 세계로 여행하는 직업

칼라일가에서 보낸 몇 년은 가능성이 넘치던 시절이었다. 오랜 경험상 입고되는 원고들이 대부분 실망스러운 수준이라는 것을 알고 있으면서도 날마다 기대감에 부풀었고, 매해 출간하는 70여 권의 책 중에서 상당수가 기대치를 만족시켰다. 우리의 출간 도서 목록은 노먼 메일러와 모디카이 리슐러, 브라이언 무어, 로이 풀러의 뒤를 이어 테리 서던, V. S. 나이폴, 잭 케루악, 필립 로스, 매비스 갤런트, 울프 맨코비츠, 잭 섀퍼, 진 리스가 추가되었고, 시인은 스티비 스미스, 엘리자베스 제닝스, 로리 리, 피터 레비, 제프리 힐, 논픽션 작가로는 시몬 드 보부아르, 페기 구겐하임, 샐리 벨프레이지, 알베르토 덴티 티 피라뇨, 라이오넬 필든, 클레어 셰리던, 메르세데스 드아코스타가 추가되었다. (지금은 잊힌 사람도 있지만, 모두 글 솜씨가 뛰어난 훌륭한 작가들이었다.)

이 무렵 나는 진정한 편집자가 되었다고 생각하고 있었으니 이제 직업에 관한 이야기를 꺼내도 될 때가 온 것 같다. 당시 출판계에서는 대부분 편집자와 교열자를 구분하는 것이 관행이었다. 저자를 발굴하고 비위를 맞춰주며 작업을 독려하고 가끔은 이쪽 길 또는 저쪽 길로 유도하는 사람이 편집자라면 원고 정리라는 비교적 초라한 일을 담당하지만 없어서는 안 될 사람이 교열자였다. 우리 회사에서 편집자는 두 가지 일을 모두 맡았다. 1980년대 이후에는 원고 정리를 외주 교열자에게 맡기기 시작했지만, 안드레 도이치의 편집자들 중에서 이런 조치를 쌍수 들고 환영한 사람은 없었을 것이다. 적어도 내 경우에는 탐탁지 않았다.

책 한 권을 만들기까지 필요한 과정은 단순하지만 시간이 많이 걸리고 가끔은 지루했다(지루함을 견딜 수 있는 무기가 작업 중인 책에 대한 애정이었다). 편집자의 의무를 나열하자면 먼저 대문자와 하이픈, 이탤릭체, 물음표가 내부 규정에 따라 일관성 있게 쓰였는지, 맞춤법이 틀린 곳은 없는지, 구두점이 이상한 곳은 작가의 의도에 따른 것이 맞는지 점검하고, 깜빡 빠트린 부분이 없도록 신중에 신중을 기해야 한다(작가가 중간에 등장인물 이름을 '조'에서 '밥'으로 바꾸었는데, 앞으로 되돌아가서 고칠 때 실수로 '조'를 남겨놓았을지도 모른다). 의심스러운 부분이 있으면 무식하다고 손가락질을 당하더라도 짚고 넘어가 정보의 오류를 막아야 한다. 작가가 다른 작품이나 노래를 인용했을 경우에는 허락을 받았는지 확인을 하는데, 열에 아홉은 편집자가 대신 나서서 허락을 받아야 한다. 감사의 글, 참고 문헌, 찾아보기가 필요하면 알아서 챙겨야 한다. 삽화가 필요하면 삽화가를 섭외하고, 삽화의 순서와 설명을 정하고, 대가를 지불해야 한다. 책의 내용 중에 외설이나 명예 훼손의 가능성이 있으면 변호사의 의견을 구하고, 변호사의 충고를 받아들이도록 작가를 설득해야 한다.

아무리 완벽한 작가의 원고라도 이처럼 일상적인 과정은 기본이었다. 그리고 의견 교환을 거쳐 본문을 수정하는 경우가 발생하면 작업이 좀 더 흥미로워졌다.

어색하거나 불분명한 문장을 조금 손보는 사소한 수준에서부터 내가 타히티 관련서 때 그랬던 것처럼 책을 거의 새로 쓰다시피 하는 수준에 이르기까지(그때처럼 처음부터 끝까지 뜯어고친 책이 또 있었는지는 생각나지 않는다) 편집의 범위는 넓었다. 하지만 보통은 "누구누구의 외모 묘사를 처음 등장하는 부분으로 옮기는 게 낫지 않을까요?" 아니면 "누구누구가 어쩌고저쩌고 한 이유를 좀 더 자세하게 설명했으면 좋겠어요. 지금은 논리가 부족하게 느껴지거든요." 수준에 머무르기 마련이었다. 이런 제안을 했을 때 나름대로 이유를 대며 난색을 표하는 저자는 가끔 있었지만, 화를 내는 저자는 없었다. 작가들은 세심한 독자의 제안이 일리가 있다 싶으면 기쁘게 받아들인다. 어쩌다 우연히 만난 세심한 독자는 잔뜩 곤두섰던 신경을 진정시키는 역할을 한다. 편집자가 작가를 만날 때 좋은 관계에서 출발할 수 있는 것도 이런 이유 때문이다.

나 같은 경우에는 기본적으로 원고에 지나치게 손을 대지 않았다. 설령 마음에 들지 않더라도 독자에게 전달되어야 하는 것은 내 목소리가 아니라 작가의 목소리이기 때문이다. 작가의 허락이 없으면 어떤 부분도 고치지 말아야 한다는 것은 모든 편집자의 절대 원칙이었다. 그러니까 이 두 가지가 내가 세운 편집의 기본 원칙이었는데, 가장 이상적인 경우는 손댈 필요 없는 원고를 입수하는 것이었다(브라이언 무어, V. S. 나이폴, 진 리스가 이런 경우였고, 미국에서 출간된 책도 이미 편집을 거쳤기 때문에 골치 아픈 단계를 건너뛸 수 있었다). 만약 원고에 손을 대더라도 출간 즈음에 이르러서는 전혀 손을 대지 않은 것처럼 읽혀야 하는데, 이것은 작가와 긴밀한 공조 관계를 유지하지 않으면 불가능한 일이었다.

편집이라는 절차를 놓고 작가들이 보이는 반응은 천차만별이었다. 내용에서건 문장에서건 편집자가 실수를 지적했을 때 고마워하는 사람은 없었지만, 일부는 대안으로 제시된 모든 단어마다 저울질을 한 반면 대다수는 편집자의 의견을 기꺼이 받아들였고, 소수는 좀 더 많은 의견을 듣고 싶어 했고, 극소수는 이러든지 저러든지 상관하지 않았다.

예를 들어 조지 마이크스는 편집이 많이 필요한 작가였다. 원하는 바를 전달할 수 있을 만큼 외국어가 유창해지면 더 이상 갈고 닦지 않는 게으른 부류였기 때문이다. 그가 작품에서 추구하는 목표는 자연스럽고 느긋한 구어체 영어라지만, 세 문장 중 한 문장은 고쳐야 그의 목표에 부합할 수 있었다. 그런데 조지는 내가 편집한 그의 작품 열세 권 중에서 처음 두세 권은 교정지를 열심히 읽는 것 같더니 점점 게으름을 피우다 마지막 세 권은 아예 교정지를 보지도 않았다. 중간에 농담을 두세 개 넣었다고 말을 해도! 나는 조지와 워낙 잘 아는 사이였기 때문에 영어가 완벽해지도록 문장을 다듬었을 뿐 그의 개성을 잘 살렸다고 자신할 수 있었다. 나를 믿기로 한 그의 선택은 옳았다. 하지만 아무리 그렇다고 교정지를 읽어보지도 않다니 나로서는 약간 충격이었다.

내가 편집 작업을 달가워하지 않은 분야가 있다면 요리책이었다. 우리가 출간한 요리책은 결국 40여 권을 넘어섰고, 내용은 주로 각 나라의 조리법이나 쌀, 버섯, 요구르트, 기타 등등과 같은 특정 재료의 활용법이었다. 요리책 출간이라는 아이디어를 내놓은 사람은 안드레였다. 그는 식료품 공급이 정상화되면 영국의 수많은 중산층이 난생처음으로 직접 요리할 때가 올 거라고 생각했다. 나는 음식에 워낙 관심이 없는 성격이라 그런 생각은 하지 못했다. 그 무렵 내 기준으로는 삶은 달걀 대신 스크램블드에그만 만들어도 대단한 요리였다. 하지만 나는 여자였고 여자가 있어야 할 곳은 부엌이었다. 그 덕분에 요리책은 '내 몫'이 되었다.

　다행스럽게도 안드레가 한 디너파티에서 만났다는 엘리자베스 데이비드가 요리책 담당 고문으로 초빙돼 구세주로 등장했다. 그녀는 신뢰도를 높이고 눈속임을 피하는 것이 관건이며, 식도락을 진정으로 즐긴다면 '분위기'를 연출하려는 의식적인 노력 없이도 책을 근사하게 만들 수 있다고 나를 가르쳤다. 머지않아 드러난 사실이지만, 엘리자베스는 요리책 시리즈의 단독 편집자로는 부적합한 인물이었다. 아무리 유용한 책이라도 그녀의 고상한 척하는 완벽주의를 만족시키기에는 너무 조잡한 경우가 많았던 것이다. 하지만 요리라는 예술에 대한 존경심과 맛과 식감에 우아하게 반응하는 감각은 요리책 편집뿐 아니라 식도락을 즐기는 데 많은 도움이 되었고, 이 부분에 대해서는 지금까지도 고마운 마음이다.

내가 생각하기에 만들 때 가장 공이 많이 들어가는 장르가 요리책이다. 독자가 37쪽이나 102쪽의 요리를 시도할 때 21쪽에서 설명한 과정을 기억한다는 보장이 없기 때문에 필요할 때마다 설명을 매번 반복해야 하니 말이다. 게다가 조리법 제일 상단에 소개된 재료가 제대로 쓰였는지 확인하고 확인하고 또 확인해야 한다. 실제로 요리를 **하고** 있다고 상상하지 않고 기계적으로 일을 하면 반드시 엄청난 실수를 저지르게 되어 있다. ("이 요리의 재료를 보면 달걀 세 개가 있는데 도대체 어디에 쓰라는 건가요?"라는 독자들의 분노 어린 항의를 받았을 때 그 당황스러움이란!) 나는 우리 회사에서 출간한 요리책 시리즈를 자랑스러워하는 경지에 이르렀고 몇몇 저자들을 좋아하게 됐지만, 요리책은 광고와 더불어 내가 제일 싫어한 일이었다.

요리책 시리즈를 처음 맡았을 때 나는 유명한 요리사들의 전형적인 만행에 대해 들은 적이 없었다. 요리사라고 하면 대부분 통통하고 볼이 발그스름하며, 상당히 감각적인 즐거움을 주제로 책을 쓰는 사람들이기 때문에 천성이 상냥하고 부드러울 거라고 생각했다. 따라서 요리책 홍보 주간을 기획한 웨스트엔드의 어느 서점에서 우리 측 저자 여섯 명이 마련한 음식으로 오프닝 파티를 열고 싶다는 우리의 제안을 수락하자 나는 신나는 저녁을 기대했다. 사전 기획 단계부터 적극적으로 참여한 여섯 명의 요리사는 각자 전문 분야를 살려 다른 저자와 겹치지 않는 범위에서 간단한 음식을 두 가지씩 준비하기로 했다. 이들은 작품을 서점으로 운반하는 일까지 자청했고, 모두들 음식을 세팅하기 알맞은 시각에 도착했다. 그런데 와장창! 하며 누군가의 쟁반이 누군가의 접시 위로 떨어졌고, 철퍼덕! 하는 소리가 들리는가 싶더니 쇠고기 엉덩잇살이 날아가 접시 하나를 바닥으로 내동댕이치는가 하면, "어머, 제가 도와드릴게요!" 하는 소리와 함께 누군가의 손에 쥐어진 칼 하나가 신이 난 하키 스틱으로 변신해 경쟁자의 완벽한 설탕 절임을 난도질하기 시작했고……. 나는 그 뒤로 요리책 저자들끼리의 만남을 다시는 주선하지 않았다.

우리가 1950년대에 선보인 요리책은 약간의 변화를 거쳐 1960년대와 1970년대에도 좋은 성적을 거두었지만 요즘은 먹히지 않을 것이다. 난생처음 해외에서 휴가를 즐긴 대규모의 신흥 중산층이 외국 요리에 많은 관심을 가질 것이라는 예상하에 팔릴 만한 조리법을(실제로 우리의 예상은 맞아 떨어졌다) 삽화 없이 저렴하게 소개한 책에 불과했으니 말이다. 영국의 요리 혁명이 진행되면서(2차 세계 대전 이전에 출간된 몇 권 안 되는 요리책과 비교해보면 정말 혁명이었다) 여러 출판사가 유행의 물결에 합류했고, 이들은 눈길을 사로잡는 요리책을 만드는 데 많은 노력을 쏟아부었다. 으리으리하고 반들반들하며 화려한 삽화가 곁들여진 요리책이 실제로 시장을 휩쓴 것은 한참이 지난 뒤의 일이지만, 경쟁은 일찌감치 벌어졌고 우리는 낙오자로 밀려났다.

서점 사람들한테서 컬러 삽화가 없는 요리책은 팔리지 않는다는 얘기를 듣고 나서야 우리는 하는 수 없이 관광청에서 찾은 싸구려 사진들을 몇 장씩 넣기 시작했지만 시간 낭비, 돈 낭비였다. 승리는 특별히 촬영한 예쁜 사진을 정성껏 인쇄한 책들의 차지였다. 출판사에서 자신 있게 투자해 판형을 키우고 국내판뿐 아니라 해외판까지 인쇄에 공을 들이니 으리으리할 수밖에 없었다. 규모가 이쯤 되자 여러 출판사에서는 로버트 캐리어나 아라벨라 박서 같은 [당대 유명 요리사들의] 이름을 내걸고 대대적인 홍보에 돌입했고, 오늘날 텔레비전 요리 프로그램의 여왕 델리아 스미스에 이르러 정점을 이루었다(요리책의 장점 가운데 하나는 조리법의 **검증**을 받기 때문에 정말 실력 있는 요리사가 아니면 이름을 내걸 수 없다는 점이다). 이런 요리책을 만들려면 기획 단계에서부터 독자들이 "바로 이거야. 이제 다른 요리책은 필요 없겠어!" 싶을 만한 수준으로 눈높이를 맞춰야 한다(이쯤 되면 이름 걱정은 할 필요가 없다. 일단 탄탄한 궤도에 오르면 전문가들 눈에는 너무 우려먹는다는 조짐이 보이더라도 여름, 겨울, 크리스마스, 생일, 파티, 기타 등등 내놓기만 하면 날개 돋친 듯 팔리기 때문이다). 그런 다음 음식 사진을 먹음직스럽게 담을 수 있는 사진작가를 찾고(생각보다 찾기 어려울 뿐 아니라 보수도 어마어마하다) 세계적인 네트워크를 구축해야 한다. 안드레는 천성적으로 이 정도 규모의 투자를 할 만한 인물이 아니었고, 나도 밀어붙일 자신이 없었다. 자칫 실패할 수도 있는데, 우리로서는 실패를 감수할 만한 여력이 없었다. 그 때문에 우리는 소박한 성과에 만족했고 결국 우리 요리책은 서서히 하향 곡선을 그리다 1980년대 초반에 이르러 무대 밖으로 사라졌다.

출판사에 다니면 "재미있는 사람들을 많이 만나겠다."라는 소리를 제일 많이 듣는데, 어느 정도는 사실이지만 내가 보기에 이 직업 최대의 장점은 다양한 작업이다. 물론 요리책은 상당히 지겨웠지만 소설과 시집 작업은 분명 달랐다. 나는 이 세계에서 다른 세계로 줄곧 옮겨 다니는 이 직업이 정말 좋았다.

시의 세계는 나를 불안하게 만들었다. 우리 어머니는 도무지 무슨 소리인지 모르겠다면서 시를 전혀 읽지 않았다. 나는 십 대 시절에 이런 어머니를 당황스러워하며 충격적으로 받아들이면서 시를 제법 많이 읽고 쓰기도 했지만(물론 잘 쓰지는 못했다), 어머니에게서 물려받은 무덤덤한 성격은 어쩔 수 없었다. 나는 산문 속에 시가 숨어 있을 때 가장 강렬한 감동을 받았고, 시를 쓰는 것이 어떤 사람에게 **존재 이유**가 되는 까닭이 무엇일지 아직도 이해하지 못한다.

이 사실을 알기에 시집을 만들 때 내가 할 수 있는 일은 방관하는 것뿐이었다. 에즈라 파운드가 T. S. 엘리엇과 작업했을 때처럼 한 시인이 다른 시인을 자극해 스파크를 일으키는 상황이 아닌 이상, 다행히 편집자가 할 일은 그게 전부였다. 나로서는 작품을 하나씩 꼼꼼히 읽고, 표지에 저자의 의중을 최대한 반영한 문구를 싣고, 어떤 시는 전체적으로, 또 어떤 시는 부분적으로 감동을 받으면……. 그것으로 충분했다. 돌이켜보면 한심한 일이지만, 나는 시집 작업을 할 때 초조한 존경심도 느꼈다. 나보다 우월한 존재를 대하면 그런 감정을 **느껴야 한다**고 생각했기 때문이다. 시인들은 기본적으로 괴팍한 구석이 있고 덕분에 남들보다 훨씬 강렬하게 언어를 가공할 수 있을 따름이지 그들 자체가 우월한 존재는 아니다. 여흥과 교육을 목적으로 이야기를 노래하던 먼 옛날에 이들은 유용한 존재였다. 일정한 형태를 만들어 보다 보편적이고 중요한 인간의 감정을 표현하던 시절에는 남들보다 재치 있고 유쾌한 존재였다. 그런데 현대로 접어들어 자신의 내면을 주로 관찰하기 시작하면서 시인은 종종 따분한 존재가 되어버렸다(나는 얼마 전부터 《인디펜던트》에 실리는 '오늘의 시'를 읽지 않는다. 대부분 심란할 정도로 재미가 없기 때문이다). 읽을 만한 시를 쓴다 하더라도 시인은 절대 우월한 존재가 아니다. 딱한 라킨*을 생각해보라!

물론 우리는 우리 회사에서 출간하는 시집을 따분하다고 생각하지 않았다. 로이 풀러가 자신의 노화를 주제로 쓴 작품은 지겨웠고, 가끔은 엘리자베스 제닝스가 평소보다 재미가 덜한

---

* 영국의 시인. 1950년대 영국 시에 지배적이던 간결하고 반낭만적인 정서에 표현력을 불어넣은 시인으로 평가된다. 그는 평생 독신으로 살았고, 죽을 때까지 도서관 사서로 일했다. 죽기 1년 전에 영국 왕실이 영국의 가장 명예로운 시인에게 내리는 계관시인 자리를 제의했으나 거절했다.

작품을 들고 올 때도 있었고, 스티비 스미스의 대표작은 개중에서 제일 나은 〈손을 흔든 게 아니라 익사하는 거였어Not Waving But Drowning〉가 아닐까 싶기는 했지만 말이다. 피터 레비의 초기작은 단박에 나를 사로잡았지만, 갑작스러운 섬광과 오랜 빛을 선물한 쪽은 제프리 힐의 밀도 높고 복잡한 작품들이었다. 한번은 그가 나를 보고 이렇게 물은 적이 있었다. "종교를 전혀 믿지 않는다면서 어떻게 내 작품을 좋아할 수가 있죠?" 나는 이렇게 대답했다. "불가지론자라고 해서 바흐의 칸타타나 보티첼리의 '신비한 탄생'을 싫어해야 되는 건 아니잖아요?" 만일 누군가가 어떤 감정이나 정신 상태를 접하고 그걸 아주 정확하게 표현할 방법을 고민했다면, 그 결과물은 의견을 뛰어넘기에 충분한 힘을 갖게 될 것이다.

제프리는 걱정이 워낙 많아서 함께 일하기 까다로운 작가였다. 혹시 무슨 사고라도 생기지 않을까 워낙 끊임없이 전전긍긍했기 때문에 나 역시 그의 영향을 받아 불안했음에도 불구하고 끈질기게 계속 안심을 시켜주어야 했다. 그런데 한번은 정말 소름 끼치는 사건이 벌어진 적이 있었다. 우리 두 사람이 시집(《머시아의 찬가》였던 것으로 기억한다)의 원고 교정을 마치고 제작부로 넘겼는데, 그날 오후에 그가 미안하다는 투로 전화를 했다. 그가 말하길, 자신이 신경증 환자처럼 구는 것도 알겠고 그래서 정말 미안하지만, 앞쪽에 판권을 넣었는지 갑자기 걱정이 되기 시작한다는 것이다. 나는 분명 판권을 본 기억이 났지만 그의 조바심이 얼마나 엄청난지 알고 있었기 때문에 "당연히 넣었죠."가 아니라 "아직 인쇄소로 넘어가지 않았을 테니까 잠깐만 기다리세요. 100퍼센트 확실한지 가서 확인하고 올 테니까."라고 대답했다. 내가 달려가서 확인해보니 판권이 있었고, 그때까지 수화기를 든 채 기다리고 있던 제프리는 안심을 했다. 그런데 인쇄되어 나온 책을 보니 판권이 없었다.

시인은 어떨 때 시인임을 자각하게 되는지 모르겠지만, 제프리는 천직을 의식하며 사는 인간의 전형이었다. 그는 대부분의 사람들보다 힘들게 하루하루를 보냈다. 한번은 나에게 자랑스러워하는 투가 아니라 우울한 투로 말하길, 정말 하고 싶은 일이 있어도 그 덕분에 고통이 사라지면 더 이상 시가 안 써질 것 같아서 망설여진다고 했다. 그의 산문을 읽으면 시가 얼마나 커다란 **존재 이유**로 자리를 잡았는지 느낄 수 있었다. 문장이 어찌나 조심스럽고 세련되지 못한지 물 밖으로 나온 백조가 떠오를 정도였으니 말이다.

이유는 다르지만 스티비 스미스도 인생을 어렵게 생각했고, 견디기 너무 힘든 부분은 외면하고 분명한 영역에 머무는 식으로 현명하고 단호하게 문제를 해결했다. 그녀는 재미있는 사람이었고 열린 마음으로 상대방을 대했기 때문에(신중한 생존 전략을 감안했을 때 뜻밖의 측면이었다) 만나면 항상 처음에는 가까운 친구가 될 것 같은 분위기를 풍기곤 했다. 하지만 우리는 결코 가까운 사이가 되지 못했다. 이유는 아마 성性과 연관이 있었던 것 같다. 나는 성과 연애에 가장 관심이 많을 정도로 젊은 나이였기 때문에(하지만 사생활이 회사로까지 확대되는 경우는 거의 없었다) 중성적인 그녀의 모습에서 거리감을 느꼈던 것이다. 그녀는 처음 내 사무실에 왔을 때 벽에 걸린 뱀 판화를 보고 거의 정신을 잃을 뻔했다. 핏기가 싹 가신 얼굴로 치워달라고 간신히 애원할 정도였다(이후에 나는 그녀가 왔다는 소리가 들릴 때마다 그 판화부터 치웠다). 뱀에 대한 공포증이 음경처럼 생긴 모양새와 관련이 있다는 주장은 말도 안 되는 구식 발상일지 모르지만, 내가 보기에는 신빙성이 있었고 스티비의 반응이 일종의 증거였다. 미안한 고백이지만 나는 그녀의 섹스 공포증을 조금 경멸했다. 어쩌면 그녀도 보복 차원에서 나의 정반대 측면을 조금은 경멸했을지 모른다(상당히 가능성 있는 이야기이다).

사실 우리 출판사는 우연한 계기로 시집을 출간하게 되었다. 아직 세이어가로 출퇴근하던 시절에 안드레가 로리 리를 만났는데, 그가 채토 앤드 윈더스에서 출간한 《로지와 함께 사과주를》에 흠뻑 빠진 것이다. 로리가 앞으로 작품 활동에 매진할 생각이라고 출판업자들을 어찌나 세뇌시켜놓았는지 안드레는 그의 시집 《여러 겹 싸인 내 사람》의 출간을 거부한 채토 앤드 윈더스는 미운털이 박혔고, 이 시집을 출간할 회사는 앞으로 어떤 장밋빛 미래를 움켜쥐게 될지 아무도 모른다고 생각했다. 결국 안드레는 시집을 얼른 낚아챘다(로리의 유일한 산문집으로 기록된 차기작도 우리 차지가 되었다). 이로부터 5개월 뒤 데릭 버숄의 출판사를 인수하자 우리의 출간 도서 목록에는 다섯 권의 시집이 추가되었다. 작가는 로널드 보트럴, 앨런 로스, 로이 풀러, 다이애나 위더비, 데이비드 라이트였다. 그중에서 풀러는

30년 동안 우리와 함께 일했다. 그 후 로리의 추천으로 엘리자베스 제닝스가, 엘리자베스의 추천으로 피터 레비가 우리와 연결되었고, 한 시인이 다른 시인을 연결시켜주거나 에이전트가 시인 한 명을 데리고 불쑥 찾아오는가 하면 함께 일하던 소설가가 시인 겸업을 선언했다(존 업다이크가 대표적인 사례였다). 그리고 한번은 랩 앤드 위트닝이라는 소규모 출판사를 인수하면서 그쪽 작가가 우리 쪽으로 넘어오기도 했다.

나는 출판계에서 거의 50년을 보내는 동안 시집을 낼 때마다 판매 전략을 세우느라 애를 먹었고, 우리는 이 방면에 능한 출판사가 아니었다. 그런데 우리가 왜 계속 시집을 출간했는지 지금 생각해봐도 이해가 안 된다. 우리 출판사의 출간 도서 목록 중에는 내 마음을 사로잡은 시집도 몇 권 있었지만, 나의 무덤덤한 성격을 감안했을 때 시라는 장르 자체에 처음부터 손을 대지 않았더라도 아쉬워하지 않았을 것이다. 나는 대부분의 시집을 편집했을 뿐 시집을 내자고 선동하지는 않았다. 시집을 출간하고 뿌듯해한 쪽은 안드레였다. 그는 젊었을 때 시집의 열렬한 독자였고(헝가리 사람들은 모국의 시인들을 보물로 간주한다), 우리 둘이 처음 만난 무렵에도 기회가 있을 때마다 젊은 여자들 앞에서 엘리엇의 〈네 개의 사중주〉를 큰 소리로 낭송하곤 했다(낭송 솜씨가 아주 훌륭했다). 닉도 직접 편집을 맡은 자기 친구 오그던 내쉬 말고는 우리 출판사 소속 시인들에게 별로 관심이 없었다. 과거에 영국의 지방 유지들이 모든 여가 시간을 사냥이나 승마에 쏟아부으면서도 집이라면 모름지기 서재가 있어야 한다고 생각했던 것처럼 안드레는 출판사라면 모름지기 시집을 출간해야 한다고 생각했던 것 같다. 매사에 절약을 강조했던 것을 감안했을 때 칭찬받아 마땅하다기보다 신기한 발상이었다. 우리는 시집으로 돈을 잃지는 않았지만(선인세를 눈곱만큼 지불했고 아주 경제적인 디자인을 고집한 덕분이었다) 벌지도 못했고, 거기에 대해 어느 누구도 신경 쓰지 않았다. 지금이야 상상도 할 수 없는 일이지만 50년, 40년, 30년 전에는 당연한 태도였다.

지금까지 이야기한 편집자의 의무(지겹더라도 성실한 자세로 임할 것, 능력 밖의 장르라도 최선을 다할 것)와 균형도 맞출 겸 내 출판 인생 역사상 가장 재미있었던 작업을 소개할까 한다. 1974년에 출간한 지타 세레니의 《그 어둠 속으로》였다.

　헝가리 출신 아버지와 오스트리아 출신 어머니(두 분 다 유대인은 아니었다) 사이에서 태어난 지타는 어린 시절을 빈에서 보냈고, 열다섯 살 때 히틀러가 오스트리아를 침공하자 프랑스의 학교로 건너갔다가 전쟁으로 발이 묶였다. 독일 점령 기간 동안 그녀는 파리와 루아르에서 버려진 아이들을 돌보다 미국으로 건너가 1945년에 UNRRA(국제연합 구호 및 재건기구)에서 남부 독일 난민 수용소의 아동 복지 사무관으로 일했다. 수용소에서 결국 가족과 다시 만난 아이들도 많았지만, 의지할 사람이나 갈 곳 없는 아이들이 더 많았다. 그리고 다들 말로 표현할 수 없는 공포를 겪은 뒤였다. 모두 열네 살 이하, 대부분 열

살 이하인 수천 명의 아이들을 강제 수용소로 끌고 가다니 도대체 어떤 작자가 그런 생각을 할 수 있었을까? 우리 출판사에서 1991년에 출간한《그 어둠 속으로》의 보급판 1쇄 서문을 보면 이런 구절이 있다. "뉘른베르크 재판이 몇 개월 동안 이어지고, 그때까지 알려진 바가 전혀 없었던 폴란드의 집단 학살 수용소를 탈출한 소수를 비롯해 생존자들과 접촉할 기회가 많아지면서 이들이 경험한 공포의 실상이 하나둘씩 밝혀지자 나는 겉보기에 멀쩡한 인간들이 어쩌면 이런 짓을 벌일 수가 있는지 설명을 듣고 싶은 생각이 점점 더 간절해졌다." 이런 고민이 절실해지자 그녀는 "이와 같은 만행과 밀접한 연관이 있는 사람의 성격을 적어도 한 명 이상 분석해야 한다. 선입견을 배제한 채 그의 성장 환경과 어린 시절, 성인이 되었을 때의 동기와 반응을 평가할 수만 있다면 인간의 만행에 유전자가 미치는 영향은 어디까지인지, 사회와 환경이 미치는 영향은 어디까지인지 좀 더 분명하게 알 수 있을 것이다."라고 결론을 내렸다.

사람들은 지타 세레니가 주기적으로 인간의 만행을 다루는 이유가 무엇인지 궁금해하지만, 나는 어렸을 때부터 인간의 만행에 치를 떤 사람이라면 이처럼 통렬한 깨달음 속으로 빠져들 수 있다고 생각한다. 인생을 가치 있게 만드는 모든 것은 인간 내면의 어둠과 싸우려는 충동의 소산이고, 인간의 사악한 면을 이해하려는 시도는 이와 같은 싸움의 일부분이다. 사실 지금까지 축적된 지식이 만행과의 전쟁에 그다지 힘이 되지는 못했다. 뿐만 아니라 끔찍한 사건을 접했을 때 나타나는 공포와 경악은 흥분을 위장하는 수단으로 종종 활용되기도 한다. 하지만 그렇다고 해서 인간이 어떤 식으로 타락하는지 이해하려는 노력마저 거부한다면 희망이 사라지는 것 아닐까? 지타의 경우에는 설명을 듣고 싶다는 생각이 의미 있는 일로 이어졌고, UNRRA 사무관으로 근무한 지 25년이 지났을 때 드디어 인간의 사악한 본성을 파헤칠 수 있는 기회를 잡았다.

그 후 기자로 변신한 그녀는 1967년에 《데일리 텔레그래프》에서 당시 진행 중이던 나치 전범 재판을 비롯해 서독에서 벌어지는 사건을 소개하는 담당자로 내정돼 프란츠 슈탕글의 재판에 참석했다. 슈탕글은 폴란드에 건설된 집단 학살 수용소 네 곳 중 하나였던 트레블링카의 소장이었고, 그곳에서 90만 명의 학살을 공동 주도한 죄로 종신형을 선고받았다. 집단 학살 수용소의 소장은 모두 네 명이었는데, 한 명은 이미 목숨을 잃었고 나머지 두 명은 도주한 상태였다. 슈탕글도 브라질로 도주했지만 추적망에 걸려 소환됐다. 그는 지타가 예전부터 꿈꾸었던 연구 대상으로 안성맞춤이었다. 이제 그녀는 숙원 사업을 시작할 수 있을 것 같았다.

그녀는 6주 동안 감옥을 들락거리며 많은 이야기를 나누었고, 6주가 막바지로 접어들었을 무렵 죄책감의 나락으로 떨어진 슈탕글은 스스로 살아 있어서는 안 될 사람이라고 시인했다. 그가 예전에 했던 이야기에서 추가하고 싶은 부분이 있다고 하자 지타는 사흘 뒤에 다시 찾아오기로 했다. 그런데 사흘 뒤 찾아갔을 때 그녀를 맞이한 것은 슈탕글의 사망 소식이었다. 사인은 자살이 아니라 심장 마비였다. 슈탕글과의 인터뷰 기사를 실은 《텔레그래프 매거진》에서는 누가 믿겠느냐며 심장 마비로 죽었다는 이야기는 공개하지 않았다.

우리가 인터뷰 기사를 읽고 지타에게 전화를 걸어 책으로 출간할 만한지 만나서 이야기를 나누고 싶다고 했더니 그녀는 안 그래도 한창 집필 중이라며 끝나면 원고를 보여주겠다고 했다. 그로부터 얼마나 시간이 지난 뒤에 원고(좀 더 정확하게 말하자면 책으로 다듬어야 할 자료)를 받았는지는 기억나지 않지만, 산더미처럼 어마어마했던 분량은 죽을 때까지 잊지 못할 것이다.

그날 저녁에 집으로 들고 갔더니(사무실에서 볼 수 있는 분량이 아니었다) 식탁 전체가 원고로 뒤덮였다. 그 안에는 슈탕글뿐 아니라 최소 스물네 명에 달하는 다른 사람들과의 인터뷰, 그 내용들을 하나로 묶는 데 필요한 묘사와 설명에 동원될 상당수의 자료가 들어 있었다.

그날 밤에 읽은 원고처럼 충격적인 글은 난생처음이었다. 나는 연합군이 도착했을 당시 베르겐 벨젠 강제 수용소의 모습을 촬영한 필름을 본 적이 있기 때문에 그곳에서 어떤 만행이 자행됐는지 안다고 생각했다. 하지만 아니었다. 평범하고 유능하며 야심만만하고 아내를 끔찍이 위했던 오스트리아의 경찰관이 히틀러의 안락사 프로그램(집단 학살 수용소에서 근무했던 사람들은 우크라이나인을 제외하고 모두 이 프로그램을 위해 존재했다)에 차출되면서 변모하는 과정은 너무나 흥미진진하면서도 소름이 끼쳤다. 그 과정의 끝이 어디인지 알 수 있었기 때문이다. 그러다 드디어 끝에 이르자 여러 사람들이 그곳의 실상에 대해 이야기하기 시작하는데……. 나는 그날 밤에 원고를 피해 도망치려는 사람처럼 방 안을 뱅글뱅글 맴돌았고 잠들지 못했다. 하지만 그때 한 가지 편집 원칙을 세울 수 있었다. 형용사를 최대한 자제하자는 것. '끔찍한', '잔인한', '비극적인', '무시무시한'과 같은 단어들은 타오르는 불길 속으로 내던져진 종잇조각처럼 오그라들었다.

엄청난 분량의 자료를 파헤치고 독일과 오스트리아뿐 아니라 브라질, 캐나다, 미국까지 섭렵하며 인터뷰를 마치자 지타는 어둠 속으로 점점 더 깊숙이 빨려 들어갔고 거의 한계의 끝에 다다랐다. 그녀는 영어가 유창해도 모국어는 아니었기 때문에 편집자의 시기적절한 도움을 환영했다. 사실 그녀의 문장에서는 독일어식 운율이나 문법에 지나치게 신경을 쓴 부분이 가끔 눈에 띄었다. 하지만 정작 도움이 필요했던 이유는 원고에 대한 집착과 탈진 때문이었다. 사실 원고 수정이라고 해봐야 내가 "그 부분을 여기로 옮기죠."라고 하면 그녀가 "안 돼요. 그 부분은 거기 있어야 돼요."라고 했다가 나중에 새로운 시각으로 다시 보고 고치는 수준이었다. 내가 할 수 있는 역할은 설명과 압축과 확장이 필요한 부분을 지적하는 것뿐이었다. 그리고 "이 내용을 설명하는 부분에서 그 이야기는 이미 했잖아요."라거나 "잠깐만요. 그 부분은 다시 언급하는 게 좋겠어요. 한참 앞에서 나왔던 이야기라." 하고 알려주는 것뿐이었다.

슈탕글과의 인터뷰가 중심 줄기 역할을 하는 것은 분명했지만 그의 부인이나 처제, 그의 밑에서 일했던 부하 직원, 다섯 명의 생존자, 기타 등등 다른 사람들의 목소리를 어느 부분에 넣으면 좋을지 결정을 내리기가 쉽지 않았다. 내 아파트에서 함께 작업을 한 기간이 정확히 얼마나 걸렸는지 기억나지 않지만(나는 이 책을 만드느라 사무실을 한참 비웠다) 몇 달은 넘었을 것이다. 그러는 동안 지타는 몇 번씩이고 다시 타자기 앞에 앉아 연결 고리나 추가 사항을 작성했다. 이따금 우리는 암초에 부딪혔다. 그 자체로는 정말 훌륭하지만 어느 부분에도 어울리지 않는 자료를 만났을 때가 이런 경우였다. 이럴 때마다 나는 "어휴, 아무래도 폐기 처분해야 되겠어요"라고 말했지만, 전반적인 내용을 조금 고치면 문제의 자료가 딸깍! 하고 정확히 들어갈 만한 자리가 생겼다. 이런 현상은 신기하다 싶을 만큼 주기적으로 벌어졌다. 지타는 최대한 많은 자료를 수집했을 뿐이라고 **생각**했지만 무의식적으로 어느 수준까지 책을 짜임새 있게 구성해놓았는지가 점점 더 분명해졌다. 이러니저러니 해도 인터뷰의 방향을 정하는 당사자는 인터뷰어였고, 슈탕글의 전력을 깊이 파고들면 들수록 알맞은 자료를 선정하는 기준이 더욱 분명해졌다. 결국 원고는 분량이 상당히 줄었지만 내용상으로는 빠진 부분이 전혀 없었다.

이 책을 만들면서 가장 인상적인 장면이 있었다면 이렇게 복잡한 와중에도 무의식적으로나마 목표를 정확하게 인식하는 그녀의 모습이었다. 그리고 인터뷰를 할 때 상대방의 마음속에 있는 모든 말을 털어놓도록 유도하는 능력도 인상적이었다. 작가 특유의 허영심이 없었던 것도 감탄할 만한 부분이었다. 그녀는 너무 남이 쓴 문장 같다는 이유를 들어 내가 내놓은 의견을 가끔 퇴짜 놓기도 했지만, 말하고자 하는 바가 더욱 간결해지고 확실하게 전달된다면 단어를 바꾸어도 신경 쓰지 않는 눈치였다. 그녀의 목표는 언어의 연금술사 같은 인상을 풍기는 것이 아니라 **이야기를 전달하는 것**이었다.

《그 어둠 속으로》에 대해서라면 밤 새워 소개해도 모자라지만, 내용을 모르는 독자들은 내 얘기를 듣느니 차라리 책을 읽는 쪽이 나을 것이다. 내가 《그 어둠 속으로》 작업에 엄청난 의미를 부여하는 이유는 주제의 매력에 완전히 압도당한 책이기 때문이다. 평범했던 한 남자는 옳고 그름의 기로에서 내린 일련의 선택을 통해(초기에는 매우 사소한 선택이었다) 괴물로 변해갔고, 그가 존경했던 사람들은 정의의 편을 들기는커녕 오히려 상관, 성직자, 의사 등 대다수가 부정을 정의로 간주했다. 물론 그중에서도 으뜸은 총통이었다. 슈탕글은 심지가 굳지 못했고(우울했던 어린 시절 때문이었을 것이었다) 그로 인해 나치 정권의 피조물이 되었다. 하지만 심약하다고 해서 모두 슈탕글처럼 되는 것은 아니다. 슈탕글은 기본적으로 어떤 성향을 보였기 때문에 이처럼 끔찍한 일을 맡긴 사람들의 눈에 띄었을 것이다(부족한 상상력과 지나친 야심이 서로 상승 작용을 일으키지 않았을까 싶다).

그렇지만 그를 괴물로 만든 원인은 유전자라기보다 환경이었다.

나이를 먹으면 다른 사람들의 시선에 신경 쓸 필요가 없어서 좋다. 자기 자랑을 늘어놓으면 여기저기에서 손가락질을 당하겠지만, 지타가 다음과 같은 말로 노고를 인정했을 때 나는 얼마나 기뻤는지 모른다. "담당 편집자 다이애나 애실은 내게는 과분한 지적 능력과 유려한 문장력을 총동원해 적극적으로 작업에 동참했다. 그리고 고맙게도 친구가 되어주었다." 나로서는 동참을 허락해준 친구 지타가 예나 지금이나 고마울 따름이니 이로써 우리는 피장파장인 셈이다.

책이 완성되자마자 지타는 병에 걸렸다. 암이었지만 다행히 조기에 발견해 완벽하게 제거할 수 있었다. 증거는 없지만 한 남자의 곁에 바짝 붙어 끔찍했던 그의 밤 속으로 뛰어들며 겪었던 스트레스가 병으로 발전한 게 아니었을까.

이런 직원 저런 동료, 이런 사랑 저런 우정

칼라일가에서 보낸 시절에(그리고 그 후에도) 우리 회사는 안팎으로 파란만장했다. 이유는 두 가지였는데, 하나는 안드레가 영입한 부적격 직원이었고 또 다른 하나는 연애 사건이었다.

많은 부적격 직원들은 대부분 별다른 해를 끼치지 않고 금세 개선이 되었지만 가끔은 아주 극적인 모습을 보이는 경우도 있었다. 정신이 이상해진 영업부장과 홍보 담당, 이렇게 두 사람이 극적인 경우의 대표적인 예였다(나는 광고 일을 드디어 홍보 부서로 넘겼을 때 어찌나 안도감이 들었는지 얼마쯤 시간이 지난 뒤에야 현실을 깨닫고 기쁨을 만끽할 수 있었다). 그중에서도 오스트레일리아에서 건너온 영업부장은 호텔에서 살았는데, 사흘 동안 결근을 해서 무슨 일인가 하고 안드레와 함께 호텔로 찾아갔던 때가 아직도 생각난다. 그의 행방을 물었더니 안내 데스크 담당 직원이 유명 인사의 동태를 누설이라도 하는 것처럼 목소리를 한껏 낮추더니 이렇게 대답한 것이다. "대령님은 이틀 전에 베를린으로 떠나셨어요." **대령님**이라니? 우리는 난데없이 계급장이 등장한 이유도, 그의 행방도 끝끝내 알아내지 못했다. 한편 홍보 담당 여직원은 **과대망상**으로 고통받고 있었는데, 자신의 능력에 비해 하찮은 일을 하고 있다는 사실을 깨닫자 과대망상이 곧 해결책이 되었다.

내가 가장 좋아했던 부적격 직원은 앞으로 루이즈라 부를 생각인데, 뉴욕에서 티파니 카탈로그의 카피라이터로 활약하다 안드레의 눈에 띄어 편집부 관리자로 발탁된 인물이었다. 편집자가 아니라 **여러 편집자를 관리하는 사람**으로 말이다. 안드레는 예전부터 일정표와 벽걸이용 차트를 통해 타자기에서 인쇄기로 옮겨지기까지 책의 출간 과정을 방해하는 여러 장애물(생각을 바꾼 저자, 독감으로 몸져누운 찾아보기 담당자, 편지를 보내도 대답 없는 저작권자, 기타 등등)을 극복하겠다는 꿈을 가지고 있었고, 루이즈야말로 이 꿈을 이뤄줄 해결사였다. 하지만 우리 눈에는 행복한 결말이 보이지 않았기 때문에 조마조마한 마음으로 그녀가 도착하기만을 기다렸다. 안드레는 사전에 이런 식으로 엄포를 놓았다. "모두들 루이즈한테 절대 **복종**하도록 해. 나도 그럴 테니까."

그녀의 첫인상은 조금 놀라웠다. 세련미가 철철 넘쳤던 것이다. 그녀는 뼈가 가늘고 호리호리한 체격에 샘이 날 만큼 근사한, 그러니까 워낙 단순해서 왜 그렇게 비싼지 콕 집어 말할 수는 없지만 아무튼 한눈에 알 수 있는 세련된 뉴요커의 전형적인 옷차림을 하고 있었다. 하지만 튀는 태도와 넘치는 자신감에도 불구하고 붙임성 있는 성격이었기 때문에 나는 의혹의 시선을 거두고 첫날부터 점심 식사를 함께 했다. 아니나 다를까, 첫 번째 요리를 다 먹기도 전에 경계심은 모두 사라졌다.

루이즈는 그 자리에서 자신이 안드레의 스카우트 제안에 응한 이유를 밝혔다. 뉴욕에서 만난 케네스 타이넌(연극 평론가 겸 유명 인사로 런던보다 뉴욕에서 훨씬 많은 인기를 누리고 있었다)과 열렬한 사랑에 빠졌는데, 그가 런던으로 돌아가자 파산한 몸으로(그런데 비싼 옷들은 무슨 수로 장만했을까?) 따라갈 수도 없고 해서 절망하던 찰나, 어디선가 난데없이 하늘이 내린 기회가 찾아왔다는 것이다. 켄이 부담스러워하지 않겠어요? 이렇게 물었더니 그녀는 그가 했던 말과 행동으로 짐작건대 그럴 리가 없다고 대답했다. 그렇다면 이 둘의 관계는 앞으로 더욱 돈독해질까? 아니면 그녀가 **바보 같은** 짓을 하고 있는 것일지도……. 나는 어느 파티에 참석했을 때 반대편 끝에 서 있는 타이넌을 본 정도가 고작이었지만 소문을 익히 들어 알고 있었기 때문에 그녀가 아주 바보 같은 짓을 하고 있다고 장담할 수 있었다. 앞으로 펼쳐질 소탕 작전이 눈에 보일 정도였다. 하지만 그녀를 만난 첫날에 나는 매력적이지만 어리석은 이 아가씨가, 미래가 빤한 관계마저 어쩌지 못하는 이 아가씨가 우리 회사의 편집부를 무슨 수로 관리할까, 하는 생각뿐이었다.

나중에 알게 된 사실이지만 그녀는 신기할 정도로 무모하고(불행 속으로 뛰어드는 영웅 심리가 있었다) 무능력했다. 처음에는 똑똑한 사기꾼 행세를 곧잘 하더니(비범한 태도와 넘치는 자신감으로 무장한 첫인상이 주효했다) 갈수록 흐지부지했다. 내가 보기에는 노력하는 것 같지도 않았다. 나는 그녀가 절실하게 구조를 요청할 때면 아파트로 불러 하룻밤 재울 만큼 가까운 사이가 되었고, 그녀가 자기 자신을 얼마나 잘 알고 있는지 궁금해졌다. 한밤중에 잠에서 깨면 정체가 탄로 났다는 생각에 진땀을 흘릴까? 아니면 하지도 못할 일을 떠맡았다는 사실을 감추려고 거짓말을 반복하는 한심한 현실을 아예 외면하며 살고 있을까? 현실을 외면한 채 본능적인 도피 기제를 작동시켜 상황을 모면하고 있을까?

그녀가 회사를 떠난 다음 라디에이터 뒤를 보았더니 표지에 추천사를 실을 수 있도록 여러 유명 인사에게 발송하겠다던 가제본 도서들이 수북이 쌓여 있었다. 사실 우리도 진작 눈치 챘다시피 루이즈는 하지도 않은 일을 했다고 하는 경우가 다반사였고, 이로부터 몇 주가 지나면 안드레의 투덜거림이 시작되었다. 하지만 안드레는 부적격 직원을 직접 해고할 만한 인물이 되지 못했다. 닉과 나뿐만 아니라 전화 교환원에 이르기까지 전 직원 앞에서 불만을 터트려(하지만 애초에 그런 인물을 끌어들인 장본인으로서 잘못을 인정하는 법이 없었다) 아무리 둔한 사람이라도 눈치를 채고 제 발로 걸어 나갈 만큼 불편한 분위기를 조성하는 작전을 동원했다. (하지만 한번은 부적격 직원이 끝까지 눈치 채지 못하는 끔찍한 상황이 벌어지자 안드레는 침을 삼키며 울먹였다. "난 못해. 정말 못해. 네가 대신 해줘!" 결국은 내가 총대를 메는 수밖에 없었다.)

다행스럽게도 루이즈는 눈치가 빨랐고 점점 냉랭해지는 분위기를 금세 알아차렸다. 그녀는 한 디너파티에서 케이프 출판사의 톰 매슐러 옆에 앉게 되었을 때 행동을 개시했다. 며칠 뒤 톰은 안드레에게 전화를 걸어 엄청난 짓을 저질렀다며 미안해했다. 우리 루이즈를 가로챘다는 것이다! "내가 **너무** 고마워하는 티를 낸 건 아니겠지?" 안드레는 이렇게 말했다. 다행스럽게도 톰은 눈치 채지 못했고 이렇게 사건은 끝이 났다. 나는 그 뒤로도 가끔 루이즈를 만났지만 새로운 직장에 대해서는 묻지 않고 연애사에만 초점을 맞추었다. 그녀는 결국 타이닌을 포기하고 치료 차원에서 전혀 매력 없는 남자를 만나다 임신을 했고, 차일 뻔한 순간에 마침 구실이 생겨 뉴욕으로 돌아갔다(내가 보기에는 그랬다).

나는 그러게 내가 뭐랬느냐고 안드레를 나무라지 않았다. 그런 말을 해봐야 아무 효과가 없을 줄 알고 있었기 때문이다.

놀라운 한편으로 기분 좋은 일이지만 우리 회사를 가장 떠들썩하게 만든 연애 사건의 주인공은 여자가 아니라 남자였다. 우리 할아버지와 아버지 세대만 하더라도 남자들은 감정 조절을 잘하기 때문에 중책을 맡기기에 적임자라고 생각했다. 여자도 남자만큼 똑똑할 수 있지만 사랑에 빠지거나 하면 무너지기 때문에 믿을 수 없다고 했다. 말로 표현되지는 않았지만 이와 같은 발상의 바탕에는 생리 전 우울증이라는 단어가 깔려 있었다. 육체의 변덕을 극복할 수 없도록 만들어진 가엾은 여자들이여! 우리 세대에 이르러서는 생각이 많이 바뀌었지만 그래도 반증이 필요한 명제였다. 따라서 나를 비롯한 우리 회사 여성 동지들이 개인적으로 우울한 일을 겪었더라도 닉과 안드레처럼 부끄러운 줄 모르고 업무에 피해를 끼치지는 않았으니 나로서는 기쁠 따름이다.

저러다 윗입술이 굳어서 삐걱대는 건 아닐까 싶을 만큼 과묵한 신사의 상징이었던 닉의 경우에는 우리 회사의 젊은 여직원과 미친 듯이 바람이 나서 부인과 억지로 이혼을 했다가 정부에게 버림받고 부인에게 다시 돌아갔을 때 어찌나 히스테리를 부리던지 옆에서 보는 사람들이 기진맥진할 정도였다. 애인에게 이별 통보를 받고 혼자 끔찍한 셋방에서 살았을 때는 정말 불쌍하다는 생각이 들었다. 품위 넘치던 사람이 부질없는 일 때문에 그토록 초라한 모습으로 전락하다니 정말이지 슬픈 일이었다. 하지만 일주일 뒤 안드레가 닉이 부인과 재결합했다는 소식을 전하면서 아무 일도 없었던 것처럼 행동해달라는 당부를 남기자 안타까웠던 마음은 대부분 사라져버렸고 이와 더불어 그의 신사적인 이미지도 무너졌다. 요리와 청소와 쇼핑 없는 삶을 상상하는 게 불가능하지 않은 이상 그런 식의 갑작스런 용두사미식 결말로 해명해서는 안 되는 것이었다.

안드레의 연애사는 닉처럼 엄청나지는 않았지만 보는 사람들의 입장에서 힘들기는 마찬가지였고, 평생 오르막과 내리막을 반복하다 해피 엔딩으로 마무리되는 한 편의 이야기와 같았다.

내가 처음 흉금을 털어놓는 친구가 되었을 때 그는 툭하면 여자를 갈아치우는 성격이었다. 사랑에 빠졌다고 열변을 토하더니(늘 좋아하는 정도가 아니라 사랑에 빠졌다고 했다) 얼마 안 있어 끝났다고 선포하는 식이었다. 한번은 사랑에 빠졌다가 겨우 사흘 만에 "계속 전화를 해대서" 안 되겠다고 선포한 적도 있었다. "전화해주면 좋지 않아?" 내가 물었다. "아니. 전화해서 자기 얘기만 하거든." 또 한번은 만난 지 얼마 안 된 여자와 콘월로 짤막한 여행을 떠나겠다고 계획을 세우더니 다음 날 당장 후회하며 실라 던을 협박해 같이 데리고 갔고, 어쩔 수 없이 끌려간 실라는 여자 친구를 내쫓고 침실 문을 잠가버리면 알아서 하라고 안드레에게 으름장을 놓았다. 이런 모습을 보면서 나는 리안 드 푸지*의 《나의 파란색 비망록》에서 읽은 한 장면을 떠올렸다. 새 여자 친구가 하룻밤 같이 보낼 작정을 했는지(**어머, 망측해라!**) 베개를 들고 침실로 들어왔다며 예전에 사귀었던 남자가 그녀에게 구조 요청을 했을 때의 장면을 말이다.

하지만 그의 바람기는 얼마 안 있어 제대로 임자를 만났다. 1949년에 안드레는 나에게 자기 여자 친구를 맡기고 난생처음 다보스로 스키 여행을 떠났다. 나는 그녀와 하루 저녁을 함께 보낸 결과, 이성을 잃을 정도로 푹 빠진 눈치가 아니라 다행이라는 결론을 내렸다. 그런데 안드레는 여행을 마치고 돌아오자마자 전화로 선포했다. "나, 사랑에 빠졌어!"

"알아. 나한테 여자 친구 맡기고 여행 다녀왔잖아."

"그 친구가 아니라 정말 사랑에 빠졌다고."

---

* 벨 에포크 시대에 파리에서 가장 유명했던 무희이자 코르티잔.

사실이었다. 다보스에서 같은 호텔에 머문 한 여자가 그의 방황에 종지부를 찍어주었던 것이다.

그녀는 검은 머리에 눈은 갈색이었고 약간 날카로운 인상을 풍기는 미인이라 안드레의 이상형이었다. 따라서 안드레가 첫눈에 반한 이유는 알 것 같았지만, 평생 잡혀 산 이유는 알쏭달쏭했다.

나는 수많은 고민을 거듭한 끝에 네 가지 요소가 한데 얽혀 확고부동한 영향력으로 이어졌다는 결론을 내렸다. 그녀는 안드레보다 열 살이 많았고 유부녀였고 낯을 가려 말수가 적은 성격이었고 엄청난 부자였다.

매력이라는 것은 어느 정도 거리가 있어야 생기는 법인데, 나이가 많은 유부녀라는 그녀의 신분과 말이 없는 성격이 거리감을 연출했다. 안드레는 그녀를 완전히 소유한 기분을 느낄 수가 없었다. 안드레는 활용할 생각을 전혀 하지 않았겠지만 재력(물론 남편의 재력이었다)도 매력을 높이는 데 상당한 역할을 했고, 돈이 많다는 것을 아무렇지도 않게 생각했기 때문에 한층 더 매력적이었다. 그녀는 엄청난 재력의 소유자가 아니라 엄청난 재력을 **초월**한 사람이기 때문에 안드레가 보기에 특별한 존재였다.

처음에 안드레는 그녀와의 결혼을 꿈꾸었지만, 남편으로 인해 불가능한 이야기가 되자 비극적인 운명의 연인이 된 것처럼 굴었다. 하지만 그 후로도 두 사람은 계속 만났고, 결국 그는 그런 관계에 만족했다. 안드레는 사실 너무 자기중심적인 성격이었기 때문에 아무리 부인을 아낀다 하더라도 남편감으로는 낙제였다.

나는 50년 동안 그의 애인을 만난 횟수가 20~30번에 불과했다. 안드레의 주장에 따르면 그녀가 나를 엄청 질투하기 때문이라고 했다. 처음에는 그럴 수도 있겠다 싶었다. 나는 열 살이 어렸고, 안드레와 관심사와 같았고, 주중에 날마다 만났으니까. 하지만 한 해, 두 해 시간이 흐를수록 그건 아니라는 생각이 들었다. 급기야 여든 살 때 아흔 살의 그녀가 나를 질투한다는 소리를 들었을 때는 남자들 특유의 습관적인 허영심의 발로라고 간주하게 되었다. 사실 그녀는 애인의 주변 사람들과 부딪치고 싶지 않았을 것이다. 안드레의 어머니도 만난 적이 없을 것이다 (마리아 도이치 여사를 아는 사람이라면 어느 누구도 그녀를 비난하지 못할 것이다).

오랜 남녀 관계가 늘 그렇듯 두 사람의 관계도 부침을 거듭했다. 칼라일가 시절에 안드레는 딱 두 번 엄청난 질투심에 휩싸인 적이 있었다. 내가 보기에는 두 번 다 아무리 찾아도 뾰족한 이유가 없는 경우였다. 그는 그럴 때마다 아무 생각도 할 수 없고 아무 일도 손에 안 잡힌다며 며칠 동안 우는 소리를 늘어놓았고(이런 일이 벌어졌는데 인쇄 부수를 고민할 겨를이 어디 있느냐는 식이었으니 다른 사람들에게 요구하는 엄격한 잣대를 생각하면 받아들이기 힘든 태도였다) 매일 저녁마다 '순찰'에 나섰다. 여기서 '순찰'이란 옆자리에 사람을 태우고 사방을 돌아다니며 염탐을 한다는 의미였다.

그는 애인이 나타남직한 식당 주변을 끊임없이 맴돌다 발견하지 못하면 라이벌로 의심되는 인물이 사는 동네를 오르락내리락하며 그녀의 자동차가 주차되어 있는지 살폈다. 하지만 꼬투리를 잡는 데 성공한 적은 한 번도 없었다. 나는 지긋지긋하고 재미없다는 이유를 들어 며칠 만에 파업을 선포했지만 마지못해 따라나선 수행원들이 내 자리를 대신했다. 그래도 안드레는 매일 간밤의 행적을 한숨 소리와 함께 시시콜콜 늘어놓았으니 꼬투리를 잡았다면 내가 모를 리 없었다.

그런데 나는 왜 안드레의 하소연을 계속 들어주었던 걸까? 요즘 같으면 무슨 핑계를 대서라도 지긋지긋한 시련을 모면하겠지만 그때는 친구라면 당연히 귀를 기울여야 한다고 생각했다. 그야 어느 정도 맞는 말이지만, 정말 위로를 해주어야 하는 상황과 이기적인 욕심이 발동한 상황은 선을 긋기가 애매하다. 나는 그때 둘 사이의 차이점을 분명히 알고 있었지만, 안드레도 어쩔 수 없이 그 선을 넘었을 테니 내 쪽에서 참아야 한다고 생각했다. 견딜 수 없을 만큼 짜증이 밀려올 때면 '터트리지 말고 조금만 참자. 안드레가 내 기분을 눈치 채면 우리 우정이 어떻게 되겠어?'라며 나를 달랬다.

그런데 얼마 안 있어 상당히 충격적인 일이 벌어졌고, 이때 짜증을 터트린 쪽은 내가 아니라 안드레였다.

안드레의 질투심이 폭발하고 닉이 몰락을 앞두고 있을 무렵 나는 한 남자와 사랑에 빠졌다. 그는 나를 사랑하지 않는다는 사실을 깨달았을 때 솔직히 고백할 수 있을 만큼 용기 있는 남자였다. 나는 솔직한 그가 고마웠다. 경험상 실연의 아픔을 겪었을 때 가장 빠른 치료법은 희망을 아예 없애는 것인 줄 알고 있었기 때문이다. 상대방의 친절을 오해하고 그 속에서 한 줄기 희망의 빛을 발견하면 고통의 시간만 더욱 길어질 뿐이다. 하지만 이 남자(상처가 낫고 나서 이 남자를 떠올릴 때면 여전히 가슴이 따뜻해졌다)는 내가 스스로를 속일 수 없도록 해주었기 때문에 나는 얼른 회복 절차를 밟기 시작했고, 결국 흉터 없이 툭툭 털고 일어설 수 있었다. 그래도 1년이라는 긴 시간에 걸쳐 일로 슬픔을 달래는 동안 저녁이면 종종 외로움에 시달렸다.

반면에 안드레와 애인, 닉과 부인 바버라는 매주 두세 번씩 영화, 콘서트, 전시회 구경을 하며 넷이서 즐거운 시간을 보냈다. '가끔 나도 불러주면 좋을 텐데.' 너무 우울했던 어느 저녁에 이런 생각이 들자 나는 안드레한테 내 속내를 비치면 너무 성가시게 보이지는 않을까 궁금해졌다. 사실 그러는 게 내 성격에 맞지는 않았다. 지금까지 연애 문제는 나 혼자서 처리했다. 그래서 나도 위로가 필요하다는 걸 모르는 건 아닐까? 만약 알게 된다면……. 이러니저러니 해도 우린 친구였다. 지금까지 **그의** 연애 전선에 문제가 생겼을 때마다 내가 얼마나 하소연을 들어주었던가. 같이 '순찰'을 돈 건 몇 번이었던가! 그러니까 지금 힘들다고, 영화를 보러 갈 때 가끔 불러주면 고맙겠다고 고백해도 되지 않을까?

그래서 나는 고백했다. 아마도 모든 것이 다 엉망진창이 되고 난 뒤라 지겹도록 겸연쩍은 목소리였을 것이다. 안드레는 잔뜩 짜증을 내며 이렇게 말했다. "제발 부탁이야! 그렇게 징징거리지 좀 마."

책이라는 존재가 나에게 준 의미

1961년에 우리는 그레이트 러셀가 105번지를 매입해 문을 닫을 때까지 그곳에서 지냈다. 안드레가 여길 낚아챈 이유는 넓은 사무실이 필요해서였다기보다 문헌정보학을 전문으로 취급하는 그래프턴 북스라는 작은 출판사가 딸린 건물이었기 때문이다. 그는 문헌정보학 관련 서적들이 향후 우리의 출간 도서 목록에 든든한 버팀목이 될 것이라고 판단했다. 초창기에 우리는 페이버 앤드 페이버를 존경하는 눈빛으로 쳐다보곤 했다. 안드레도 종종 지적했다시피 이들이 출간하는 화려한 문학서 뒤에는 소박한 후원군이 있었고(내가 알기로는 간호학 관련서까지 있었다) 우리는 믿음직한 '기간 도서'가 부족한 게 늘 걱정이었다. 이 문제를 해결하기 위해 등장한 수단이 요리책과, 언어의 본질과 역사를 파헤친 '랭귀지 라이브러리' 시리즈였다. 이 시리즈를 기획한 사전 편집자 에릭 패트리지는 1차 출간분의 편집을 도맡았고, 그 후 죽을 때까지 고문으로 활약했다. 그래프턴은 시기적절하게 등장한 기간 도서 확대책이었고 사무실도 근사했다. 조지 왕 시대의 건물에 건축가 어거스트 푸긴이 한때 여기에서 살았다는 큼지막한 현판이 걸려 있었고 여러 번 개조를 거치긴 했어도 아주 쓸 만했다. 그레이트 러셀가는 두꺼운 파카와 운동화 차림으로 문화 답사에 나선 관광객한테나 어울릴 만큼 우중충한 분위기였지만, 우아한 출입문과 플라타너스 병풍 사이로 보이는 대영 박물관 덕분에 출판사에 걸맞은 위엄을 풍겼다.

우리는 여기에서 1960년대를 만끽했다. 사람들은 1960년대를 가리켜 좋은 시절이라고 했지만 내게는 기본적으로 다를 바 없었다. 만약 내가 유행에 민감한 청춘이었다면 다르게 느껴졌을지 모르겠지만 내가 보기에 유행은 언론이 만들어낸 창조물에 불과했다. 내가 아는 대부분의 사람들은 오래전부터 서로 잠자리를 함께 해도 성 혁명이라는 표현을 쓰지는 않았다. 진 리스도 맞장구치며 말하길 언론에서 다루지만 않았을 뿐, 그녀가 1차 세계 대전 이전에 영국으로 처음 건너왔을 때도 약물이 난무하기는 마찬가지였다고 했다. 그 당시는 2차 세계 대전의 복구 기간이 끝났다는 기분 때문에 다들 들떠 있었을 따름이다.

이제 우리 출판사는 공간이 넓어지고 직원이 충원되면서 가족이라기보다 제법 회사 같은 분위기를 풍기기 시작했다. 처음에는 직원 수가 포장·배송부를 제외하고 스물네 명이었다. 포장·배송부는 어느 성실한 마르크스주의자와 그의 여러 가족들의 관리 아래 항상 독자적이고 효율적으로 운영되었다. (하지만 운명의 어느 날 안드레가 경영 컨설팅이라는 최신 유행 바이러스에 걸리자 비효율적이고 뿌루퉁한 조직으로 변해버렸다.) 그러다 제작부가 두 명에서 세 명, 네 명으로 불어났고 광고 담당과 저작권 담당이 안드레를 설득해 각각 비서를 두었다. 게다가 어린이책 담당 편집자였던 파멜라 로이즈도 **결국에는** 일손이 필요하다고 고백했으니(출간 도서의 규모와 중요성을 감안했을 때 늦어도 한참 늦은 고백이었다)……. 덩치가 최고조에 달했을 때 우리는 창문 없는 복도를 방으로 쓰고 방다운 방은 모조리 최대한 나눠 쓰는 지경에 이르렀다. 내가 쓰는 작은 방은 으슥한 곳에 자리 잡은 데다 창문까지 딸려 있어서 특전을 누리는 듯한 죄책감이 느껴졌다. 가엾은 에스더 위트비와 편집부의 나머지 직원 세 명은 몇 년 동안 지하실에 갇혀 지냈다.

노동력을 착취하는 공장이 아닌 다른 업종의 직원들도 우리처럼 불편함을 감수하며 지냈을까? 영국은 책과 관계된 일만 할 수 있다면 박봉에 야근으로 고생해도 참을 수 있다는 젊은 여자들로 넘쳐나는 분위기였다. 한마디로 젊은 여자들이 착취당할 수밖에 없는 구조였다. 우리 회사에서 노동에 상응하는 대가를 받은 사람은 영업부장, 제작부장, 회계사뿐이었고 이들은 모두 그 정도 연봉이 아니면 다른 곳으로 옮길 유부남이었다. 나머지 직원들은 가엾은 우리의 운명을 떠올리며 종종 울상을 지었지만……. 그래도 사표를 쓰지 않았고, 분위기는 대체로 즐거웠다.

나는 연봉에 관한 한 평균 이하였기 때문에(1962년 이후에 면접을 보러 온 몇몇 여성 지원자들은 눈치 빠르게 나보다 높은 연봉을 요구했다) 고용인이라기보다 피고용인에 가까운 입장이었다. 내 연봉은 1970년대가 한참 지났을 무렵에야 1만 파운드를 기록했고, 1970년대 후반에 회사 명의로 된 차를 받기는 했지만(안드레가 **소형차**는 겉만 번지르르하다면서 나를 설득하려고 했지만 실패했다) 그 뒤로도 1만 5000파운드를 넘긴 적이 없었다. 심지어 그레이트 러셀가로 사무실을 옮겼을 무렵에는 '이사'라는 직함조차 나에게는 아무런 의미가 없었다. 안드레는 부동산을 매입하거나 직원 충원과 인쇄소를 결정하거나 직원들의 연봉을 정할 때 어느 누구와 상의하는 시늉조차 하지 않았다. 그래도 나는 책에 대한 의견을 내놓았을 때 귀 기울여주는 데 만족하고 아무 소리 하지 않았다.

하지만 이제 와서 생각해보면 딱 한 가지가 후회된다. 직원이 아니라 임원에 가까운 내 위치를 본능적으로 인지하지 못한 결과 안드레를 제대로 단속하지 못했다는 아쉬움이다. 그랬더라면 "말도 안 돼. 직원들한테도 제대로 된 의자와 스탠드를 사줘야지. 네가 쓰는 비품처럼 비싼 걸로."라고 당당하게 주장할수 있었을 텐데, 남들처럼 허섭스레기 같은 비품으로 대충 때우면서 궂은 날씨를 원망하는 사람처럼 "쩨쩨한 인간 같으니라고." 하며 투덜거린 게 다였다.

그래프턴 북스의 약발은 오래가지 않았다. 어려운 시기가 닥치면 그래프턴 북스와 랭귀지 라이브러리 시리즈가 든든한 자금줄이 될 줄 알았는데 착각이었다. 소규모 자문 위원회의 도움

아래 그래프턴을 위탁 운영하던 클라이브 빙글리는 한정적인 분야이긴 해도 여건이 허락하는 한 최대한 발전시킬 계획을 가지고 있었다. 하지만 문헌정보학의 전문적인 내용에 관한 한 안드레, 닉, 나만큼 무관한 사람도 없었기 때문에 클라이브는 종종 맥이 빠졌을 것이다. 결국 안드레가 1981년에 그래프턴 북스를 클라이브에게 넘긴 것도 관심 부족이 첫 번째 이유였다. 매출이 크지는 않았지만 그렇다고 적자를 기록하지도 않았으니 말이다. 마찬가지로 랭귀지 라이브러리 역시 우리 셋 중 한 명이라도 언어학에 관심이 있었더라면 좀 더 훌륭한 성적을 기록할 수 있었을 것이다(나로 말할 것 같으면 옥스퍼드에서 언어학의 변방을 슬쩍 훑고 지나갔을 때 무지에서 혐오로 재빨리 태세를 전환했다). 우리에게 랭귀지 라이브러리는 훌륭하지만 재미는 없는 시리즈였다. 잘하면 촘스키의 영국 판권을 확보할 수도 있었을 텐데 아무도 그런 생각을 하지 못했다. 심지어 1984년까지 출간하다 옥스퍼드의 바질 블랙웰 출판사로 넘겼을 때 우리 회사의 어느 누구도 그 사실을 몰랐을 정도였다. 전문 시리즈가 성공을 거두려면 전문가에게 맡겨야 한다. 우리가 다른 작품에 쏟아붓는 에너지와 열정을 여기에 쏟아부을 사람이 필요하다. 그래프턴과 랭귀지 라이브러리는 우리의 전성기에 작으나마 실질적인 기여를 했지만, 폭풍의 조짐이 보이자 밖으로 내동댕이쳐지는 짐짝이 되었다.

이후 30년 동안은 우리의 사랑을 받은 작품들이 좋은 성적을 거두었다. 사랑을 많이 받은 작품도 있고 덜 받은 작품도 있고 일부의 사랑만 받은 작품도 있었지만, 그래도 대충 뭉뚱그리면 하나같이 '우리 분위기의 책'이라고 할 수 있었다. 그중에서도 가장 두드러진 성적을 거둔 소설가를 공개하자면(선호도를 알 수 없도록 알파벳 순서로 소개하겠다) 마거릿 애트우드(초기작 세 권), 피터 벤츨리(모든 작품의 성적이 좋았지만 《죠스》로 횡재했다), 마릴린 프렌치(소설 두 권, 하지만 작품성은 《여자들의 방》이 높았다), 몰리 킨(마지막 세 작품, 그중에서도 《품행 방정》이 가장 압권이었다), 잭 케루악, 노먼 메일러(《아메리칸 드림》까지), 티모시 모(초기작 두 권), V. S. 나이폴(논픽션을 포함한 열여덟 권), 진 리스(전 작품), 필립 로스(초기작 두 권), 그리고 존 업다이크(에세이집 《희한한 직업들》까지)였다.

이밖에도 많은 작품들이 내 손을 거쳐 갔다. 그중 일부는 제목조차 잊어버렸지만 대부분은 즐겁게 작업했고 일부는 애정을 듬뿍 쏟았다. 헌책방 순례를 좋아하는 독자들을 위해 리스트를 공개하건대 다음의 작품을 만나거든 무조건 사고 볼 일이다.

마이클 앤서니의 《산페르난도에서 보낸 해》. 마이클은 머나먼 트리니다드섬에서 태어난 작가이다. 가난에 시달리던 그의 어머니는 산페르난도에 사는 어느 할머니의 집에 일꾼으로 아들을 보내지 않겠느냐는 제안이 들어오자 차마 거절하지 못했다. 이렇게 해서 고향을 떠난 열 살배기가 보기에 산페르난도라는 마을은 짜릿하고 놀라운 대도시였다. 이때의 경험을 바탕으로 탄생된 마이클의 소설은 어린아이의 시각에서 바라본 인생을 진솔하고 감동적으로 이야기한다.

존 가드너의 《그렌델》. 레이먼드 카버가 많은 영향을 받았다고 고백한 테네시 출신 작가의 놀라운 소설로 괴물의 관점에서 서술한 베오울프 이야기이다. 나는 대학교 때 《베오울프》를 읽고 질색한 적이 있기 때문에 뉴욕의 에이전트에게 이 작품을 추천받았을 때 들추어보고 싶지도 않았다. 만약 정말로 들추어보지 않았더라면 엄청난 상상력의 잔치를 놓치고 얼마나 후회했을까?

마이클 어윈의 《작업 지시서》와 《스트라이커》. 영국 노동자 계급의 삶을 그린 소설 중에서 내가 최고로 꼽는 작품이다. 특히 《스트라이커》는 어느 축구 스타의 탄생과 몰락을 다루었다.

채먼 나할의 《아자디》. 인도 분할을 경험하는 어느 힌두교 가정을 그린 수작이다. 고전으로 꼽혀 마땅한 작품이다.

메르세 로도레다의 《비둘기 소녀》. 카탈루냐어에서 영어로 번역된 감동적인 러브스토리로, 평범한 사람들의 시각에서 바라본 에스파냐 내전의 실상을 폭로한다.

대부분의 독자들은 필립 로스의 초기작과 존 업다이크의 작품 대부분을 담당했을 만큼 운이 좋은 편집자라면 인생사에서 두 작가가 차지하는 비중이 크지 않을까 싶겠지만 사실은 그렇지가 않다. 일단 로스의 경우에는 신뢰감 부족으로 우리 곁을 일찌감치 떠났다. 그는 메일러보다 훨씬 심한 신데렐라 작가였다. 재기발랄한 첫 작품《굿바이, 콜럼버스》가 대서양을 건넜을 때 어찌나 사방에서 찬사가 쏟아졌던지 모두들 우리가 월척을 낚았다고 믿어 의심치 않을 정도였다. 그런데 뒤를 이어 발표한《자유를 찾아서》는 훌륭한 작품이었지만 내가 보기에는 너무 길었다. 안드레처럼 '3분의 1'을 덜어내야 한다고 생각할 정도는 아니었지만 길긴 길었다. 안드레와 나는 필립에게 우리의 의견을 전할까 고민하다 너무 위험한 짓이라는 결론을 내렸다. 괜히 밉보였다가 사이가 틀어지면 큰일이었다. 게다가 분량을 줄이기도 난감했던 것이 워낙 잘 쓰인 소설이라 버릴 문장이 하나도 없었다. 본문의 내용은 대부분 대화였다. 워낙 대화 구성에 일가견이 있는 작가이다 보니 자기 능력에 취해 펜을 멈출 수가 없었던 걸까? 결국《자유를 찾아서》는 원고 그대로 출간되었지만 매출이 선인세에 못 미쳤다(몇 년 뒤에 작가 스스로 "《자유를 찾아서》의 문제는 분량"이었다고 말했을 때 얼마나 억장이 무너지던지). 세 번째 작품《그녀가 아름다웠을 때》는 중서부에서 사는 비유대인 아가씨의 관점에서 풀어나간 소설로, 내가 보기에는 주인공이 영락없는 첫 번째 부인이었다. 이 작품을 놓고 필립과 이야기를 나눈 적이 없으니 어디까지나 내 직감에 불과하지만 '유대인 남자의 시각을 고집할 필요 없다고 자기 자신을 설득하는 연습'이라는 생각이 들었다. 나는 원고를 읽으면서 "조만간 분위기가 살아나야 되는데…… 그래야 되는데." 하고 계속 중얼거렸다. 하지만 끝까지 분위기는 살아날 줄 몰랐다.

　　우리는 '더 이상 허튼 투자를 하지 않겠다'는 판단하에 예상

판매고(내가 보기에는 기껏해야 4000부였다)를 근거로 정확하게 선인세를 산정했고, 필립은 우리가 제시한 조건을 받아들이지 않았다. 내가 알기로 《그녀가 아름다웠을 때》의 성적은 좋지 못했다. 하지만 다음 작품이 바로 《포트노이의 불평》*이었다.

지금 이 빈칸은 의미심장한 침묵을 대변한다.

반면에 존 업다이크는 절대 스타 행세를 하지 않았고 한 번도 우울해한 적이 없었다. 출판사의 입장에서 보자면 완벽한 저자였다. 자신의 가치를 아는 훌륭한 작가였을 뿐 아니라 출판계와 도서 판매 업계의 현실을 훤히 꿰뚫고 있었으니 말이다. 게다가 내가 보기에는 성격도 아주 좋았다. 유쾌하고 재미있고 소박하며 상대방의 기분이 상하지 않게 프라이버시를 지켜줄 줄도 알았다. 나는 개인적으로 존을 아주 좋아하고 만날 때마다 즐거웠던 기억만 있는 데다 속으로 무슨 생각을 하는지 궁금해한 적이 없기 때문에 누가 들어도 뻔한 말밖에는 못 하겠다. 우리 회사는 존이 없었더라면 훨씬 별 볼 일 없는 출판사가 되었을 거라고 말이다.

나는 1980년대 중반 무렵 그레이트 러셀가 시절에 역사상 가

---

* 앨릭잰더 포트노이라는 서른 중반의 변호사가 정신과 의사에게 자신의 불행한 일생을 토로하는 독백으로 이루어진 소설. 1969년 출간되자마자 큰 성공을 거두었고, 각종 매체에서 추천하는 영문학의 고전이 되었다.

장 희한한 일을 겪었는데, 이것이 출간으로 연결되지는 않았다. 《옵서버》의 전직 편집장 데이비드 애스터와 교도소에서 목회 활동을 하며 마이라 힌들리를 상담해주던 감리교 목사 팀스 씨가 그녀에게 '무어 살인 사건'*의 전말을 솔직하게 진술해보지 않겠느냐고 제안한 것이다. 팀스 씨는 그리스도교도답게 참회를 통한 구원을 믿었고, 목사답게 이 여인이 저지른 죄악의 어두운 심연을 파헤쳐 스스로 영혼을 구원하는 순간을 목격하고 싶어 했다. 데이비드 애스터도 영혼의 구원이라는 대의명분과 뜻을 같이했는지 아닌지는 모르겠지만, 그녀가 심층 고백을 한다면 사회학자와 심리학자들에게 값진 자료가 될 거라고 생각했다. 두 사람의 격려에 힘입어 펜을 잡은 힌들리는 어린 시절을 지나 이언 브래디를 만나고 사랑에 빠지고 동거를 시작한 과정까지 써 내려갔다. 하지만 살인 사건을 진술해야 하는 시점에 이르자 벽에 부딪혔다. 그녀에게는 도움이 필요했다. 편집자가 필요했던 것이다.

이때 데이비드 애스터가 안드레와 나를 집으로 불러 팀스 씨를 소개하고 이 문제를 의논했다. 그리고 얼마 안 있어 톰 로젠탈이 합류했다. 그는 당시 우리 회사를 인수하는 첫 단계로 안드레와 공동 경영을 맡고 있었기 때문에 이 일을 모르고 지나갈 수 없는 상황이었다. 우리의 반응은 뻔했다. 일단 톰은 그렇게

---

* 1963년에서 1965년까지 마이라 힌들리와 이언 브래디가 맨체스터와 그 근교에서 저지른 연쇄 살인 사건.

소름끼치는 여자는 상종하고 싶지 않다며 일언지하에 분명한 입장을 밝혔다. 안드레는 존경해 마지않는 데이비드 애스터의 제안이라면 신중하게 받아들여야 한다고 생각했기 때문에 불편해하면서도 공손한 태도를 보였다. 나는 당황스러웠지만 또 한편으로 참을 수 없을 만큼 강한 호기심을 느꼈다. 그런데 두 사람과 이야기를 나누면 나눌수록 이 일을 맡지 않는 쪽으로 분위기가 흘러갔다. 하지만 나는 두 사람이 힌들리를 설득해 받아낸 원고를 읽고 나자 그녀를 직접 만난 뒤 최종 결정을 내리자는 쪽으로 생각이 바뀌었다. 그녀는 정규 교육을 거의 받지 못한 열아홉 살짜리 소녀, 가족 안에서 제일 뛰어나다고 자부했지만 증명할 방법이 없었던 야심만만한 소녀가 직장에서 만난 한 남자에게 끌릴 수밖에 없었던 과정을 단순하면서도 지적인 어조로 소개했다. 말이 없고 진지했고 모든 사람을 경멸했던 그 남자는 **그녀를 선택**했다. 그는 주변의 어느 누구도 들어 본 적 없는, 무서우면서도 흥미진진한 책을 소개해주었다. 그리고 대부분의 사람들의 남루한 일상을 지배하는 사소한 것들 따위는 무시해야 한다고 강조했다. 누구나 쉽게 짐작할 수 있겠지만 이 남자와 사랑에 빠진 소녀는 선택받은 사람이 된 듯한 기분을 느꼈고, 평범한 사람들의 소심한 행동을 비웃으며 우월감을 만끽했다. 그러니 이와 같은 태도가 낳은 끔찍한 결과를 무슨 수로 대면할 수 있었을까? 내가 보기에는 옆에서 도와준다고 해결할 수 있는 문제가 아니었다. 도와주어야 하나 싶기도 했다. 하지만 기회가 왔으니 직접 만날 작정이었다.

팀스 씨가 안내한 교도소는 담벼락이 아니라 아주 높은 철조망으로 둘러싸인 현대식 구조였다. 창문도 밖의 풀밭과 나무를 내다볼 수 있을 만큼 정상적인 크기였다. 단 하나 특이한 점이 있다면 수감자가 보이지 않는다는 것이었다. 풀밭을 걷거나 창밖으로 몸을 내민 사람이 한 명도 없었다. 내가 그곳을 찾아간다는 사실을 아는 사람은 데이비드 애스터와 안드레, 톰뿐이었다. 하지만 교도소에 도착하고 15분쯤 지났을 때 어느 신문사(《메일》이었던 것으로 기억한다) 대표가 전화를 걸어 나에게 마이라 힌들리와 판권 계약을 했느냐고 물었다. 나중에 알고보니 늘 이런 식이었다. 힌들리에 관한 일이라면 언론에서 모르는 게 없었다. 영국 언론이 보기에 마이라 힌들리는 25년이 지난 지금까지도 일종의 신성한 괴물이다. 이야기가 조금만 공개돼도 광적인 반응을 불러일으키는 존재다.

나는 따분한 표정의 여자 교도관이 지켜보는 가운데, 열린 문 바깥쪽의 조그만 방에서 마이라 힌들리와 한 시간가량 이야기를 나누었다. 만약 맞은편에 앉은 여자의 정체를 몰랐더라면 나는 어떤 판단을 내렸을까? 아마 괜찮은 여자라고 생각했을 것이다. 그녀는 똑똑하고 호의적이며 유머 감각이 풍부하고 당당했다. 만약 그때 이 정체 모를 여자가 교도소에 22년 동안 갇혀 있었다는 이야기를 들었다면 나는 깜짝 놀랐을 것이다. 어쩌면 이렇게 티가 나지 않을까 생각하면서 말이다.

우리는 원고를 주제로 대화를 나누었고(그녀는 얼마 전에 개방 대학에서 영문학사 학위를 땄다) 가톨릭으로 개종한 이야기도 했다. 그녀는 언론에 계속 목을 졸리는 상황이 얼마나 끔찍한지, 지적인 대화가 부족한 수감 생활이 얼마나 지루한지 털어놓았다. 그리고 롱퍼드 경과 데이비드 애스터, 팀스에게 고마워하기보다 "영감님들"이라고 부르며 경박하게 굴었다. 남들보다 조금 느린 말투로 볼 때 신경 안정제를 먹은 게 아닌가 싶었다. 팀스 씨에게 물었더니 그렇다고 했다. 브래디가 희생자의 시신을 유기한 장소를 찾으러 경찰과 함께 습지에 다녀오기로 한 다음부터 신경 안정제를 찾는 횟수가 많아졌다고 했다. 하지만 한 시간이 끝나갈 무렵 그녀의 말투는 정상으로 되돌아왔고, 우리의 대화는 아무 문제없이 이어졌다. 나는 직접 만난 뒤에도 여전히 그녀가 마음에 들었지만, 그와 더불어 그녀의 책을 출간하지 않겠다는 쪽으로 결심이 더욱 굳어졌다.

이유는 두 가지였다. 그런 책을 출간하더라도 이미 알려진 사실 이외의 교훈을 줄 것 같지 않았고, 집필을 강요한들 마이라 힌들리에게 별다른 도움이 될 것 같지 않았기 때문이다. 나는 팀스 씨와 달리 독실한 신자가 아니었기 때문에 그녀의 영혼에 대해서는 아는 바가 없었다. 내가 아는 죄책감의 치료 방법은 **모든 것을 이해하면 모든 것을 용서하게 된다**는 이성의 관점뿐이었다. 그런데 마이라 힌들리는 지난 과오를 온전히 인정하면 자기 자신을 용서할 사람이 아니었다. 그녀는 제정신으로 그와 같은 짓을 저질렀고(이 점에 있어서는 이언 브래디도 마찬가지였다) 어리기는 했지만 영리한 성인이었다. 이 세상에는 용서받을 수 없을 만큼 극단적인 도덕적 기형이 존재한다. 슈탕글이 진실과 맞닥뜨렸을 때 "나는 죽어 마땅하다."라고 했던 것도 일리 있는 말이었다. 그는 심장마비로 눈을 감는 행운을 누렸지만, 마이라 힌들리는 그런 행운을 누릴 수 없었다. 이 땅의 법률상 과거의 잘못과 더불어 살아야 할 운명이었다. 그녀는 이를 위해 위험한 방법을 고안했다. 잘못을 인정하되 브래디의 영향 때문에, 나중에는 브래디에 대한 두려움 때문에 저지른 한때의 치기로 간주한 것이다. 그녀가 멀쩡한 성인의 입장에서 저지른 살인 사건의 기억들과 함께 계속 더불어 살아야 한다면 "나는 죽어 마땅하다."라고 인정하거나 정신 분열을 일으킨들 이 사회가 얻는 수확이 무엇일까? 아무것도 없었다. 내가 그녀를 도와 원고를 완성하고 안드레 도이치 출판사에서 책으로 출간한다면 저질 포르노를 싣는 쓰레기 신문과 다를 바 없었다. 그런 신문이 될 수는 없었다.

존 케네스 갤브레이스의 경제서와 아서 슐레진저의 케네디 행정부 분석, 조지프 P. 래시가 소개하는 두 명의 루스벨트 등 우리가 출간한 논픽션의 대부분은 안드레가 뉴욕에서 건진 작품이었다. 그는 당시 유행했던 교류 분석을 소개한 에릭 번의 《심리 게임》이나 프로 운동선수에게 도전하는 과정을 재미있게 엮은 조지 플림턴의 작품, 런던의 어느 서점 주인에게 보낸 편지를 출간해 엄청난 성공을 거둔 헬렌 한프의 《채링크로스 84번지》 등 뜻밖의 작품을 들고 오기도 했다. 다니엘 콘벤디트*와 베르나데트 데블린**의 급조물은 세상사에 빠르게 반응하는 그의 평소 태도가 빚은 결과였고, 지타 세레니의 여러 작품은 신문 하나를 읽더라도 "책이 될 만한 이야깃거리가 있을까?"라고 자문하지 않으면 못 배기는 습관에서 비롯된 결과였다. 시몬 드 보부아르의 작품은 오랜 친구 조지 바이덴펠트를 살살 구슬려 얻은 수확이었다. 두 사람은 거의 해마다 만나서 협력 방법을 논의했지만(창고를 같이 쓰자거나 뭐 그런 것 아니었을까?) 신기하게도 보부아르의 작품을 출간한 것 외에는 얻은 소득이 없었다. 우리가 《선데이 타임스》의 '인사이트 북스' 시리즈를 선보여 짭짤한 성과를 거둘 수 있었던 것도 안드레 덕분이었다.

1960년대에 해럴드 에번스는 《선데이 타임스》를 탐사 보도의 선봉장으로 만든, 젊고 혈기 넘치는 편집자로 이름을 날렸다. 그런데 《선데이 타임스》의 문학 담당 편집자이자 닉의 오랜 친구로 안드레하고도 알고 지낸 레너드 러셀이 1967년 어느 날, 의논할 문제가 있다며 안드레를 불렀다. 현재 에번스 팀이 킴 필비*** 사건을 조사 중인데, 책으로 내면 어떨까 싶어 문의했더니 조지 바이덴펠트 측에서 1만 파운드를 제시했다는 것이다. 안드레는 그 정도면 적당하다고 대답했을까? "그건 안 될 말씀이지." 그는 이렇게 말했다. "난 2만 파운드를 줄게." 이렇게 해서 이야기는 끝이 났다.

* 신좌파 운동가이자 정치인. 68혁명 당시 학생 지도자로 활동했다.
** 북아일랜드에서 자유와 인권을 위해 투쟁한 지도자.
*** 영국 비밀 정보국 MI6의 요원이었으나 실상은 소련의 이중 스파이였다.

우리는 버지스와 매클린을 소련으로 도피시킨 뒤 첩자라는 정체가 탄로 나기 전까지 어정쩡한 시기에 필비를 소개받았기 때문에 그를 독점한 듯한 기분을 느꼈다. 1949년부터 영국의 고위급 비밀 요원으로 FBI, CIA와 공조해 워싱턴에서 활약한 필비는 영국 정보 장교라는 표면적인 역할뿐 아니라 소련의 스파이라는 실질적인 역할 면에서도 버지스와 동료 관계였다. 심지어 워싱턴에서는 함께 지내기까지 했다. 따라서 그는 런던으로 소환돼 조사를 받았을 때 불리한 증거가 전혀 드러나지 않았지만 버지스와 절친한 사이였다는 사실만으로도 사직 압력을 받기에 충분했다. 얼마 안 있어 닉의 친구이자 부유한 화상畵商이며 역시 영국 비밀 요원으로 근무한 경력이 있는 토미 해리스가 필비의 인생을 책으로 출간하는 게 어떻겠느냐는 의견을 제시했다. 직장을 잃고 생활이 궁색해진 불쌍한 친구이고 사직한 뒤에 떠도는 소문은 모두 근거 없는 헛소리라고 했다. 토미 해리스의 주선으로 필비를 만난 닉과 안드레는 멋지고 죽이 잘 맞는 친구라는 인상을 받았고(필비를 만난 사람들은 대부분 의견이 비슷했다) 집필하는 동안 생계를 유지할 수 있도록 선인세를 할부 지급하는 조건으로 계약을 맺었다. 하지만 원고는 완성되지 않았고 선인세는 토미 해리스가 대신 갚았다. 필비가 집필을 포기한 이유는 작가가 될 만한 재목이 아니라는 깨달음 때문이었다. 하지만 5년이 지나고 그가 러시아로 모습을 감추면서 진짜 이유가 밝혀졌다. 전문적인 스파이로 거짓 인생을 (소기의 목적을 이루었을 때의 성취감, 내가 적보다 똑똑하다는 우월감을 통해 계속 힘을 얻어가며) **살** 수는 있지만 그런 인생을 **글로 옮기는** 과정은 지루하기 짝이 없었을 것이다. 전혀 의미 없는 이야기를 꾸역꾸역 이어나가야 했을 테니 말이다. 필비는 자신의 정체를 '폭로'한 후에 진정한 인생담을 아주 멋들어지게 발표할 수 있었다.

'인사이트 북스' 시리즈는 그 밖에도 미국 대통령 선거(닉슨이 당선된 선거였다) 심층 분석, 금융계의 거인 버나드 콘펠드의 섬뜩한 흥망 과정, 1973년 중동 전쟁 개관, 탈리도마이드 참사의 내막, 그리고 대처와 아서 스카길*과 광부들의 이야기를 담은 《파업》(앞선 시리즈보다 흥미가 떨어졌다) 등 다섯 권이 더 있었다. 필진은 브루스 페이지, 데이비드 리치, 필립 나이틀리, 루이스 체스터, 고드프리 호지슨, 찰스 로 등 뛰어난 기자들로 이루어진 집단이었다. 이 시리즈가 탄생한 《선데이 타임스》의 기자실은 분주한 사람들로 정신없는 곳이라 제대로 된 문장 하나를 쓸 수 있다는 것 자체가 기적이었다. 편집을 총괄한 피어스 버넷 말로는 길고 다채로운 출판 인생 역사상 가장 흥미진진한 작업이었다고 했다.

안드레는 부적격 직원 수집가로 악명이 높았지만 괜찮은 인재를 발굴하는 경우도 많았고, 그중 최고봉이 피어스였다. 그는 편집부에 체계적인 방식을 도입하겠다는 안드레의 발작성 소망

---

* 전국 탄광 노조 위원장으로 1984년 전후 광부 파업을 이끈 인물.

에 의해 발탁된 인물이었고 우리와 함께 근무하는 내내 편집자로 활약했지만, 이내 풍부한 경험과 뛰어난 감각, 힘든 일을 마다하지 않는 놀라운 자세로 금세 안드레를 사로잡았다. 그는 오래전부터 편집주간과 더불어 기획, 협상, 회계 면에서 짐을 덜어줄 오른팔을 찾고 있었다. 이런 역할을 맡기기 위해 그에 앞서 외부에서 두 사람을 영입했지만 둘 다 실패로 돌아갔고, 옆에서 지켜보던 구경꾼들은 소용없는 짓이라는 데 내기를 걸었다. 그런데 이제 적임자가 내부에 있을지 모른다는 생각이 들기 시작한 것이다. 처음에 안드레는 머뭇거렸다. 고민이 이렇게 **쉽게** 해결되다니 못마땅해하는 것처럼 보이기도 했다. 하지만 결국 그는 결정을 내렸고, 아래층 안드레의 사무실 옆 조그만 방으로 자리를 옮긴 피어스는 런던에서 가장 까다로운 남자에게 딱 맞는 오른팔이 되었다.

피어스가 거둔 가장 놀라운 성과는 뉴욕 첫 출장에서 피터 벤츨리의 《죠스》를 건진 일이었다. 하지만 그는 소설에 뜻이 없는 사람이었고, 1979년에서 1981년까지 우리 회사의 지붕 밑에서 발행인 자격으로 몇 권의 책을 출간했을 때도 심리학과 사회학에 주력했다. 빌 맥크레디(한때 우리 회사의 영업부장이었다), 실라 머피(한때 우리 회사의 홍보부장이었다)와 함께 오럼 프레스라는 출판사를 차린 지금은 분야가 넓어졌지만 여전히 소설은 내지 않는다. 소설까지 출간한다면 남의 손에 넘어간 안드레 도이치 출판사보다 훨씬 '도이치의 후손'다운 모습이 됐을 텐데 말이다.

1960년대에 우리 회사는 아프리카 진출을 아주 중요하게 생각하는 분위기였고, 급기야 1963년에는 다음과 같이 선포했다. "안드레 도이치 출판사는 AUP(라고스의 아프리카 대학교 출판부)와 긴밀한 제휴 관계에 있음을 자랑스럽게 선포합니다. 올해 4월 라고스에서 설립된 AUP는 해방 아프리카 최초의 토착 출판사입니다. AUP에서 출간하는 서적의 대부분은 나이지리아의 학교에 필요한 교육용 도서가 되겠지만, 일반 도서도 선보일 예정이라고 합니다. 나이지리아 외부의 독자들에게 인기 있을 만한 서적은 안드레 도이치 사에서도 동시에 출간됩니다."

2년 뒤에는 케냐의 동아프리카 출판사를 상대로 비슷한 내용의 발표가 이루어졌다. AUP와 동아프리카 출판사는 안드레가 지역 자본과 편집부를 끌어모으고 관리자를 선임해 출범시킨 회사였다. 덕분에 우리는 괜찮은 아프리카 작가 몇 명과(내가 개인적으로 가장 좋아했던 작품은 캐머런 두오두의《갭 보이스》와 은켐 느완쿠오의《내 메르세데스가 네 것보다 길다》였다) 상당히 수준 높은 아프리카 정치서, 경제서를 확보할 수 있었고 안드레는 짜릿한 여행을 몇 차례 즐길 수 있었다. (그중 한 번은 짜릿함의 도가 지나쳤다. 어느 파티에서 뇌쇄적인 아가씨를 만나 한밤중에 라고스 근처의 아름다운 해변으로 산책을 나섰는데, 렌터카에서 내리자마자 험상궂은 덩치 두 명이 그를 때려눕히더니 긴 칼로 바지 주머니를 찢고 지갑과 자동차 열쇠를 빼앗더라는 것이다. 어둠 속에서 또 다른 덩치가 나타나 말리지 않았더라면 그 칼이 안드레를 찌를 수도 있었다. 강도들은 달아났지만 아가씨는 히스테리를 일으켰고 도심이나 공중전화는 한참을 가야 나오고……. 이 상황에서 안드레는 생명의 은인에게 가장 가까운 경찰서로 데려다 달라고 부탁하는 것 말고는 할 수 있는 일이 아무것도 없었다. 그는 네 시간 동안 경찰들에게 사건의 전말을 납득시킨 뒤 차를 얻어 타고 도심으로 돌아갈 수 있었다. 땡전 한 푼 없는 신세라 뇌물을 쓰지 못한 결과였다. 그는 생명의 은인에게 보답도 하지 못했다. 다음 날 경찰서로 가서 사례금을 맡겼지만 과연 제대로 전달되었을지…….)

그럼에도 아프리카 여행은 대부분 즐겁고 유익한 경험이었다. 나는 새롭게 해방된 나라에 다른 출판인보다 먼저 관심을 보였다는 점에서 안드레를 존경했다. 우리 업계 사람들은 대부분 자유주의적인 성향이 강했기 때문에 제국주의 국가의 국민이라는 데 죄책감을 느꼈고 전쟁이 끝난 뒤에 영국이 해외 영토를 양도하는 것을 보며 뿌듯해했다. 그리고 많은 사람들이 이 나라 작가들은 해방된 조국의 이야기를 어떤 식으로 풀어 나가는지 진심으로 궁금해했다. 1950년대와 1960년대에 런던에서는 흑인 작가가 젊은 백인 작가보다 훨씬 쉽게 책을 출간했고 훨씬 호의적인 평가를 받았다.

안드레가 아프리카로 진출한 데에는 문학적·정치적 관심뿐 아니라 다른 목적도 있었다. 인도, 아프리카, 서인도 제도는 엄청난 인구를 자랑하는데(잠재 독자층도 상상을 초월하는 규모였다) 인도 정도에서나 소규모 출판이 이루어질 뿐 이들은 제 손으로 책을 제작할 수가 없었다. 영국 출판계에서 이처럼 엄청난 잠재력을 갖춘 시장이 금세 활짝 열릴 거라고 생각할 만큼 어리석은 사람은 없었지만, 대부분은 향후 몇 년에 걸쳐 조금씩 개방될 것이라고 예측했다. 사람들의 의견을 종합하면 자유는 곧 발전을 의미한다는 분위기였다. 더딘 속도로나마 확대될 아프리카 출판 시장에 참여하는 것은 흥미진진한 일일 뿐 아니라 장기적으로 보면 수지맞는 사업이 될 전망이었다. 이런 상황에 가장 현명하게 대처한 출판사는 교육서를 전문으로 출간하는 롱맨과 맥밀런이었다. 그리고 가장 낭만적으로 반응한 사람이 안드레였다. 그는 영국에서 만든 책을 나이지리아와 케냐에서 판매할 게 아니라 자국의 출판 산업이 발전할 수 있도록 도와야 한다고 생각했다. 안드레 도이치 사는 그가 출범시킨 두 아프리카 출판사의 주식을 소유하고 있었지만 대주주는 아니었다. 그리고 출간 목록 선정에 간섭할 권리가 전혀 없었다. 이처럼 너그러운 경영 방식은 당분간 그럭저럭 잘 굴러가는 것 같아 보였지만…….

안드레의 낭만적인 시도는 안타깝게도 거의 대부분 역사의 뒤안길에 묻혀버렸다. 우리가 너무나도 자랑스러워했던 프랑스의 농학자 르네 뒤몽의 저서처럼 아프리카의 모습을 날카롭고 설득력 있게 소개한 논픽션들도 마찬가지였다. 탄자니아의 [초대 대통령] 줄리어스 니에레레는 내각의 숫자에 맞춰 뒤몽의 《아프리카에서 벌어진 부정 출발》을 주문했다. 어쩌면 주문한 책을 모두 빅토리아 호에 던져버렸을지도 모르는 일이지만, 1960년대에는 뒤몽이 경고한 암초를 피할 수 없다고 예견하는 사람은 패배주의자 또는 **정신 나간** 인간 취급을 받았다.

이제 와서 생각해보면 우리는 제국이 얼마나 금세 무너지는지 두 눈으로 확인한 목격자로서 역사가 제 능력보다 빨리 움직여주기를 바랐고, 건설보다 붕괴 쪽이 훨씬 더 순식간에 이루어진다는 생각을 미처 하지 못했던 게 아닐까? 게다가 아프리카 대륙의 수많은 부족 사회, 유럽의 침략으로 뿌리가 흔들린 그곳이 어떤 나라로 발전하길 원했던 걸까? 어쩌면 우리의 관심도 나이지리아의 유전에 투자하는 미국처럼 신제국주의적인 측면에 머물렀을지 모른다.

아프리카 출판사와 접촉하는 일은 안드레와 피어스의 몫이었다. 나는 동아프리카 출판사와 손을 잡고 [케냐의 정치인] 톰 음보야의 저서를 출간했을 때 출판 기념행사 참석차 런던에 들른 저자를 만난 게 고작이었다. 무슨 이유에서인지 공항으로 나오지 말아달라는 부탁을 받자 안드레는 리무진만 보내는 게 예의에 어긋난다고 생각했는지 나를 대신 보냈다. 내가 생각하기에 케냐의 국빈이라면 사감 같은 외모의 중년 여성이 환영 인사로 제격이었지만 안드레가 콧방귀를 뀌는 바람에 고집을 꺾는 수밖에 없었다. 히드로 공항에서 음보야가 묵을 호텔로 향하는 동안 생각보다 딱딱한 분위기가 이어졌다. 그는 측근들과 쑥덕거리면서 대부분의 시간을 보냈고, 누가 봐도 빤한 즉석 암호를 동원해가며 어디에서 무슨 수로 금발을 따먹을까 키득거렸다. 하지만 이와 같은 사건에도 불구하고 나는 아프리카와의 연대 관계가 기쁘기만 했다. 우리 회사의 위상을 높이는 데 도움이 된다고 생각했기 때문이다.

내 경우 아프리카는 가보지 못했지만 카리브해는 다녀온 적이 있었다. 출판 인생 역사상 단 한 번 누린 '특권'이었다고 볼 수 있는데, 워낙 엄청난 특권이었기 때문에 별다른 불만은 없다. 우리가 관리하는 카리브해의 작가 중에는 《자본주의와 노예 제도》, 《콜럼버스에서 카스트로까지》를 집필한 트리니다드 토바고(두 개의 섬으로 이루어진 한 개의 나라이다)의 총리 에릭 윌리엄스가 있었다. 그런데 편집 관련 협의라면 편지로 해도 충분할 텐데 안드레는 공짜라면 사족을 못 쓰는 인물이었다. 그는 여행을 일종의 도전으로 간주했고 그 도전의 목표는 돈 한 푼 안 들이고 다녀오는 것이었다. 공짜 비행기 표가 안 되면 업그레이드로도 만족했고, 다른 직원을 배려하는 경우에는 VIP 라운지 초대장으로도 만족했다. 하지만 부득이하게 회사 공금으로 이코노미석 티켓을 사야 했던 경우는 거의 없었다. 다른 직원을 배려하면 선심을 쓰는 뿌듯한 기분이 느껴졌으니 에릭 윌리엄스의 교정지가 나왔을 때 그는 [트리니다드 토바고의 수도] 포트오브스페인까지 원고를 들고 날아갈 사람으로 나를 선택해 충격을 안겼고, 에릭을 구슬려 VIP 라운지에 1등석까지 공짜로 얻어냈다. 나는 뉴욕까지 가장 저렴한 전세기를 타고 가야 했지만(그 당시에는 상당히 복잡하고 위험한 일이었다) 뉴욕에서부터 포트오브스페인까지는 내내 샴페인만 마시면 됐다. 그리고 목적지에 도착한 다음에는 쌀쌀맞고 귀가 거의 먹은 데다 설교가 유일한 대화 수단인 저자와의 짧은 만남 후 출장을 휴가로 둔갑시킬 수 있었다.

그런데 이것마저 공짜였다. 우리가 트리니다드 토바고 여행서를 준비 중이라는 이야기를 듣고 '출판'과 '홍보'를 혼동한 토바고의 대형 호텔 업주들이 객실을 무료로 제공한 것이다. 호텔 자체는 호화로웠지만 투숙객들의 나이가 너무 많았다. 남자들은 아름다운 필드에서 하루 종일 골프를 쳤고, 여자들은 엎어지면 코 닿을 거리에 있는 에메랄드 빛 바다를 무시한 채 수영장에서 진을 쳤고, 메뉴에 적힌 '열대 과일'은 알고 보니 자몽이었다. 나는 우울한 얼굴을 하고 객실로 돌아갔다가 문 뒤에 적힌 호텔 요금을 보고 더욱 우울해졌다. 초대받은 손님이기는 했지만 정식 초청장이 있는 것도 아니었기 때문에 '혹시 공짜가 아니라고 하면 어떻게 하나?' 싶은 불안감이 머릿속에서 떠날 줄 몰랐다. 만약 공짜가 아니라면 선원으로 일을 하면서 비참하게 배를 타고 영국으로 돌아가야 할 판국이었다(어렸을 때 아버지가 말하길 여행 도중 돈이 떨어진 사람은 비참한 선원으로 전락한다고 했다). 다음 날 아침이 되었을 때 나는 여전히 불안한 마음으로 도망치듯 산책에 나섰다가 토바고의 공용 해변과 만나는 행운을 누렸다.

공용 해변은 포트오브스페인 정부가 쓸데없이 벌인 사업이었다. 토바고 사방이 누구나 즐길 수 있는 근사한 해변이었으니 그 돈을 차라리 도로 보수 같은 일에 썼으면 좋았을 텐데……. 아무도 찾지 않는 공용 해변을 운영하며 지루함에 시달리던 버넷 씨는 나를 보자마자 조그만 사무실에서 직원과 함께 한잔하자며 자리를 마련했다. 나는 으리으리한 호텔의 걱정되는 부분을 솔직히 털어놓으면서 이렇게 물었다. "이 섬에 일반인이 묵는 호텔도 있겠죠?" 내 말을 듣더니 두 남자는 잠깐 시선을 피했다. 나는 그제야 이곳 사람들은 '흑인'을 무시할 때 '일반인 ordinary people'이라고 부른다는 사실을 떠올리고 경악을 금치 못했다. 하지만 다행스럽게도 버넷 씨는 내 본뜻을 이해해주었고, 물론 그런 호텔도 있다고 대답했다. 뿐만 아니라 마침 오랜 친구 루이스 씨가 그 주에 호텔 하나를 개장했다며 당장에 안내를 자청했다.

이렇게 해서 나는 얀 드 무어 호텔의 첫 번째 손님이 되었다 (너무 잘 맞아 떨어진 일이라 꿈만 같았다). 아름다운 대저택을 개조한 얀 드 무어 호텔은 양심적인 운영과 저렴한 요금이 특징이었다. 미국 관광객 중에서도 루이스 씨가 노린 표적은 안락한 여행을 바라지만 터무니없는 가격을 감당할 수 없는 흑인층이었다. 개장 첫 주에는 손님이라고 해봐야 해가 떨어진 뒤 한잔하러 들른 이웃사촌이 고작이었기 때문에 일반 가정집에서 머무는 것처럼 분위기가 편안했다. 내 평생 그렇게 마음에 드는 호텔은 없었다.

트리니다드 여행은 즐거움의 연속이었다. 열대 바다와 해변, 숲의 아름다움에 눈을 떴을 뿐 아니라 **너무나 익숙한 곳**이었기 때문이다. V. S. 나이폴과 마이클 앤서니의 문장력이야 예전부터 익히 알고는 있었지만, 비행기에서 내린 뒤 두 사람의 작품에서 배경으로 등장하는 세계가 펼쳐진 순간 걸작의 위력을 제대로 느낄 수 있었다. 포트오브스페인의 길을 걷거나 양쪽으로 사탕수수가 늘어선 울퉁불퉁한 길이나 코코넛 야자수 아래를 차로 달리면 **고향**으로 돌아온 사람처럼 이상하게 가슴이 저리면서 모든 게 일반적인 관광보다 훨씬 재미있었고 감동이 넘쳤다. 그 후로 나는 카리브해라고 하면 여러 가지 끔찍한 문제점이 있기는 해도 마음이 통하는 친구 같은 기분이 들었다.

1970년대에 우리는 희한하고 우스꽝스러운 일을 겪은 적이 있었다. 남들이 보기에 타임라이프 사에 인수되는 양상을 띠게 된 것이다. 1970년대 무렵 여러 대기업에서는 '시너지'라는 단어가 갑작스러운 화두로 떠올랐고, 뉴욕 출장길에 나섰던 안드레는 우리 출판사의 주식 상당 부분을 타임라이프에 매각하면 엄청난 이익이 될 거라는 소리에 혹해서 돌아왔다. 피어스와 내가 알기로 안드레는 40퍼센트 정도를 매각할 계획이었지만 정확한 수치는 절대 이야기하지 않았다. 주식을 매각하려는 주된 이유는(사실 유일한 이유라고 봐야 했다) 눈에 띄는 작품의 선인세가 우리 능력으로는 감당하지 못할 만큼 치솟기 시작했으니 타임라이프와 손을 잡아야 시류에 발맞출 수 있다는 것이었다.

급기야 런던에서 이사회가 열렸고, 타임라이프에서 나온 직원 몇 명이 소규모 출판사를 위해 설립된 정체 모를 자선 단체를 소개하는 사람처럼 얼굴을 환히 빛내며 주식 매각의 장점을 조목조목 설명했다. 나는 어느 시점에 이르렀을 때 정말 수수께끼처럼 느껴지던 질문을 던졌다. "그런데 이번 결정으로 타임라이프가 얻는 이익은 뭐죠?" 잠시 침묵이 흐른 뒤 전혀 상관없는 이야기들이 줄줄이 이어졌다. 짐작했던 대로 그들은 뭐가 뭔지 모르고 있었다. 우리 출판사를 집어 삼키겠다는 교활한 계산이 감추어져 있을지도 모르는 일이었지만 그런 것 같지는 않았다. "저 사람들 말이야." 나는 이사회가 끝났을 때 안드레에게 물었다. "아무 생각이 없는 거 아닐까?" 내 말에 그는 단도직입적으로 대답했다. "맞아." 안드레도 자기가 지금 무슨 짓을 저지른 걸까 고민이 시작되었지만 수습할 방법을 모르는 눈치였다.

우리는 아무려면 어떻겠느냐는 식으로 생각했다. 타임라이프를 통해 큼지막한 작품을 따낼 수도 있는 일이고, 그들의 제안을 받아들여도 나쁠 건 없어 보였다. 실제로 우리는 손해를 보기는커녕 타임라이프를 통해 두 권으로 된 흐루쇼프 회고록을 입수하는 개가를 올렸다. 하지만 1권은 CIA에서 쓴 게 아니냐며 빈축을 샀고, 2권은 타임라이프 측에서 과학적인 조사 결과 위작이 아님이 밝혀졌다고 주장했지만 아무도 귀 기울여 듣지 않았다. 어쨌거나 타임라이프는 우리의 출간 계획에 전혀 간섭하지 않았지만 안드레를 아주 귀찮게 만들었다.

문제는 타임라이프에서 가끔 그에게 편지를 보내 향후 5년간의 자세한 출간 계획을 묻는다는 점이었다. 처음 이런 편지를 받았을 때 안드레는 우리 같은 출판사의 경우 그런 식으로 운영되지 않는다며 정중하게 답장을 보냈지만, 횟수가 거듭될수록 점점 분을 삭이지 못했다. 오죽했으면 우리 출판사와 타임라이프의 중간 다리 역할을 하던 사람이 뉴욕의 어느 파티에서 나를 만나자 옆으로 데리고 가더니 **숫자 몇 개만 적어 보내면**

되는 일이라고 설명하면서 안드레를 진정시켜달라고 부탁을 했을까? 말로 표현하지는 않았지만 숫자의 "앞뒤가 들어맞지 않아도 된다"는 투였다. 런던으로 돌아가서 이 말을 전했더니 안드레는 더욱 길길이 날뛰었다. 그의 신경을 건드린 것은 출간 계획을 알려달라는 편지가 아니라 타임라이프의 바보 같은 태도였다. 한번은 우리 회사의 회계 담당인 필립 태머(이 세상에서 가장 상냥하고 친절하며 참을성이 많고 정직하며 의리 있는 회계사였다)가 그쪽 회계사에게 다음과 같은 편지를 보내기까지 했다. "저희 회사의 향후 5년 출간 계획은 현재 다락방에 앉아 있는 이름 모를 작가들이 어떤 생각을 하느냐에 따라 달라지는데, 저희로서는 다락방의 주소를 알 길이 없습니다." 안드레가 타임라이프를 보며 느낀 기분은 도대체 체계가 없다며 편집부 전체가 닦달을 당했을 때 내가 느낀 기분과 비슷했을 것이다.

제휴사 연례 회의도 짜증을 불러일으키는 원흉이었다(우리처럼 타임라이프와 제휴를 맺은 출판사가 열 군데 정도 있었다). 지금도 그런지 모르겠지만, 1970년대에는 영업 회의가 보통 이국적인 장소에서 호화판으로 열렸다. 영업부를 제대로 대접해야 사기가 올라간다는 신조에서 비롯된 관행이었다. 그런데 우리 회사 직원들은 어느 누구도 이런 분위기에 익숙하지 않았다. 리치먼드 외곽의 술집까지 진출한 적이 한 번 있기는 했지만, 보통은 회의가 끝나면 모두들 저렴한 식당으로 달려가서 (안드레가 어찌어찌 결정권을 장악했을 경우) 훈제 연어를 운운하는 정신 나간 사람이 없도록 미리 주문해놓은 저녁을 먹곤 했다(그래도 재미있었다). 따라서 연례 회의가 시작된 첫해에 **멕시코**까지 가서 허울 좋은 영업 회의를 한다는 소식을 접했을 때 안드레로서는 기가 막힐 수밖에 없었다. 이듬해에는 모로코가 회의 장소로 선정되자 그는 파업을 선포하고, 제휴사가 모두 프랑크푸르트 도서전에 참석할 테니 회의 날짜는 도서전 직전 주말, 장소는 프랑크푸르트와 가까운 독일의 어느 지방이 되어야 하지 않겠느냐며 강경한 어조로 편지를 보냈다. 답장에는 "본사가 제휴사에 바라는 부분이 바로 그런 식의 의견입니다." 어쩌고 하는 역겨운 내용이 적혀 있었지만, 내 귀에는 이를 가는 소리가 들리는 것 같았다.

타임라이프는 해마다 회의를 앞둔 시점이 되면 각 제휴사가 뉴욕으로 제출한 출간 기획안(그러니까 출간 예정 도서 목록을 뜻했다) 열 부를 인쇄해 고급 가죽 장정으로 묶고 대표 이름을 금박으로 새겨 회의 테이블 위에 올려놓았다. 그런데 강요에 의한 '구상'은 출판업계에서 가장 쓸데없는 짓으로 꼽힌다. 작가가 아닌 제삼자의 머리에서 흥미진진한 책이 탄생했다면 심하게 들볶이는 상황에서 번쩍 하고 아이디어가 떠올랐거나, 오랫동안 집착하던 주제가 있었는데 적합한 저자가 나타났거나 둘 중 하나다. 서로 이야기를 나누다 "그거 괜찮겠다!" 싶어서 낸 책치고 괜찮은 경우는 없다. 어떤 주제에 대해 많은 것을 알고 있고 강한 확신이 있는 사람만이 읽을 만한 작품을 만들 수 있다. 솜씨 좋은 글쟁이라면 출판사 사장의 주문에 맞춰 책 비슷한 물건을 만들 수 있겠지만 이렇게 제작된 물건은 남들보다 두

배 빨리 재고 창고로 넘어갈 따름이다.

우리는 서로를 쳐다보며 물었다. "다른 제휴사도 우리하고 비슷한 심정일까?" 우리로 말할 것 같으면 한숨이 나오기도 하고 심술이 나기도 하는 심정이었다. 안드레의 책상 제일 아래 칸 서랍에는 '쓰레기'라는 이름이 붙은 파일이 들어 있었다. 지난 몇 년 동안 우리가 들은 중에서 가장 끔찍한 아이디어를 모아놓은 파일이었다. 나는 이 파일을 뒤져볼까 생각하다 정신을 차리고 너무 진부해서 지금은 생각조차 나지 않는 기획안 두세 개를 제출했다. 안드레의 말에 따르면 남들도 피차일반이었다고 하니 모두 우리하고 비슷한 심정이었던 모양이다.

안드레가 타임라이프를 견딜 수 있는 최대 한계치는 2년이었다. 타임라이프도 안드레를 견딜 수 있는 최대 한계치가 2년이었다. 그는 "이쯤에서 그만 둡시다."라고 먼저 이야기를 꺼낸 사람이 어느 쪽이었는지, 주식을 다시 사들였을 때 어느 정도 손해를 보았는지 밝히지 않았지만, 해방의 기쁨을 한껏 만끽하는 표정이었다. 나는 자세한 내막을 알고 싶었고 피어스도 그런 눈치였지만 차마 물어볼 수가 없었다. 어쩌면 그렇게 한심한 발상을 했느냐고 저쪽만 나무랄 일이 아니었던 것이다.

나는 이 장을 통해 그레이트 러셀가에서 보낸 가장 행복했던 시간을 소개하면서 한참 동안 동료들을 추억하고 작가들을 추억하고 작품들을 추억했다. 그중에서도 가장 많이 추억한 쪽은 동료들이었다. 100퍼센트 그렇다고 볼 수는 없지만 출판을 직업으로 선택하고 그 일을 잘하는 사람들은 대부분 호감형이다. 그리고 이런 사람들과 오랫동안 부대끼며 여러 가지 일을 함께 진행하다 보면 호감을 넘어 정이 쌓인다. 내 삶의 즐거운 일부가 되는 것이다. 에스더 위트비, 일사 야들리, 파멜라 로이즈, 페니 버클랜드, 준 버드, 피어스 버넷, 제프 세인스, 필립 태머……. 책 한 권을 새로 쓰지 않고서는 이들을 생생하고 재미있게 소개할 방법이 없는데, 내 능력으로는 불가능한 일이니나 혼자 머릿속에 담아두고 즐거워하는 수밖에 없겠다. 순전히내 기분을 위해 이 자리에서 밝히자면, 이런 동료들과 함께 일을 할 수 있어서 얼마나 기뻤는지 모른다.

작가들의 경우에는 몇 명을 2부에서 소개할 생각이다. 작품들의 경우에는 워낙 많은 데다 읽지도 않은 책의 간단한 소개가 줄줄이 이어지는 것보다 따분한 건 없지 않을까 싶다. 하지만 아주 의미 있는 작품으로 내 마음속에 깊이 자리 잡고 있는책이 두 권 있다. 두 권 다 문학서는 아니었고, 잘 팔리지도 않았고, 기억해주는 독자들이 많지도 않았다. 하지만 화자話者가남달랐다.

우리는 처참했던 어린 시절이나 부패한 사회(프란츠 슈탕글의 경우처럼) 등 주변 환경에 의해 형성된 시각으로 인생을 대한다. 내가 앞으로 소개하려는 두 작품의 남녀 주인공은 만약 인생관이 환경에 의해 만들어진다는 이론이 불변의 법칙이라면구제불능이 되었을 것이다. 하지만 이들은 웬만한 사람이라면쓰러지고도 남았을 역경을 딛고 살아남은 정도가 아니라 당당하게 승리를 거두었다.

둘 중에서 첫 책《본 적 없는 부모님: 우크라이나에서 보낸 어린 시절》을 쓴 모리스 스톡은 태어나자마자 우크라이나 어느 작은 마을의 유대교 예배당 계단에 버려졌고, 여러 위탁 가정을 거치며 유대인 사회를 전전하다 어느 잔인한 부부의 손에 목숨을 잃을 뻔했다. 참견하기 좋아하는 시골 아주머니가 여인숙 밖에서 짐마차를 기다리다 남자아이를 발견하고 호들갑을 떨지 않았더라면 정말 얼어 죽었을지 모른다. 그 후 그는 유대인 사회의 중재로 곡물상의 손에 넘겨졌는데, 일이 고되기는 했지만 대우는 좋았다. 그는 곡물상의 집으로 거처를 옮기자마자 사랑스럽고 믿음직한 아이라는 평가를 받으며 글과 사업 수완을 배웠다. 구속이 사라지자 똑똑하고 쾌활하고 넉넉한 본연의 모습이 나타나는 것 같았다. 그는 스무 살이 되기도 전에 가게를 차리고 평생 사랑할 여자와 결혼했다. 그리고 런던으로 거처를 옮겨 50년 동안 번영을 거듭하며 다재다능하고 능력 있는 가정을 일구었다. 그는 노년기로 접어들었을 때 딸의 설득으로 집필을 시작해 열심히 꼼꼼하게 자서전을 완성시킨, 아주 매력적인 노인이었다. 중심에 자리 잡은 남다른 천성 덕분에 모든 이의 예상을 뒤엎고 인생에서 승리를 거둔 것이다.

《발가락 싸개》를 쓴 대프니 앤더슨도 마찬가지였다. 나와 처음 만났을 때 그녀는 퇴역 장성과 함께 노퍽에서 사는 아름다운 주부였고, 장군의 부인이라고 하면 떠오르는 고정 관념보다 훨씬 교양 있고 재미있는 사람이었다. 그런데 어린 시절에는 설탕 자루로 만든 단벌옷을 걸친 채 딱지투성이 다리에 맨발로 다녔고, 로디지아 오지 너머는 알지도 못했고, 영어보다 아프리카어(쇼나족의 언어)가 더 익숙한 아이였다니 믿어지지가 않았다. 아무 짝에도 쓸모없는 아버지 때문에 그녀의 집안은 백인 중에서도 가장 가난한 축이었다. 그녀의 아버지는 멍청하고 성질은 고약하며 너무나 이기적이고 무능력하고 무책임했다. 가엾은 아내와 세 아이를 오지에 버려놓고 몇 달 동안 땡전 한 푼 안 보내는, 그런 인간이었다. 결국 어머니는 주변 남자들에게 이따금 몸을 허락하며 근근이 생활비를 벌었고, 아이들은 쇼나족 하인인 짐이 돌보았다(백인은 아무리 가난해도 하인 없이는 살 수 없었다. 찰스 디킨스의 작품에 등장하는 어느 가족을 보면 빚쟁이의 감옥에 들어갈 때도 하녀를 데리고 가는 것처럼 말이다). 짐은 다정한 성격과 분별력으로 대프니의 인생과 영혼을 구원한 은인이었다.

당연한 일이겠지만 괜찮은 남자가 손을 내밀자 대프니의 어머니는 갓 태어난 막내만 데리고 남자와 함께 떠났다. 돌볼 사람이 아무도 없으면 남편이 내일이라도 당장 달려오겠지, 무슨 수를 쓸 수밖에 없겠지 하는 생각에 세 아이는 남겨둔 것이다. 하지만 그녀의 아버지는 나타나지 않았다. 사흘이 지나고 먹을 것이 떨어지자 짐은 아이들을 데리고 인근 경찰서로 향했다. 그 후로 세 아이는 영영 어머니의 얼굴을 보지 못했고, 안타깝게도 고모의 손으로 넘겨졌다. 고모는 (까막눈이지만) 벽돌 가마를 돌려 돈을 벌 만큼 유능하다는 점만 다를 뿐 모든 면에서 아버지와 똑같았다. 그녀는 '이웃 사람들이 뭐라고 생각하겠느냐'는 이유 하나 때문에 조카들을 떠맡았던 터라 부엌에 방치하고는 그만이었다. 하지만 세 아이는 이곳에서도 요리사로 일하는 흑인에게 구원을 받았다. 그는 다정하고 선악 판단이 분명하며 푸근한 사람이었다. 고모가 이들에게 붙인 별명이 발가락 싸개였다.

대프니가 이십 대로 접어들 때까지 가슴 아프고 심란한 날들이 계속 이어졌지만 그 와중에 한 가지 단비와 같은 사건도 있었다. 수녀원에서 설립한 학교를 다니게 된 것이었다. 이때부터 그녀는 좋은 일이 있으면 작은 것 하나라도 놓치지 않았다. 주위에서 베푸는 친절, 배울 기회, 천박한 사람과 세련된 사람, 멍청한 사람과 똑똑한 사람, 못난 사람과 아름다운 사람, 비열한 사람과 너그러운 사람을 판별할 좋은 기회가 생길 때마다 놓치지 않았다. 수업료를 제때 내지 못하거나 갈아입을 옷이 없을 때마다 부끄러워서 속이 상하기는 했지만 학교생활은 즐거움의 연속이었다. 그녀는 자신의 이야기를 전하며 대단한 위인인 척하지 않았다. 자신이 누린 행운에 즐거워하고 놀라워하며 있는 그대로 담담하게 풀어나갔다. 하지만 그녀의 이야기를 읽으면 인생의 낙오자로 자랄 수도 있는 상황이었지만 워낙 중심이 든든했기 때문에 조그만 기회를 계기로 선하고 행복한 인간이 되었다는 느낌을 받을 수밖에 없었다.

《발가락 싸개》는 모리스 스톡의 작품보다 더 정이 가는 작품이었다. 그리고 양쪽 모두 잘 썼다기보다는(물론 목적에 충분히 부합했지만) 두 작가의 면모 때문에 사랑할 수밖에 없는 작품이었다. 두 작품을 읽으면 책이라는 존재가 내 인생에서 왜 그렇게 엄청난 의미로 다가오는지 깨달을 수 있었다. 내가 책을 사랑하는 이유는 위대한 문장에 희열을 느껴서라기보다 내 좁은 경험의 한계를 넘어 복잡한 인생에 대한 감각을 넓힐 수 있었기 때문이다. 나를 집어삼킬 듯한 인생의 어둠과, 고맙게도 그 속을 애써 뚫고 나오는 빛을 느낄 수 있었기 때문이다.

좋은 시절은 역사의 뒤안길로 사라지고

안드레는 1946년부터 1984년까지 회사를 운영하는 동안 여차하면 망할지 모른다는 협박을 주무기로 삼았지만 정작 파멸의 조짐이 보였을 때에는 바로 알아차리지 못했다. 오랫동안 파멸의 징조를 일시적인 일탈로 해석했던 것이다.

우리 출판사가 서서히 몰락의 길로 접어든 이유는 두 가지였다. 첫 번째 이유는 우리가 주력하는 장르의 독자가 줄어든 것이었고, 두 번째 이유는 불경기였다.

우리가 출판업에 뛰어든 이래 제작 단가는 꾸준히 상승 곡선을 그렸다. 8실링 6펜스짜리 소설이 10실링 6펜스로 바뀌고 다시 12실링 6펜스로 바뀌더니 결국에는 15실링이라는 기록을 세웠다(그야말로 놀라운 폭등이었다). 일단 15실링 선이 무너지자 상상할 수도 없었던 1파운드의 장벽이 금세 우리 곁으로 다가왔다(카산드라가 나타나서 앞으로는 8, 10, 12, 15라는 숫자 단위가 실링에서 파운드로 바뀌게 된다고 예언해주었더라면 우리는 어떤 반응을 보였을까?). 가격이 올라도 책은 꾸준히 팔렸지만 전처럼 많은 사람들이 책을 찾지는 않았다. 안드레는 판매 부진의 원인이 가격 상승이라는 발상을 참지 못했다. 하지만…… **모든** 상품의 원가가 계속 치솟고 있었다. 그런 게 인생이었고, 사람들은 여기에 익숙해져갔다. 우리를 비롯한 여러 출판사가 '문학'으로 분류되는 장르의 첫 작품을 저렴한 판본으로 선보이는 시도를 한 결과 드러났다시피 가격을 낮추어도 판매고는 늘지 않았다.

실용서를 제외한 도서의 독자층은 두 부류로 나뉜다. 책과 책에서 얻는 깨달음을 사랑하기 때문에 책을 구입하고 독서가 일종의 취미 생활인 첫 번째 그룹은 숫자가 훨씬 적지만 앞으로도 상당 기간 동안 손에서 책을 놓지 않을 것이다. 따라서 잘 구슬려야 하는 독자층은 두 번째 그룹이다. 정말 괜찮은 책이라는 입소문이 돌았다 하면 특정 도서를 베스트셀러로 만드는 주인공이 이들이기 때문이다. 그런데 이들은 날이 가면 갈수록 까다로워지니 출판업자들로서는 골치가 아플 수밖에 없다.

두 번째 그룹을 염두에 두고 1969년에 제정된 상이 부커상이었다. 상당한 액수의 **상금**을 통해 작품의 질을 **뉴스거리**로 만들고 **대중들**이 귀를 쫑긋 세우도록 만들자는 것이 부커상의 제정 의도였다. 관련 작품에 관한 한 이 방법은 효과가 있었다. 하지만 수상작이나 후보작을 구입한 독자들이 독서 시장 전반으로 관심을 '돌릴' 조짐은 보이지 않았다. 보다 넓은 층의 인식을 자극하기 위해 마련된 또 한 가지 방편은 '책은 최고의 양식'이라는 표어 제정이었다. 이 표어는 지금도 여러 서점의 쇼핑백

위에서 재잘대고 있지만, 책이라는 상품에 관심이 없는 사람들은 아예 **접할 일이 없는** 광고이다.

그런데 이 두 번째 그룹이 서서히(움직임을 감지할 수 없을 만큼 천천히) 다른 세계로 건너가버렸다. 이들이 보기에는 글보다 영상이 훨씬 재미있었고, 책장을 넘기는 것보다 컴퓨터로 우주를 떠돌아다니는 쪽이 훨씬 짜릿했다. 물론 대다수가 여전히 책을 찾았다. 하지만 숫자가 점점 줄었고, 소화하기 만만치 않은 책을 파고드는 사람들도 점점 줄어들었다. 우리 눈에는 두 번째 그룹의 사람들이 어리석게 보였지만, 사실 어리석다고 말할 계제가 아니었다. 그들은 단순히 다른 문화를 즐길 따름이었다. 안드레 도이치와 같은 출판사는 첫 번째 그룹의 독자들과 행복한 관계를 유지했고 1970년대에는 두 번째 독자들과 죽이 잘 맞는 경우도 많았지만, 출판업자가 생각하는 재미있는 책과 대중들이 생각하는 재미있는 책의 간극은 시간이 흐를수록 멀어지기만 했다.

1980년대로 접어들었을 때 나는 이런 생각을 했다. 우리도 무슨 수를 써야 하지 않을까? 1930년대에 앨런 레인이 창안한 펭귄 북스*를 생각해봐. 시장의 수요에 맞춘 출판 업계의 일대

---

* 1930년대에 책은 대부분 양장본이었고 값비싼 호사품에 속했다. 1935년 출판사에서 이사들과 다투다 쫓겨난 앨런 레인은 펭귄 출판사를 설립하고, 누구나 어디서든 읽을 수 있도록 작고 저렴하며 크기는 손바닥만 한 문고본을 당시 담배 한 갑 값인 6펜스에 내놓았다. '책은 읽는 것'이라는 앨런 레인의 단순한 신념을 실현한 문고본 펭귄 북스는 서점뿐 아니라 동네 구멍가게부터 신문 가판대, 기차역 상점 등 다양한 장소에서 판매되면서 엄청난 성공을 거두었다.

혁명이었잖아. 우리도 다른 방법으로 그런 사업을 벌일 수 없을까? 피어스와 나는 종종 이런 이야기를 나누었지만(안드레는 한가한 몽상에 동참할 만한 인물이 아니었다) 결론이 나지 않았다. 피어스는 소설을 줄이고 필요한 주제를 진지하게 다룬 논픽션을 찾아야 한다고 생각했고 그의 판단은 옳았다. 하지만 말보다 실천이 어려운 법이었다. 나는 아무 생각이 없었다. 너무 내 방식에 젖어서 변화의 필요성을 느끼지 못하는 게 내 문제점이었다. 우리는 좋아하는 장르의 책을 너무 오랫동안 출간했기 때문에 다른 장르에 손을 댄다는 발상 자체가 끔찍하게 느껴졌다. 그러니까 화제를 돌리자……. 조바심을 내던 안드레의 모습 속에는 그런 심정이 숨어 있었을 것이다.

그러는 사이 불경기는 점점 다가오고 있었다. 나는 [영국 총리] 에드워드 히스가 주 3일 근로제를 공표했을 때 처음으로 불경기를 뼈저리게 실감했다. 우리가 침몰하고 있구나, 한때 거대한 제국의 중심이었던 나라가 어쩌면 이렇게 유럽 해안의 조그만 섬으로 전락할 수 있을까 하는 생각이 들었다. 싸게 사서 비싸게 팔 수 있었던 시대는 사라져버렸구나. 이제 우리 시장을 호시탐탐 넘보는 사람들이 등장하겠지……. 위기 상황은 지나가겠지만, 결국에는 지금보다 **좋아질** 거라는 발상은 헛된 희망처럼 느껴졌다.

이때 느낀 기분은 어느 날 갑자기 2차 세계 대전이 터졌을 때와 비슷했고, 나는 그때와 똑같은 반응을 보이는 수밖에 없었다. 두 눈을 질끈 감고 다른 생각에 집중한 것이다. 경제적인 면에서 나보다 훨씬 나았던 안드레는 나에게 과민 반응이라고 말할 뿐이었다. 암울한 미래를 애써 외면하는 전략이 어찌나 성공적이었던지 나는 1970년대 후반과 1980년대 초반을 아주 즐겁게 보낼 수 있었고, 불경기가 선포되었을 때에는 조금도 놀라지 않았다.

안드레는 회사 매각 문제를 거의 입에 올리지 않았다. 1980년대 초반부터 매입자가 없는지 건성으로 알아보고 다니면서 그가 내세운 이유는 유례가 없을 만큼 명쾌했다. "이제는 출판이 재미없다"는 것.

하지만 사실은 그렇지가 않았다. 기업화된 출판사들이 언제나 입찰 경쟁에서 우리를 앞지르는 바람에 '거물급'을 주무르는 짜릿한 쾌감을 느낄 수 없었기 때문이다. 게다가 우리의 장기였던 '문학'마저 내 책상 위에 원고가 도착하면 형편없는 저질이길 바라는 지경에 이르렀다. 형편없는 원고는 아무 고민 없이 내치면 그만이었다. 하지만 수준급 원고와 맞닥뜨리면 "과연 얼마나 팔릴까?"라고 질문을 던졌을 때 솔직한 대답이 "800권 정도"일 수밖에 없는 편집 회의 장면이 눈앞에서 어른거렸다. 그러면 우리는 근사한 원고를 되돌려 보내는 고통을 감수하거나 적자가 날 게 뻔한 작품을 출간하는 어리석은 짓을 저지를 수밖에 없었다.

이 당시에도 우리 출판사는 좋은 작품을 꾸준히 출간했고, 구두쇠 안드레 덕분에 매각 직전까지 적자를 면할 수 있었다.

하지만 1980년대 우리의 출간 도서 목록을 보면 조금 난처한 작품들도 섞여 있었다. 잘 만들지도 못하면서 '상업적인' 냄새가 풀풀 풍기는 작품을 선보이기도 했기 때문이다(다행히 부끄러운 작품은 없다). 게다가 이 무렵 안드레는 이미 편집 회의 시간에 꾸벅꾸벅 졸기 시작했다.

미국으로 연례 도서 사냥을 떠났다 돌아온 안드레가 우리 회사를 넘기기에 알맞은 인물을 찾았노라고 발표했을 때 나로서는 그보다 놀라운 소식이 없었다.

"누군데?"

"톰 로젠탈."

"미쳤구나?"

나는 개인적인 감정 때문에 이런 반응을 보인 게 아니었다. 톰으로 말할 것 같으면 이따금 파티에서 만난 게 고작인 인물이었다. 하지만 안드레는 예전부터 톰을 싫어하는 눈치였다. 톰은 1959년, 예술서 전문 출판사인 템즈 앤드 허드슨에 입사하면서 출판 인생을 시작했는데 1970년에 그곳을 퇴사한 이유는 나도 잘 모른다. 1971년에 세커 앤드 워버그의 전무이사로 취임하고, 그 사이 잠깐 동안 창업을 염두에 두고 안드레를 만나 우리 회사 밑으로 들어올 수 있는 가능성까지 타진했던 것을 보면 문학서 쪽으로 관심이 기울었던 게 이유가 아니었을까 싶다. 아무튼 안드레는 둘이 만난 그날부터 톰에 대해 험담을 늘어놓기 시작했다. 내가 보기에는 단순한 기질 차이 때문인 것 같았다.

안드레는 체구가 작고 깔끔한 인상이었다. 반면에 톰은 덩치가 컸고 심각하게 텁수룩한 정도는 아니었지만 수염이 많은 남자 특유의 헝클어진 분위기를 풍겼다. 안드레는 꼼꼼하고 세련된 운전 솜씨를 뽐냈다. 반면에 톰은 워낙 무신경하고 둔한 성격이라 운전대를 맡길 만한 인물이 아니었다. 안드레는 말을 할 때 딱딱하지 않은 선에서 까다롭게 언어를 선택하는 편이었다. 반면에 톰은 충격 화법을 즐겼다. 무엇보다도 안드레는 방종이라면 질색하는 반면 톰은 방종을 즐겼다. 두 사람은 취미 생활도 무척 달랐다. 안드레는 회사 밖으로 나서면 취미 생활이라고 해야 연극을 보거나(웨스트엔드에서 호평을 받은 작품이라면 놓치는 법이 없었고 비주류도 종종 시도했다) 스키를 즐기는 정도가 고작이었다. 반면에 톰은 건강 관리를 위해(교통사고로 허리를 심하게 다쳤다고 했다) 날마다 수영을 하는 것 외에는 운동을 전혀 하지 않았고, 연극보다 오페라를 좋아했고, 초판본을 모으는 데 많은 시간과 관심을 할애했고, 수집한 그림(안드레가 보기에는 대부분 꼴사나운 작품이었다)도 제법 되었다. 따라서 두 사람은 친구가 될 수 없는 사이였다.

하지만 1972년에 하이네만 그룹의 이사로 취임한 톰이 관리직은 이제 신물이 난다며 출판 현장으로 돌아가고 싶다는 속내를 비쳤을 때 매수자를 애타게 찾고 있었던 안드레는 그가 어느 누구의 짐작보다 훨씬 매력적이고 똑똑한 출판업자이며, 우리와 비슷한 부류(우리로서는 이 부분이 단연 으뜸이었다)라고 생각했다. 그리고 회사의 명맥을 고스란히 유지할 만한 인물을 지금까지 오해하고 있었다는 사실을 느닷없이 깨달았다. 결론부터 이야기하자면 '단연 으뜸'이었던 부분 때문에 톰은 오히려 적임자일 수 없었다. 하지만 당시에는 어느 누구도 이런 생각을 하지 못했다. 회사에 변화가 필요하다는 데 대부분 공감했으면서도 왜 그랬는지 나로서도 알 수 없는 노릇이다.

해결사 겸 중재자로 통하는 아널드 굿맨 경을 길잡이 삼아 진행된 협상은 오랜 시간이 지난 뒤에야 결실을 맺었다. 안드레는 매각 대금을 밝히지 않았지만 2단계에 걸쳐 지급받는 것만큼은 분명했다. 톰은 안드레와 공동 사장으로 취임하면서 절반을 지불하고 2년 뒤에(3년 뒤였을지도 모른다) 나머지를 지불하면 단독 사장이 되는데, 안드레는 회장의 직함을 달고 원한다면 회장실도 차지할 수 있었지만 더 이상 발언권은 없었다. 안드레가 이렇게 말했던 기억이 난다. "지난주에 아널드가 말하길 계약서에 사인을 했으니까 **이제는 내 회사가 아니**라고 하더군. 내가 저능아인 줄 아는 모양이야. 내 회사가 아닌 줄 누가 모를 줄 알고?"

하지만 오호 통재라! 안드레는 말과 행동이 일치하지 않았다.

톰은 우리 출판사에서 관리하는 저자를 두 그룹으로 나눠 상대방의 간섭 없이 각자 책임지자는 합리적인 의견을 내놓았다. 안드레도 여기에 동의했지만 약속을 지키지 못했다. 툭하면 인터폰을 집어 들거나 톰의 사무실로 어슬렁어슬렁 건너가서 "그 책의 독일어 판권을 피셔 출판사에 팔 생각이면 내가 그쪽 담당 아무개한테 몇 자 적어서 보낼까?" 이런 식으로 말하기 일쑤였다. 처음에 톰은 예의 바르게 대처했다. "고맙지만 벌써 다 처리했어." 하지만 그는 다혈질이었고 얼마 안 있어 딱딱거리기 시작하더니 결국에는 고함을 지르는 지경에 이르렀다. 이럴 때마다 안드레는 내 방으로 건너와서 투덜거렸다. "톰이 나한테 **고함을** 지르더라니까!" 전후 사정을 들은 내가 톰이 싫어하는 줄 알면서 자꾸 참견을 하는 게 잘못이라고 말하면 그는 우는 소리를 했다. "하지만 나는 **도와주고** 싶어서 그런 거라고!"

"앞으로는 도우려고 하지 마. 별 도움이 안 되는 거 너도 알 테고⋯⋯. 톰은 너한테 그러지 않잖아." 하지만 며칠이 지나면 똑같은 일이 반복되었다.

시간이 흐르면서 안드레의 고통은 분노로 바뀌었다. 그는 톰이 하는 거의 모든 일에 트집을 잡고 끊임없이 불평을 늘어놓았다. 처음에는 톰의 죄상을 까발리는 대상이 주로 나였지만 나중에는 귀를 기울이는 모든 사람으로 발전했고, 결국에는 그 대상이 경리부, 제작부, 심지어 전화 교환원에게까지 확대되었다. 직원들은 대부분 안드레를 좋아했고 오랜 세월 동안 너무나도 엄청난 의미였던 회사를 남의 손에 넘긴다는 사실에 안쓰러워했다. 하지만 그의 반응을 차츰 난처하게 여기기 시작했고 더 이상 공감하지 않았다. 덩치 좋고 무뚝뚝하고 수염 텁수룩한 톰은 섬세한 감성과 거리가 멀었고(심지어는 뽐내기 좋아하는 사람답게 자신의 이런 면을 자랑스럽게 떠벌렸다) **실제로** 도가 지나친 면이 있었기 때문에 모두들 경계하는 눈빛을 보이기는 했다. 하지만 이런 식의 공격을 받아 마땅한 사람이라고 생각하지는 않았다. 사실 그가 등장하고 나서 한참 동안 우리 회사는 분위기가 좋았다. 어떤 사람이 "내 입으로 말하기는 그렇지만 사실 난 사업 수완이 끝내주거든."이라고 하면 사람들은 그의 말을 믿게 된다. 정말 사업 수완이 끝내주지 않으면 바보가 아닌 이상 그런 말을 할 수 없기 때문이다(적어도 나는 그렇게 믿고 싶은데, 다른 사람들의 생각도 비슷하지 않을까?).

톰은 배포가 두둑하고 통이 큰 사장이었다. 예를 들어 누군가 삽화를 열여섯 장 혹은 서른두 장을 넣으면 책이 훨씬 근사해지겠다는 이야기를 꺼냈을 때 안드레 같은 경우에는 여덟 장도 마지못해 허락하는 데 반해 톰은 "우리 직원이 필요하다면 그렇게 해야지."라고 대답을 했으니 직원들 입장에서는 기운이 날 수밖에 없었다. 그는 재미있는 작품 몇 편의 판권을 따내는가 하면(데이비드 케언스가 쓴 베를리오즈의 웅장한 전기가 대표적이었다) 엘리아스 카네티나 고어 비달을 비롯한 거물급 작가들과 계약을 맺기도 했다. 그 때문에 취임 후 1년여 동안에는 그의 사업 수완을 감안했을 때 회사를 회생시킬 가능성도 있어 보였다. 그에게 딱히 호감이 없던 사람들이 듣기에도 그건 희소식이었다. 반면에 안드레가 전장을 회사 밖으로 넓혔다는 소식은 충격이었다. 나는 안드레가 불평을 늘어놓는 상대가 오랜 친구들로 한정되었으면 좋겠다는 소망을 품은 적도 있었지만, 그는 **만나는 사람마다** 똑같은 이야기를 반복하고 또 반복하기 시작했다.

그러다 《인디펜던트》에 전적으로 안드레의 입장만을 반영한 특집 기사가 실린 뒤 톰이 불쾌하고 어리석은 인물로 비쳐지기에 이르렀다. 심지어 삽화마저 불공평했다. 안드레는 젊고 잘생긴 얼굴로 등장한 반면 톰은 정말 용서가 안 되는 사진을 보고 그렸는지 그로테스크한 분위기를 풍겼던 것이다. 톰은 안드레와의 인터뷰를 근거로 작성된 기사라고 확신했고, 어느 누구도 부인할 수 없다시피 그 기사는 안드레의 의견과 감정을 상당히 충실하게 반영하고 있었다. 나는 노발대발하는 톰을 나무랄 수 없었다. 그 후 한참 동안 두 사람은 서로 말을 섞지 않았다. 급기야 톰은 안드레에게 다시는 회사에 발을 들여놓지 말라고, 사무실 유지 운운한 계약서의 조항은 당장 파기라고 통보했다. 그 외에는 달리 방법이 없지 않았을까?

나는 재미있는 편지로 친구들에게 이 사건의 전말을 알린 적이 있다. 어찌나 재미있었던지 친구 한 명은 고이 간직할 정도였다. 하지만 돌이켜보면 재미있다는 표현과는 거리가 먼 사건이었다. 회사에서 쫓겨나자마자 안드레의 건강 상태는 길고 긴 악화일로를 걸었다. 내가 보기에는 회사를 넘기기 몇 년 전, 편집 회의 도중에 꾸벅꾸벅 졸기 시작했을 때부터 건강에 문제가 있었던 것 같다. 예전부터 툭하면 앓는 소리를 했기 때문에(누군가가 독감으로 쓰러질 것 같다는 이야기를 꺼낼라 치면 말허리를 자르고 자기는 편도선이 아파서 죽겠다고 엄살떠는 식이었다) 나는 그의 투덜거림을 무시하는 습관을 가지고 있었다. 하지만 그때는 아무 이상 없다고 우겨댔으니, 몸도 성치 않은 환자가 자신이 직접 선택한 사람을 상대로 보기 흉하고 처절한 싸움을 벌

161

인다 한들 우리로서는 어쩔 방법이 없었다.

나는 보유한 주식이 워낙 적어서 회사 매각으로 챙긴 몫이 거의 없었고 월급 말고는 가외 수입이 없었기 때문에 기존 연봉으로 계속 일할 마음이 있다면 능력이 될 때까지 출근해도 좋다는 톰의 제안을 고맙게 받아들였다. 나는 그 무렵 칠십 대였고 팔십 대가 되기 전에는 할머니라는 기분을 느끼지 못했다. 하지만 이렇게 왕성한 기운을 자랑했음에도 불구하고 원래부터 별볼 일 없던 교정 실력이 형편없는 수준으로 곤두박질쳤다. 교정지를 두 번째 읽다 보면 1교 때 놓친 부분이 어찌나 많은지 깜짝 놀랄 지경이었다.

업무라는 측면에서 보자면 나의 능력은 전보다 못했다. 좀 더 범위를 확대하면 어떤 평가를 내릴 수 있었을까? 좋은 원고와 형편없는 원고를 구분하는 능력은 여전했지만, 손녀뻘 되는 아이들은 어떤 책을 사고 싶어 하는지 짐작할 수 있었을까? 대답은 '아니오'였다. 그 방면에 있어서만큼은 톰이나 나나 다를 바 없었다. 우리는 피트 데이비스의 《마지막 선거》나 보면 데사이의 《코끼리들의 기억》, 데이비드 거의 《링 마스터》, 요렌 비야롱가의 《인형의 집》, 크리스 윌슨의 《파란 유리》처럼 둘 다 마음에 들어 한 작품들이 종종 있었고, 장담하건대 모두가 나름대로 상당한 수작이었다. 하지만 하나같이 돈이 될 만한 작품은 아니었다. 그러니까 나는 그 방면에도 아무 도움이 못 되었던 셈이다.

친구들은 "그가 싼값에 너를 부려먹는다."라고 했지만 내 생각은 달랐다. 아직까지 내 손으로 돈을 벌 수 있다니 다행스러웠고, 일이 "이제는 재미없었지만" 그래도 그 정도면 감지덕지였다.

하지만 얼마 안 있어 우울한 사건 세 개가 연달아 터졌다. 톰이 안드레 도이치 출판사의 옛 기록을 통째로 팔아넘긴 것도 모자라 이어서 어린이책을 처분하고, 나중에는 창고 관리와 영업마저 빅터 골란츠 사에 맡겨버린 것이다.

처치 곤란한 옛 서류 더미가 사라졌다고 이렇게나 가슴 아파하는 것은 감상적인 태도였다. 계약서와 같은 중요 문건은 사본을 보관했고, 나머지는 처치해도 별 상관없는 자료들이었으니까. 하지만 나는 기분이 정말 언짢았다. 옛 자료가 하나도 없는 출판사라니 방습재를 쓰지 않은 방갈로처럼 속 빈 강정이 된 듯한 심정이었다. 게다가 이때 챙긴 수입은 어디로 갔을까? 어린이책을 처분하고 받은 100만 파운드의 행방은 한결 더 묘연했다. 아무래도 우리 출판사를 매입하느라 엄청난 대출을 받았는데, 회사 일부를 처분해 갚은 모양이었다. 톰은 그럴 권리가 있었다. 원한다면 그 돈을 매춘부와 폴로 경기용 조랑말을 사는 데 쓸 수도 있었다. 그런데 문제는, 회사를 정상 궤도로 진입시키기 위해 어린이책을 처분했다면서 회사는 그렇게 될 기미가 전혀 보이지 않는다는 점이었다. 파멜라 로이즈 혼자 무한한 애정과 각고의 노력을 쏟아부어서 만든 출간 도서 목록(우리 출판사에서 가장 잘 팔리던 책들이었다!)은 변화에 잘 적응했다.

출간 도서 목록을 넘겨받은 스콜라스틱 프레스는 1급 영업망을 갖춘 탄탄한 어린이책 전문 출판사였고, 파멜라는 안드레 도이치에서 마지막 몇 년 동안 숨 막힐 듯 지내다 활기찬 분위기로 옮겼더니 기운이 난다고 했다. 반면에 우리는……. 나머지 신체 부위가 기적적으로 건강해질 것이라는 말을 믿고 손 하나를 잘랐더니, 손만 날리고 그 어느 때보다 불안한 상태로 추락한 기분이었다.

영업을 다른 출판사에 일임한 문제에 관해서라면, 아무리 마음씨가 좋은 사람이라도 남의 영업을 자기 일처럼 열심히 할 수는 없는 법인데, 톰은 그걸 몰랐을까? 이 조치가 종말의 시작이 될 줄 정말 몰랐을까? 상황이 어떠냐고 물었을 때 톰의 대답은 늘 똑같았다. "**망할 놈의 은행**만 아니면 다 잘될 텐데." 그의 대답으로 미루어보건대 은행이 지나친 조건을 내세우며 회사를 마음대로 주무르고 있었지만, 대출금을 갚지 않는 한 별다른 방법이 없는 모양이었다.

얼마 안 있어 은행 직원이 회의에 참석하기 시작했고, 사소한 잡음이 계속 이어졌다. 직원이 떠나도 충원되지 않는가 하면 인쇄 대금을 해결하지 못해 출간이 연기되고, 체면 유지를 위한 거짓말이 난무하고……. 이때를 떠올리면 우울한 기억들뿐이라 자세하게 소개할 필요도 없지 않을까 싶다. 아무튼 한마디로 요약하자면 사업 수완이 끝내준다던 톰의 주장은 새빨간 거짓말이었다. 수완이 좋은 사업가라면 우리 회사를 매입하고 나서 고유의 모습을 유지, 발전시키겠다는 착각에 빠졌을 리가 없다. 그래도 나중에 상호와 건물을 사겠다는 사람이 나타났으니 톰 입장에서는 다행스러운 노릇이었다. 실패를 인정하기는 커녕 실패라는 단어를 입에 담기조차 어려워했던 사람이었으니 얼마나 괴로운 경험이었을까?

마지막 2년이 흘러가는 동안 나는 지긋지긋하다는 생각을 하지 않으려고 애를 썼다. 월급 없는 생활은 생각만 해도 겁이 났기 때문에 분필 선에 부리를 댄 닭처럼* 최대한 오랫동안 일을 계속해야 한다고 자기 최면을 걸었다. 그러다 사소한 사건 때문에 분필 선과 부리가 떨어져 '이건 너무하잖아. 당장 집어치울까?'라는 생각이 들면 우쭐해지는 동시에 더럭 겁이 났다. 퇴직 후 앞길이 막막하지는 않겠지만(동반자도 있고, 사랑하는 집도 있고, 할 일도 많을 테니) 어른이 되고 나서부터 내 인생은 일이 전부였기 때문에 자유가 처음에는 아주 **이상하게** 느껴질 것 같았다. 나는 심지어 '마치 차가운 바람에 치맛자락을 날리며 벼랑 끝에 서 있는 심정이다!'라는 생각을 하며 새벽 세 시마다 불안해하는 습관이 생겼다.

하지만 나는 비참한 상황을 인정하지 않으려고 버둥대느라 얼마나 지치고 우울한 지경이 되었는지 간과하고 있었고, 알고 보았더니 차가운 바람은 착각이었다. 퇴직한 바로 다음 날 아침에 눈을 뜨자마자 나는 '행복하다!'는 생각이 들었다. 행복했고

---

* 동물 최면술의 일종으로, 땅에 하얀 분필로 선을 긋고 그 위에 닭의 부리를 대면 닭은 그대로 멈춰서 꼼짝하지 않는다.

10년은 젊어진 기분이었다. 출판 인생이 끝났구나 싶어 슬퍼지는 게 아니라 '고맙습니다, 하느님. 고맙습니다. 제가 드디어 그 바닥에서 빠져나왔어요.' 하는 심정이었다. 그리고 날이 갈수록 기분이 조금씩 더 좋아졌다. 퇴직한 날에서 멀어질수록 출판사에서 보낸 마지막 서글픈 몇 년의 의미가 퇴색했고, 그 이전의 세월을 겪을 수 있었던 내가 행운아처럼 느껴졌기 때문이다.

2부

작가와 편집자의 삶

1962년에 나는 출판업자와 작가의 관계를 다음과 같이 정리한 적이 있었다.

출판업자는 작가를 만나기 전에 원고부터 접하고, 원고가 마음에 들었다면 앞으로 문을 열고 등장할 사람이 어떤 인물일지는 그다지 중요하지 않기 때문에 출판업자와 작가는 서로 편한 관계이다. 출판업자는 좋은 작품을 만났다는 데 고마워한다. 작가는 자기 작품을 좋아해준다는 데 고마워한다. 그리고 양쪽 모두 그 이상 관계를 발전시켜야 할 의무가 없다. 처음부터 훈훈한 분위기 속에서 아무 조건 없이 시작된 관계이기 때문에 진정한 애정이 자유롭게 꽃 피울 수도 있다.

맞는 말이긴 하지만 한계는 있다. 출판을 시작한 지 16년이 지났을 때에도 내가 저렇게 생각하고 있었다니 놀랍기도 하고 심지어는 감동적이기도 하지만, 사실 관계를 맺기는 쉬울지 몰라도 관계 자체가 편하지는 않다. 출판업자와 작가가 친구가 된다는 것은……. 불가능하지는 않지만 드문 일이다.

작가가 만나고 싶어 하는 사람은 독자이다. 중개인 없이 직접 독자에게 이야기할 수 있다면 작가로서는 더 이상 바랄 나위가 없다. 출판업자는 오로지 원고를 책으로 엮는 작업이 워낙 복잡할 뿐 아니라 비용이 많이 들고, 만들어진 책을 서점이나 도서관에 배본하는 작업도 마찬가지이기 때문에 존재하는 사람이다. 작가의 관점에서 보자면 이 세상 무엇보다 소중한 원고, 수많은 날들을 고통과 불안에 시달리며 배 속에서 토해낸 원고이지만, 중개인을 만나 물리적인 형체를 부여하고 여기에서 비롯된 수입을 나누어 가지겠다고 동의하지 않으면 사장될 수도 있다니 정말 분한 노릇이다. 물론 모든 작가들은 출판사가 자신의 책을 위해 많은 돈과 노력을 투자했다는 사실을 알고 있으며, 합리적인 이윤을 챙길 자격이 있다고 머리로는 생각한다. 하지만 마음속 깊은 곳에서는 자신의 책으로 벌어들인 수입은 온전히 자신의 몫이 되는 게 **당연하다고** 느낄 것이다.

따라서 출판업자와 작가의 관계는 내 생각처럼 그렇게 편한 관계가 아니다. 출판업자가 정말 위대한 작가를 만났다고 생각할 때, 그의 작품 속에서 진정한 기쁨을 누릴 수 있을 때에만 편한 관계가 될 수 있다. 이럴 때 출판업자는 작가에게 존경심을 느끼고, 그의 천성에 관심이 생기고, 진심으로 잘되기를 바랄 수 있다. 즉 우정의 모든 요건을 갖추게 되는 것이다. 누군가의 작품을 존경하다 보면 격한 감정이 유발될 수 있기 때문에 출판업자는 작가와 친구가 되면 영광스러워할지도 모른다. 하지만 그런 경우라 하더라도 출판업자의 관심사는 재산의 일부를 투자한 사람의 관심사와 다를 바 없다. 어떤 인물인가에 따라서 정도의 차이는 있겠지만 말이다. 어떤 출판업자의 입장에서는 투자금 회수가 초미의 관심사일 수 있다. 나로 말할 것 같으면 사업에는 워낙 젬병이다 보니 별로 신경을 쓰지 않았지만, 그래도 전혀 관심이 없지는 않았다. 이렇듯 관계를 맺는 한쪽만 감안해도 문제가 복잡해질 가능성이 있는데, 양쪽 모두를 염두에 두면 더욱 복잡해질 수밖에 없다.

작가의 입장에서는 출판업자의 열렬한 반응이 고맙겠지만 책을 제대로 만들고 제대로 팔아야 애정도 유지된다. 그런데 작가가 생각하는 '제대로'의 의미는 출판업자의 기준과 다를 수 있다. 출판업자의 활약이 아무리 눈부시다 하더라도 출판업자에게 그 책은 시장에 내놓은 수많은 작품들 가운데 한 권일 뿐이다. 하지만 작가에게 그 책은 이 세상에서 가장 중요한 단 하나의 작품이다.

물론 작가들의 태도는 사람마다 다르다. 내가 아는 작가들 중에서 일부는 겉으로 예의 바른 척하지만 속을 들여다보면 출판업자를 양복장이처럼 생각한다. 맡긴 일만 제대로 해주면 고마운 사람, 다리 안쪽의 길이와 '그것'을 오른쪽으로 두는지 왼쪽으로 두는지 알고 있을 만큼 가깝지만 저녁 식사에 초대하지는 않을 사람으로 말이다(이런 작가의 경우 같이 일을 하기는 편하지만 좋아하게 되지는 않는다). 그런가 하면 부모에게 매달리는 십 대 테니스 스타처럼 출판업자에게 의지하는 작가도 있다(아주 따분한 관계이다). 하지만 대부분의 작가들은 출판업자를 좋아하려 하고, 가능하면 오랫동안 그런 관계를 유지하고 싶어 한다. 하지만 출판업자의 무능력으로 인해 관계가 정리되더라도 별로 아쉬워하지 않는다. 정리되었을 때 전혀 심란하지 않은 관계는 우정이라고 할 수 없다. 내가 진정한 친구로 꼽는 안드레 도이치 소속 작가들은 끝까지 나를 저버리지 않는 우정을 발휘해주었다.

하지만 그렇다고 해서 내가 다른 작가들보다 '내' 작가들에게 **더 많은 관심**을 기울인 건 아니었다. 그들을 좀 더 주목하지도 않았고, 좀 더 꼼꼼하게 관찰하지도 않았고, 그들의 작품을 보며 더 크게 기뻐하거나 실망하지도 않았다. 내 인생에 어느 정도 영향을 미친 사람은 그중에서도 두 명에 불과하다. (두 사람의 이야기는 나의 다른 책 《장례식이 끝난 뒤》와 《믿게 하다》에서 밝힌 바 있다.[*]) 하지만 일부는 내 인생을 확장시키는 데 기여했고, 등산가에게 산이 그렇고 낚시꾼에게 강이 그렇듯 일종의 체험이 되었다. 2부는 그처럼 비범했던 작가 여섯 명에 대한 이야기이다.

---

[*] 애실은 두 책에서 각각 '디디Didi'라고 불린 이집트 작가, 맬컴 엑스의 사촌 동생인 하킴 자말Hakim Jamal과의 우정을 다루었다.

잃은 것과 얻은 것 모두가 우정

모디카이 리슐러, 브라이언 무어

며칠 전에 《곡예사》를 다시 읽었다. 《곡예사》는 우리가 1954년에 출간한 모디카이 리슐러Mordecai Richler의 첫 작품으로 45년 만에 다시 꺼내든 참이었다. "젊은 남자 작가의 작품이란!" 나는 혼잣말을 중얼거렸다. "대체 우리가 무슨 생각으로 이 작품을 출간했을까?" 작품의 수준은 정말 형편없었다. 하지만 서투름 속에서 분투하는 작가의 본성이 느껴졌고, 그때 우리는 젊고 유망한 신인 작가들을 대거 발굴해 출간 도서 목록을 구축하려고 애를 쓰는 중이었다. 돌이켜보면 작품의 밑바닥에 흐르던 진지함과 솔직함(재기발랄한 모습은 전혀 보이지 않았다)을 간파한 안드레와 나의 안목을 칭찬하고 싶다. 그가 유명한 작가로 자리매김한 데에는 우리가 기여한 부분도 있지 않을까?

그 당시 모디카이는 수수께끼 같은 인물이었다. 나는 그를 처음 만난 순간부터 좋아했지만 가끔 "왜 그랬을까?" 하고 자문하곤 했다. 그도 그럴 것이 그는 말수가 없었다. 그렇게 잡담을 할 줄 모르는 사람은 내 평생 본 적이 없다. 말을 거의 하지

173

않는 사람인데 너그럽고 인정 많고 솔직하며 아주 재미있을 수 있다는 걸 무슨 수로 알 수 있을까? 모를 일이지만 모디카이의 경우에는 아무튼 그랬다. 그리고 얼마 지나지 않아서 깨달은 사실인데, 내가 그를 그토록 좋아했던 이유는 할 말이 없으면 입을 열지 않는 성격 때문이었다. 그는 이 세상에서 사기꾼일 가능성이 가장 낮은 인물이었고, 지금도 마찬가지이다(그 후로는 말이 많이 늘었지만).

내가 앞에서 긍정적인 분위기로 출판업자와 작가의 관계를 운운할 때 염두에 두었던 작가가 모디카이와, 그를 통해 소개받은 브라이언 무어Brian Moore였다. 저 글을 썼을 때 내 나이 서른일곱 살이었지만, 전쟁이 시간에 미치는 영향은 괄호가 본문에 미치는 영향과 같다. 정상적인 생활로 돌아오면 전쟁이라는 훼방꾼이 등장하기 이전의 연속으로 느껴지기 때문에 전쟁의 상처가 있다 하더라도 실제 나이보다 느닷없이 젊어지는 것이다. 모디카이와 브라이언, 두 사람이 우리의 출간 도서 목록과 내 인생에 새롭게 등장했을 무렵에는 하루하루가 새롭고 신기하고 즐거웠다. 이제 와 생각해보면 시대적인 관점에서 희한한 일일지 몰라도 아주 유쾌한 날들이었다. 그 무렵에 나는 이미 존경하는 작가들을 여러 명 직접 만난 뒤였지만, 친구로 생각한 훌륭한 작가는 두 사람이 처음이었다. 게다가 두 사람은 내가 육체적 관계 없이 무척 좋아한 최초의 남자이기도 했다(당시에는 몰랐던 사실이지만). 우리의 관계를 결정짓는 요소는 두 사람의 작품이었다. 작품은 두 사람에게 이 세상에서 무엇보다도 중요한 것이었고, 나에게도 이 세상 무엇보다 흥미로운 것이었다. 그 때문에 우리의 관계는 훈훈할 수밖에 없었고, 성적 매력의 부재 따위는 아무런 문제도 되지 않았다.

나는 브라이언보다 모디카이에게 더 끌렸지만, 나만의 착각이었을지는 몰라도 속내를 더 많이 파악한 쪽은 브라이언이었다. 내 나이가 모디카이보다 많다는 자의식과 그의 과묵한 성격, 그리고 그의 여자들이 빚은 결과였다. 그의 첫 번째 부인은 상당히 따분한 성격에 수많은 장점이 결합된 인물이라 그녀에게 짜증을 내면 반드시 죄책감을 느낄 수밖에 없었다. 그래서 나는 불편한 상황을 외면하기 위해 필요 이상으로 두 사람과의 만남을 피했다. 두 번째 부인인 플로렌스는 너무 예뻐서 주눅이 들 정도였다. 다행스럽게도 그 후에는 플로렌스가 내 친구의 사랑을 독차지하는 이유가 빼어난 외모 외에도 여러 가지가 있다는 사실을 깨달았지만(그래도 미모는 여전했다), 예전에는 모디카이가 이 사랑스러운 여인과의 결혼 생활 속으로 증발해버린 것처럼 보인 적도 있었다(그의 최신작이자 내가 대표작으로 꼽는 《바니 이야기》를 보면 느낄 수 있다시피 모디카이는 **첫눈에 반하는 사랑**에 대해 속속들이 알고 있다). 게다가 그는 부인과 함께 캐나다로 돌아갔고, 물리적인 거리 덕분에 나는 그가 우리 출판사를 떠났을 때 훨씬 담담하게 받아들일 수 있었다.

그래도 떠나기 전에 진가를 제대로 보여주었으니 나로서는 기쁨이었다. 모디카이가 발표한 두 번째, 세 번째 소설은 첫 번째보다 낫기는 해도 치기 어린 진지함이 여전했으니《더디 크래

비츠의 수련 시대》에서 심각한 분위기를 허공으로 날려 보내고 재기 발랄하면서 천박한 모습을 선보인 것은 일종의 위업이었다. 만약 우리 곁을 떠난 뒤 이런 모습을 보였다면 슬펐겠지만 그렇지 않았기에 자랑스러웠다. 게다가 우리 출판사에서 출간한 마지막 작품(한참 뒤에 우리 출판사의 어린이책 목록에 오르기는 했지만)《천하무적 아툭》은 끝으로 가면 힘이 좀 떨어지기는 하지만 어찌나 재미있는지 지금도 읽으면 큰 소리로 웃게 된다. 나는 그가 우리 출판사를 떠난 이유를 정확하게 알고 있었고 (떠나보내면서 섭섭하지 않을 수 있었던 가장 큰 이유였다) 만약 우리 곁에 계속 머물렀다면 제정신이 아니라고 생각했을 것이다. 모디카이는 글로 먹고사는 작가였고, 점점 늘어가는 가족을 먹여 살려야 하는 입장이었다. 그리고 우리보다 더 많은 대가를 지불하겠다는 사람이 있었다. 영역 소유 본능에 불타는 바람직한 출판업자가 되지 못한 데 따르는 장점이 있다면 관심의 초점이 좋은 책의 출간 여부로 맞추어진다는 점이다. 물론 내 손을 거쳐 출간이 되면 좋겠지만 다른 사람의 손으로 넘어가더라도 세상이 끝나는 것은 아니다.

친구 하나가 정말 근사한 작품을 완성시켰는데 놓치면 후회할 거라며 내게 브라이언 무어를 소개한 사람은 모디카이였다. 하지만《주디스 헌》을 발굴한 주인공은 안드레였다. 안드레의 주장에 따르면 그는 뉴욕 출장 마지막 날 브라이언의 에이전트를 통해 이 작품을 건네받았다. 그리고 돌아오는 비행기 안에서 읽자마자 출간을 결심했다. 나처럼 모디카이한테 미리 이야기를 듣고 에이전트에게 요청을 하지 않았을까 싶지만, 어쨌건 그 자리에서 작품의 진가를 알아차린 것만큼은 분명했다. 안드레가 건넨 《주디스 헌》은 오래전부터 기다렸던 작품처럼 다가왔고, 모디카이의 친구이기 때문에 뛰어난 작품성이 더더욱 반갑게 느껴졌다. 두 사람은 파리와 캐나다에서 알고 지내던 사이였다. 모디카이는 캐나다가 고향이었고, [아일랜드의] 얼스터 출신인 브라이언은 우연히 그곳을 거처로 삼게 되었다. 우리와 만난 뒤 얼마 안 있어 뉴욕으로 집을 옮기기는 했지만.

브라이언은 《주디스 헌》(보급판과 미국에서는 제목이 《주디스 헌의 고독한 열정》으로 바뀌었다)을 집필하기 전에 생활비를 마련하느라 가명으로 포켓북용 스릴러를 몇 편 쓴 적이 있는데, 페이지를 넘길 때마다 무슨 일이라도 벌어져야 하는 것이 이 장르의 법칙이었기 때문에 이야기 푸는 훈련을 쌓는 데 많은 도움이 되었다고 밝힌 적이 있었다. 하지만 그것만으로는 《주디스 헌》을 제대로 설명할 수 없다. 브라이언은 첫 작품에서 이미 극한에 달한 기교와 다른 사람의 시각을 이해하는 놀라운 능력과 독특한 인생관을 유감없이 보여주었다. 그의 인생관은 암울했지만 비극을 앞에 두고 난리법석을 떨기보다 참고 견뎌야 하는 조직의 일부로 받아들였다. 그는 졸작을 쓸 줄 모르는 작가였고, 다작 속에 여러 권의 수작이 숨어 있었다. 하지만 내가 보기에 가장 감동적이고 가장 진실한 작품은 《주디스 헌》이었다.

1955년에 《주디스 헌》 출간차 런던을 찾았을 때 그는 혼자였다. 부인 재키는 그 무렵 뉴욕으로 이사 갈 준비를 하고 있었을 것이다. 그의 외모는 조금 뜻밖이었지만 첫눈에 호감이 갔다. 작고 통통하며, 동그란 머리와 뾰족한 코가 울새를 닮았고, 내가 들어본 중에 가장 심한 얼스터 사투리를 쓰는 남자. 통통하게 살이 찐 이유는 궤양을 앓고 있는데, 그 당시 치료법이 우유를 많이 마시는 것이었기 때문이다. 그리고 재키의 뛰어난 요리 솜씨 때문이기도 했다(브랜디를 듬뿍 넣어서 구운 햄—브랜디 주입용 주사기가 따로 있을 정도였다—은 내가 먹어본 중에서 가장 잊을 수 없는 음식이었다). 처음 만난 날 집으로 저녁 식사 초대를 했더니 그는 조심스럽게 부인에게만 충실한 남자가 되고 싶다고 말했다. 지각 있고 조금은 우스운 반응이다 싶어 즐거웠던 기억이 난다.

이런 식으로 분명하게 선을 그을 만큼 아내를 배려할 줄 아는 남자는 극소수에 불과하다(어쩌면 내가 과대평가했을지도 모른다. 아내에 대한 배려라기보다 소심한 성격의 발현일 수도 있었으니까. 하지만 내가 보기에는 분명 배려였다). 나에게 수작을 걸거나 잡아먹으려는 의도가 전혀 없음이 밝혀지자 편안한 우정이 싹텄고, 내가 아는 한 그들 부부와 나 사이에는 못할 이야기가 없었다. 두 사람은 정말 엄청난 수다쟁이였다. 그냥 하는 말이 아니라 인간의 행동에 열정적인 관심과 악의 없는 유머로 반짝이는, 고차원적이고 솔직한 수다쟁이였다. 물론 문학이 종종 화제로 오르기는 했지만(그의 작품, 다른 사람들의 작품, 결국에는 내 작품까지) 사람들의 행태와 그 뒤에 숨은 이유를 기뻐하고 감탄하고 놀라워하고 끔찍해하고 즐거워하며 이야기할 때가 더 많았다. 그러면서 우리의 인생도 우적우적 씹었다.

무어 부부가 영국으로 건너오자(이들은 응접실에 프랜시스 베이컨의 그림이 걸린 첼시의 어느 저택에 세 들어 살았다) 나는 만나는 것만으로도 모자라 휴가의 절반을 빌프랑슈에서 함께 보내고(나머지 절반은 리슐러 부부와 함께 카뉴에서 보냈다), 프랑스호를 타고 함께 대서양을 건너고, 뉴욕에서 함께 지내고, 애머갠셋에 있는 두 사람의 여름 별장도 두 번이나 찾아갔다. 빌프랑슈에서는 브라이언이 어쩌다 캐나다로 건너갔는지 그의 입으로 직접 들을 수 있었다. 가슴 아프고도 낭만적인 사연이었다.

브라이언은 전쟁이 끝나자마자 구제 기관인 UNRRA에 취직해 폴란드로 파견됐고, 그곳에서 연상의 여인과 사랑에 빠졌다(거꾸로 사랑하는 연상의 여인을 찾으러 폴란드로 떠난 것일지도 모른다). 그녀가 알코올 중독자라는 사실에도 아랑곳하지 않은, 폭풍 같은 열정이었다. 하지만 잘못된 사랑은 그녀와 보조를 맞추기 위해 폭음을 즐기는 결과만 낳았을 뿐이다. 그가 몸서리치며 이야기하기를, 어느 날 아침에 눈을 떠보니 토사물을 깔고 호텔 방에 누워 있는데, 무슨 요일인지도 알 수 없었다. 엉금엉금 욕실로 기어가서 물을 마셨다. 물을 마셨더니 배 속에 남아 있던 보드카와 섞이며 다시 취기가 올랐다. 알고 보니 이틀만에 정신을 차린 것이었다. 그 여인과의 관계에서 얻은 것이라고는 찰나의 행복뿐이었다. 술에 취하면 나타나는 감정의 왜

곡 때문이었을까? 아니면 집착하는 그가 비굴하게 보였기 때문이었을까? 브라이언의 기억 속에 남은 그 시기는 괴로운 날들이었다. 여자가 이별을 고하고 캐나다로 떠났을 때 그는 현실을 받아들이려고 했지만 그럴 수가 없었다. 그는 여자의 뒤를 따라갔다. 하지만 여자는 만나주지 않았다. 이렇게 해서 그는 낭만적인 열정이라는 발상 자체를 혐오하게 되었다.

이 사건을 계기로 그는 고향인 얼스터와 결별하고 보수적 가톨릭교도인 식구들과 멀어지면서(완전히 인연을 끊지는 않았다) 나중에 소설에 쓰일 수많은 소재를 새로운 시각에서 바라볼 수 있게 되었다. 하지만 당장 진지하게 집필에 매달린 것은 아니었다. 캐나다에서 보낸 초창기 시절에 그는 여러 직업을 전전했고, 신문 교정을 보다 기자이던 재키를 만났다. 그러다 포켓북 스릴러를 발표했다. 그 후 정말 원하는 작품을 쓸 수 있을 만큼 생활이 안정되었는데, 재키가 직장을 그만둔 것을 보면 수입이 제법 짭짤했던 모양이다. 나는 그의 아들 마이클이 두 살이었을 때 두 사람을 처음 만났는데, 소박하기는 해도 편안하게 지내는 것 같았다.

두 사람은 금슬이 정말 좋은 부부였다. 서로를 미친 듯이 사랑하기보다 **아끼는** 부부의 전형으로 광고에 등장해도 될 정도였다. 두 사람은 서로의 친구들과도 잘 어울렸고, 좋아하는 책과 그림과 가정용품과 음식과 술이 비슷했다. 물론 좋아하는 화제도 비슷했다. 두 사람은 함께 많이 웃었고 마이클을 함께 사랑했다. 함께하면 즐거워지는 부부였다. 한번은 둘 중에서 누구와 같이 있을 때가 더 좋은지 고민한 적도 있지만 마음을 정할 수가 없었다. 브라이언하고는 소박하고 진지한 문학 이야기를 나눌 수 있어서 좋았다. 재키하고는 솔직하고 재미있는 여자들만의 수다를 떨 수 있어서 좋았다. 나는 두 사람과 만날 일이 있으면 그날을 진심으로 손꼽아 기다리곤 했다.

우리 회사에서 출간된 브라이언의 작품은 모두 다섯 권이었다. 1955년 《주디스 헌》, 1958년 《루퍼칼 축제》, 1960년 《진저 코피의 행운》, 1963년 《림보에서 날아든 해답》, 1966년 《아이스크림 황제》. 그런데 좋은 출발을 보였음에도 불구하고 그의 전작全作을 출간하지 않은 이유는 무엇이었을까?

우리는 쥐꼬리만큼 책정되는 홍보비 때문에 **이러나저러나** 그를 떠나보낼 수밖에 없는 입장이었다. 텔레비전이 대중의 사고방식과 행동에 영향을 미치기 전만 하더라도 도서 홍보는 거의 서평과 신문 광고 위주였다. 인터뷰나 공개 행사는 드문 일이었고, 난파당한 선원들도 방법만 알면 바다 위에서 살 수 있다는 주장을 입증하기 위해 고무보트를 타고 대서양을 건넌 우리 작가 알랭 봉바르처럼 화제의 인물에게나 해당되는 홍보 수단이었다. 아내를 칼로 찌르거나 그와 비슷한 짓을 저질러야 북섹션 이외의 지면에 실릴 수 있었다. 그래서 책이 너무 안 팔린다 싶을 때 작가들은 늘 홍보 부족을 비난의 대상으로 삼았다.

한편 출판사의 입장에서 보자면 매출로 감당할 만한 수준의 광고는 하나 마나였다. 판매량을 움직일 수 있을 만큼 홍보에 주력하면 판매량 증가에 따른 수입보다 광고비가 더 들었다. 이모저모를 따졌을 때 효과적인 홍보 방법은 두 가지였다. 서점 주인과 도서관 사서들이 많이 보는 업계 신문에 출간 예정작을 모조리 소개하는 방법과 유명 작가의 경우 발행 부수가 많은 인쇄물에 신작 출간을 화려하게 알리는 방법. 15센티미터나 20센티미터 혹은 25센티미터짜리 지면(2단일 때도 있지만 대부분은 1단이다)에 최대한 많은 책을 쑤셔 넣을 수도 있었겠지만……. 나만 하더라도 그런 광고를 보고 책을 고르기는커녕 눈여겨본 적이라도 있나 싶다(우리가 실은 광고에 혹시 오자는 없는지 점검할 때는 예외였다). 나 같은 경우에는 서평이나 입소문을 기준으로 책을 고르는데, 다른 사람들도 마찬가지 아닐까? 그럼에도 불구하고 우리는 무용지물에 가까운 광고를 계속했다(최대한 자제하기는 했지만). "선생님 책의 광고를 A, B, C, D, E, F 신문에 실었습니다."라고 알려주어야 작가들의 비위를 맞추고, "같은 광고에 소개된 책이 몇 권이나 됩니까? 크기는 얼마나 되죠? 몇 면이죠?"와 같은 질문이 이어지지 않기를 기대할 수 있기 때문이었다. 작가들은 대부분 그 정도면 만족스러워했다. 하지만 브라이언은 금세 불만을 품기 시작했다. 그는 세 번째 소설을 발표했을 즈음부터 그레이엄 그린*과 비슷한 대우를 원했다.

---

* 영국의 소설가이자 극작가, 평론가로 대중적으로 큰 인기를 누렸다. 대표작으로《권력과 영광》,《제3의 사나이》,《브라이턴 록》등이 있다.

작품의 수준을 놓고 보았을 때 유명 일간지에 큼지막한 단독 광고를 자주 실었더라면 브라이언도 그린처럼 유명한 작가가 될 수 있었다. 하지만 그러기 위해서는 첫째, 상당한 시간이 필요했고 둘째, 다른 작가들이 발끈할 가능성이 농후했으며 셋째, 우리에게는 그만한 여유가 없었다. 적어도 안드레는 그렇게 생각했다. 게다가 안드레 도이치 출판사에서 어떤 부분에 얼마만큼 비용을 쓸 것인지 책정하는 권한을 쥔 사람은 안드레 한 명뿐이었다. 안드레가 브라이언의 대규모 홍보를 말도 안 되는 짓으로 간주하자 나로서는 조심스러운 표현을 써가며 그 의견을 브라이언에게 고스란히 전달하는 수밖에 없었다. 이렇게 해서 《아이스크림 황제》를 출간할 즈음에 이르자 브라이언은 이따금 투덜거리다가 이내 잊어버린 듯 보였다.

《아이스크림 황제》를 출간하고 얼마 안 있어 나는 뉴욕으로 출장을 갔고, 여느 때처럼 무어 부부를 만나 애머갠셋에서 며칠 동안 함께 지냈다. 뉴욕이 워낙 찜통이다 보니 여유로운 롱아일랜드의 해변 마을이 한층 매력적으로 다가왔다. 가로수 그늘이 드리워진 거리, 길거리에서 멀찌감치 물러나 울창한 나무 사이에 자리 잡은 저택들이 얼마나 아름답고 편안한지! 영국인들은 18세기에 완벽한 주택 건축 기술을 발전시켰다고 자부심이 대단하지만, 뉴잉글랜드에 고이 모셔져 있는 소박하고 우아하고 따뜻한 목조 주택들을 보면 미국인들에게 추월당한 것 같다. 무어 부부가 빌린 집만 하더라도 특별한 구석은 없지만 현관 안으로 들어서는 순간부터 편안함이 느껴졌다. 사실 '편안함'은 애머갠셋 전체에 해당하는 표현이었다. 애머갠셋은 여름 휴양지이기는 해도 나름의 생활이 있었다. 그리고 이곳의 생활은 속도가 느렸다. 이곳을 자주 찾는 관광객들은 악덕 자본가들의 거대한 별장이 들어서 있고 유입되는 돈이 어마어마해서 속물스러운 햄프턴스보다 여기가 더 좋다고 지나치게 강조하는 측면이 있지만, 내가 보기에도 애머갠셋은 사랑받을 만한 곳이었다. 애머갠셋은 작가와 의사, 그중에서도 특히 정신과 의사들 사이에서 인기가 높았다. 내가 놀러 갔을 때 브라이언과 재키는 달빛을 받으며 수영하는 것으로 끝이 나는 파티를 벌이느라 정신이 없었고, 술에 취해 기분이 좋아질 대로 좋아진 정신과 의사 네댓 명은 가장 은밀한 비밀을 털어놓았다. 그들 세계에서 가장 은밀한 비밀은, 평범한 사람들의 상상과 달리 침대에서 벌인 행각이 아니라 **수입**이었다.

무어 부부의 별장에 머문 손님은 나 혼자가 아니었다. 두 사람의 친구인 러셀 부부는 1~2년 전에 나도 만나서 즐거운 시간을 함께 보낸 적이 있었다. 남편인 프랭클린 러셀은 자연과학계에서 유명한 저자였고, 캐나다 출신의 아내 진은 배우였다. 무어 부부의 말에 따르면 그녀는 연기가 뛰어났는데, 미국인들이 캐나다 출신을 가볍게 여기는 경향 때문에 뉴욕에서는 배역을 맡을 수가 없다고 했다. 그런데 프랭크가 자료 수집을 위해 오지로 떠나자 진은 기운을 북돋을 겸 우리와 합류했다. 두 부부는 있는 돈을 모두 끌어 모아서 뉴저지의 시골집을 공동 매입할 정도로 가까운 사이였다. 낡은 농가는 무어 부부의 차지가 되었고, 러셀 부부는 헛간을 개조하기로 했다. 두 부부에게는 이 사업이 그해 여름의 가장 큰 즐거움이었다.

　나는 그곳에서 사나흘 동안 머물며 여느 때와 다름없이 즐거운 시간을 보냈다. 하루는 진이 부엌을 차지해 특유의 맛있는 새우 요리로 솜씨를 뽐내고, 또 하루는 진과 브라이언이 건설업자들과 얘기를 나누기 위해 새로 산 집으로 먼 길을 떠나면 재키와 내가 새그 하버로 소풍을 나가는 식이었다. 마지막 날에 재키와 열 살배기 마이클을 앞장세워 다 같이 해변을 산책하고 있을 때 나는 '재키가 외모에 너무 무심한 거 아닐까?' 하는 생각이 들었다. 그녀는 브라이언처럼 통통한 체형이었는데, 최근 들어 살이 더 쪘는지 해진 면 반바지가 너무 꼭 끼었다. 금발에 가까운 머리는 잘랐다기보다 대강 쳐낸 것 같았고, 바닷물에 절어 지푸라기처럼 뻣뻣하게 삐죽삐죽했다. 생기 넘치는 얼굴과 반짝이는 적갈색 눈동자가 가려지자 엉망으로 보였다. 예전에는 비교를 한 적이 없는데, 별다른 노력을 하지 않아도 늘 우아한 진과 나란히 걷다 보니 그런 생각이 든 모양이다.

　하지만 나는 금세 잊어버렸다. 한 달쯤 뒤에 브라이언과 진이 동반 도주했다는 재키의 편지를 받기 전까지는 말이다.

그 편지를 받았을 때 처음 느낀 감정은 나의 둔감함에 대한 부끄러움이었다. 스스로 예리하다고 자부했던 사람인데, 잠깐 스쳐 지나간 불길한 예감을 왜 그냥 흘려보낸 걸까? 눈치는 개뿔이

나! 낭만적인 열정을 혐오하게 됐다던 브라이언도 마찬가지고!

그에 이어서 재키도 몰랐다니 놀랍다는 생각이 들었다. 그녀 역시 아무것도 눈치 채지 못하다가 진부한 경로를 통해 알게 되었다. 세탁소에 맡기려던 재킷 주머니에서 쪽지를 발견한 것이다. 설명을 요구하자 브라이언은 전말을 털어놓더니 진과 함께 떠나버렸다. 재키는 나에게 편지를 보낼 무렵에도 충격에서 헤어나지 못한 상태였다. 그녀와 마이클이 가여울 따름이었다.

하지만 브라이언이 악당처럼 느껴진 시기는 불과 며칠에 지나지 않았다. 처음에 재키와 내가 보기에 두 사람은 눈이 맞은 뒤에도 부동산 공동 소유를 계속 추진하다가 관계가 들통 난 뒤에야 포기한 것 같았다. 하지만 시간이 지나자 그렇게 못된 인간들은 아니었을지도 모른다는 생각이 들었다. 두 사람은 '건설업자들과 얘기를 나누기 위해' 찾아가기 전까지만 하더라도, 아니 어쩌면 그 후에도 서로에 대한 감정이 얼마나 격렬한지 깨닫지 못했을 수도 있다. 두 사람의 잔인한 행각을 생각하면 여전히 치가 떨렸지만, 사랑은 시작되기 마련이고 일단 시작된 사랑은 어쩔 수 없는 법이다. 브라이언과 재키의 금슬에는 어두운 그림자 한 점 없다고 생각한 나나 다른 친구들이 착각한 것이었다. 티를 내지는 않았지만 브라이언은 가끔 답답했던 모양이다. 남녀 관계는 제삼자가 속단할 수 없는 문제다. 재키가 줄 수 없었던 무언가를 진에게서 찾았다고 해서 브라이언을 탓할 수는 없었다(그가 그렇게 했던 것은 진실이었고, 그의 남은 생애 동안에도 진실이었다).

나는 파경 소식에 따른 충격을 이내 잊고 브라이언을 있는 그대로 받아들이기 시작했다. 하지만 그 순간에도 재키를 잊을 수가 없었다. 그녀는 결혼 생활에서 많은 것을 바라지 않았다. 작가인 남편을 자랑스러워했고, 그의 아내라는 현실에 행복해했다. 그런데 모든 게 사라져버린 것이다. 이제 그녀의 앞에는 기나긴 공허만 남았다. 버림받은 자의 치욕이 음산한 안개처럼 그 위와 아래, 안과 밖을 감쌌다. 마이클이 충격을 극복할 수 있도록 어떤 식으로 도울 것이며 앞으로 둘이서 어떻게 살아야 하느냐의 문제도 있었다. 그녀는 정말 동정을 받아 마땅했다. 한편 원하는 바를 얻은 브라이언은 그 자신에게 가장 중요한 집필 영역에서 완벽한 안정성을 유지했다. 브라이언을 불쌍하게 여길 필요는 없었다. 나는 자주 편지를 보내 재키의 기운을 북돋워 주었다. 브라이언에게 편지를 쓸 때는 할 말이 없었다.

그렇다면 침묵을 지켜야 했겠지만 나는 침묵하지 않았다. 나는 그의 주소가 적힌 짤막한 쪽지를 입수하자마자(브라이언을 통해 받았는지 에이전트를 통해 받았는지는 모르겠다) 조만간 우리는 예전 관계로 돌아갈 테지만, 지금은 재키를 위하는 마음이 워낙 크기 때문에 당분간은 업무적인 용건으로만 만났으면 좋겠다는 편지를 보냈다.

내가 그의 답장을 보관하고 있지 않은 것을 후회하는 까닭은, 그 이상한 내용을 말로 표현할 수가 없기 때문이다. 나는 그 편지를 안드레에게 보여주고 나서 버렸는데, 두 번 다시 쳐다보고 싶지도 않았기 때문이다.

일단 서두는 불쾌하지만 논리 정연하게 시작됐다. 그는 더 이상 업무적인 용건으로도 만날 일이 없다고 했다. 예전부터 우리 출판사의 홍보에 불만이 있었기 때문에 새로운 출판사를 찾겠다는 것이었다. 화가 나기는 해도 이해할 수 있는 반응이었다. 만약 편지가 여기에서 끝이 났더라면 우리는 홍보를 강화할 방편을 마련했을 테고, 그래도 마음에 들지 않는다고 하면 안드레는 그를 욕심 많고 어리석은 작가의 전형으로 치부해버렸을 것이며, 나는 우리 잘못으로 좋은 작가를 놓쳤구나 하며 슬퍼했을 것이다. 하지만 편지는 이렇게 끝이 나지 않았다. 그는 자기가 버린 여자에게 제멋대로 분풀이라도 하려는 투로 나에게 재키의 편을 들다니 그런 사람하고는 더 이상 친구가 될 수 없다고 썼다. 그런 내용이 한 페이지 반 동안 계속 이어졌다. 이런 논조의 편지를 접하고 안드레도 나만큼이나 충격을 받았다. 얼마나 충격을 받았는지 그는 막아보려는 시도조차 하지 않고 브라이언의 결별 통보를 받아들였다.

모디카이의 말에 따르면 당시 다른 친구들도 '내 편을 들지 않으면 적으로 간주하겠다'는 식의 태도에 황당해했고 이 때문에 상황이 어이없게 느껴졌다고 했다. 지금이야 흔한 일이지만 그때까지만 하더라도 나는 파트너 관계를 깬 당사자가 버림받은 상대에게 비난의 화살을 돌리는 경우를 본 적이 없었다. 추측건대 죄책감 때문에 반항할 수는 있다. 브라이언처럼 죄의식이 투철한 사람이라면 더더욱 그럴 수 있다. 하지만 달걀을 깨지 않고 오믈렛을 만들겠다는 식의 생각은 추하고 어리석은 발상이며, 나는 이런 발상의 첫 사례를 아주 황당하게 겪은 셈이다. 지금도 생각해보면 믿어지지 않는다. 인간의 우둔함과 약점을 애정 어린 시선으로 대하던 브라이언이 이런 식의 형편없는 자기기만 속으로 빠져 들다니……. 나로서는 그를 두 번 잃은 기분이었다. 한 번은 친구로(정말 가슴 아픈 경험이었다), 한 번은 브라이언이라는 인간 자체로. 그 편지는 내가 아는 브라이언이 쓴 것이 아니었다.

나이가 들어서 과거를 돌이켜보면 놀라웠던 일도 이제는 이해가 되고 심지어는 흔한 일로 느껴질 때가 많다. 시간이 흐르면서 우울했던 반응들이 차츰 무뎌지는 것이다. 하지만 이 사건은 지금도 경악을 금치 못하겠으니 브라이언에게 감사해야 될 일인지도 모르겠다.

재키는 이미 고인이 되었다. 한동안 이 사건은 그녀의 입장에서 볼 때 아주 행복하고 재미있는 결말로 이어지는 듯했다. 재키와 프랭클린 러셀은 부동산 공동 소유 문제를 해결하다 그 어느 때보다 절친한 사이가 되었고 결국에는 결혼에 골인했다. 그녀는 앙심을 품고 그러는 성격이 아니었다. 당황스럽다고만 했을 뿐, 브라이언을 헐뜯는 소리를 한 번도 내뱉은 적이 없었다. 하지만 언젠가 한번은 나에게 프랭크가 진과 헤어져서 다행스러워한다는 이야기를 전하며 즐거워한 적은 있었다. 브라이언이 알코올에 취한 사랑의 열병에서 회복되는 동안 재키를 만나 안주했던 것처럼 재키는 프랭크를 만나 안주하는 것처럼 보였다.

나는 뉴저지의 집으로 두 사람을 찾아가 함께 머물며(헛간은 팔아 치운 뒤였다) 이들에게 들이닥친 첫 번째 재앙을 둘이서 용감하게 헤쳐 나가는 모습을 목격한 적이 있다. 이들에게 들이닥친 첫 번째 재앙이란 아들 알렉산더가 척추 파열로 태어난 사건이었다. 내가 찾아갔을 무렵 알렉산더는 여러 차례에 걸쳐 수술을 받은 뒤였고, 또래 아이들처럼 활발하고 씩씩했다. 재키는 마음속 깊이 알렉산더를 자랑스러워했고, 그 정도로 건강해진 모습에 행복해했다.

내가 떠나고 얼마 안 있어 그녀는 프랭크의 출장길에 따라나섰다. 이제는 알렉산더를 남의 손에 맡겨도 되겠다고 생각한 첫 순간이었을 것이다. 그런데 그 출장길에서 재키는 쓰러졌고, 집으로 돌아왔을 때 췌장암이라는 진단을 받았다. 그녀는 용감하게 병마와 싸웠지만 참혹하게 눈을 감았다.

프랭크와 나는 서로 연락을 주고받을 만큼 가까운 사이가 아니었지만, 재키가 죽고 2년이 지났을 때 우연히 마주친 적이 있었다. 집에서 병간호를 하는 동안 겪은 일로 마음고생이 심했다고 했다. 어머니가 숨을 거두자 마이클 무어는 아버지 쪽으로 거처를 옮겼다는데, 프랭크와 알렉산더 러셀은 그 후 어떻게 되었는지 모르겠다.

브라이언은 그 누구보다 심한 상처를 남기고 우리 출판사를 떠났지만, 그와 함께 작업했던 시간들을 떠올리면 즐거운 기억뿐이다. 그가 떠난 뒤에 우리끼리 수다 잔치를 벌일 때에도 브라이언은 상당히 값진 역할을 했다. 그의 작품을 출간하면서 우리는 잃은 것보다 얻은 것이 훨씬 많았다. 한편 모디카이가 현명하고 현실적인 판단을 내린 뒤 그를 거의 만나지 못한 아쉬움은 그의 작품을 읽으며 우리가 발굴한 작가라는 뿌듯함을 느낄 때마다 상쇄되었다. 《바니 이야기》 마지막 장을 덮었을 때에는 몰락한 첫 출판사보다 당당하게 장수하는 그의 모습을 보며 기뻐했다. 언젠가 그에게 했던 말을 인용하면서 행복하게 이 장을 마무리 지을까 한다. "당신은 캐나다 문학계의 멋진 원로가 될 거예요." 눈곱만치도 오만하지 않은 원로가 존재할 수 있다면 모디카이 리슐러가 그런 인물이다.

따돌리지 못한 재능을 증오한 이방인

진 리스

진 리스Jean Rhys의 초기작 네 권을 읽은 사람이라면 그녀가 인생에 능수능란한 인물이 못 된다는 것을 짐작하고도 남을 것이다. 하지만 얼마나 젬병인지는 직접 만나봐야 알 수 있다. 나는 몇 명 안 되는 그녀의 팬이었던 프랜시스 윈덤을 통해 1950년대 초기에 일찌감치 그녀의 작품을 소개받았고, 1957년부터 편지를 주고받기 시작했다. 하지만 실제로 만난 시점은 1964년이었기 때문에 길고 괴로운 나날을 보내는 동안 그녀를 도울 방법이 거의 없었다.

어쩌면 그녀에게는 이보다 더 힘든 시기가 있었을지 모른다. 세 번째 남편이었던 맥스 해머와 함께 켄트주의 베커넘에서 살았을 때 돈이 바닥나자 퇴역 해군 장교인 맥스가 다급한 마음에 사기를 치려다 3년 동안 복역한 적도 있으니 말이다. 이렇게 악몽 같은 시간을 보내는 동안 우울증으로 마비가 된 진은 술을 마시는 것 외에는 아무것도 할 수 없었고, 덕분에 법원으로 여러 번 불려갔는가 하면 한번은 유치장 신세를 지기까지 했다.

우리와 연락이 닿았을 무렵 진은 형을 마친 맥스와 함께 콘월의 비참한 셋방을 전전하는 중이었고, 이미 바닥을 친 뒤였다. 하지만 작가로 재부상하려면 아직도 9년이라는 끔찍하게 힘든 시기를 보내야 했다.

그녀는 항상 베일에 싸인 인물이었지만, 네 번째 소설《한밤이여, 안녕》*이 1939년에 출간되면서 문학계에 조금씩 알려지기 시작했다. 그러다 전쟁이 시작되자 수많은 사람들이 입대와 전시 부역에 동원되느라 본거지를 떠나 '자취를 감추었다'. 진은 두 번째 남편을 따라 런던을 떠났기 때문에 두 번째 남편이 죽은 뒤 맥스와 함께 불행의 터널 속을 헤매는 동안에는 소식이 끊긴 '행방불명자'였다. 프랜시스는 그녀의 행방을 찾아 나섰지만, 어떤 이에 따르면 센강에 빠져 죽었다고 했고 또 어떤 이에 따르면 알코올 중독으로 목숨을 잃었다고 했다. 사람들이 예상한 그녀의 운명이 그 정도였다.

그녀의 행방을 알아낸 주인공은 BBC였다. 여배우 셀마 바즈 디아스가 제작과 주연을 맡은 '한밤이여, 안녕'을 각색 방송하며 '고인이 된 진 리스'의 소식을 찾는다고 광고를 내자 그녀가 연락을 취한 것이다. 이 소식을 듣고 프랜시스는 편지를 보냈고, 새로운 작품을 집필 중이라는 답장을 받았다. 이때 프랜시스와 내가 열렬한 반응을 보이자 안드레 도이치는 선점 검토

---

* 이 소설의 원제 *Good Morning, Midnight*는 미국의 천재적인 시인 에밀리 디킨슨의 시 첫 구절에서 따온 제목이다.

권을 사기로 했다. 그런데 책정된 금액이 25파운드였다.

정말 너무하다고 사람들이 야유를 보내도 나는 더 이상 얼굴을 붉히지 않는다. 지금까지 하도 많이 얼굴을 붉혔기 때문이다. 물론 출판사 입장에서도 할 말은 있다. 첫째, 1950년대에 25파운드는 지금보다 훨씬 가치가 높았다. 둘째, 25파운드는 선인세가 아니라 선인세의 선인세인 셈이었다. 그리고 셋째, 그 무렵에는 선점 검토료가 높지 않았다. 하지만 실제로 25파운드는 최저한도라고 해도 될 만큼 변변찮은 금액이었다. 만약 진의 상황을 알았더라면 프랜시스와 내가 어떻게 해서라도 금액을 높였겠지만, 우리는 한참이 지난 뒤에야 조금이나마 알아차릴 수 있었다.

게다가 그녀는 겉으로 너무 자신만만해 보이는 게 문제였다. 1957년에 편지를 주고받기 시작했을 때 그녀는 "6개월이나 9개월이면" 작품이 완성된다더니 1966년 3월이 되어서야 탈고 소식을 알렸다. 그런데 배수관이 막혔다든지 부엌에 쥐가 생겼다든지 하는 등의 집안 문제로 집필이 늦어졌다고 하면서도 아주 재미있는 사건을 이야기하듯 했다. 직접 만난 뒤에야 깨달은 사실이지만 진에게 이런 일들은 아주 끔찍한 사고였다. 그녀는 일상에 대처하는 능력이 정상의 범주에 턱없이 못 미쳤기 때문에 이런 사고가 벌어지면 넋을 잃곤 했다. 게다가 맥스의 건강마저 나빠졌지만, 워낙 남편에게 헌신적이었던 그녀는 그의 전과를 입에 올리지 않는 수준을 넘어 그의 무능력마저 내색하지 않았다. 남편이 집에 있으면 간호하느라 진을 빼고 병원에 입원하면 황량한 외로움과 싸우는 등 둘 사이를 오락가락하며 얼마나 끔찍한 칠십 대를 보냈는지 나는 한참이 지난 뒤에야 알 수 있었다. 그녀는 밥을 너무 안 먹는 반면 술은 너무 많이 마셨고, 겁에 질리고 피곤하고 병든 상황이었다. 게다가 (그 무렵에 이사한 데번주의) 체리턴 피츠페인 마을을 잔인한 곳으로 여길 만큼 피해망상에 시달렸다. 그래서 조금만 당황스러운 일이 벌어져도 몇 주 동안 아무것도 하지 못했고, 어느 시점을 지나면 무너져버렸다.

한번은 그녀가 이웃 사람들이 자신에게 마녀라고 수군댄다는 소식을 전한 적이 있는데, 워낙 대수롭지 않다는 투로 이야기했기 때문에 나는 사소한 사건이려니 생각했다. 그런데 교구 목사인 우드워드 씨의 이야기를 듣자니 그녀가 정말로 심하게 시달렸고, 그 누구도 마녀가 존재한다는 믿음이 사라졌다고 생각하는 것 같지 않았다고 했다. 결국 이성을 잃은 진은 거리로 뛰쳐나가 소문의 진원지인 여자에게 가위를 휘두르다 일주일 동안 정신병원 신세를 졌다. 몇 안 되는 이웃 친구 중 한 명인 그린슬레이드 씨는 나중에 엑서터에서 나를 택시에 태우고 마을로 향하는 길에 이렇게 말했다. "사실 재갈은 가엾은 해머 부인이 아니라 상대방한테 물렸어야 하는 건데 말이죠." 하지만 진은 편지에서 이 사건에 대해 일언반구도 하지 않았다.

다행스럽게도 그녀는 프랜시스에게 조금씩 마음의 문을 열기 시작했다. 아무래도 남자인 데다 출판업자가 아니라 친구로서 편지를 보내기 때문인 것 같았다(그는 파트타임으로 우리와 함께 일했다). 그녀는 프랜시스를 통해 자신의 책을 기다리는 출판사가 있다는 사실을 알았고, 자신의 작품을 이해하고 사랑해주며, 재미있고 호의적이고 따뜻하고 늘 도움을 주지 못해 안달인 사람을 발견했다(아무래도 이쪽이 더 중요한 부분이었을 것이다). 프랜시스는 진을 자극해 글을 쓰도록 했고, 이 글을 출간할 잡지를 알아보았다. 그리고 그녀가 쓰러지기 직전이라고 하면 100파운드를 보내 호텔이나 요양원에서 쉴 수 있도록 주선했다. 이 무렵 나에게 보낸 편지 속의 그녀는 공감대가 형성되는 편집자를 만났다는 데 반가워하는 작가였다. 하지만 프랜시스에게 보내는 편지 속에서는 뜻밖에 얻은 친구에게 탐닉하는 한 인간이었다. 프랜시스의 도움이 있었기 때문에 그녀는 이 시기에 엄청난 시련을 딛고 천천히, 천천히, 천천히 발걸음을 떼어가며 책을 완성할 수 있었다.

조물주에게 감사드려야 할 부분이겠지만 모든 인간에게는 설명이 안 되는 부분이 있다. 캐럴 앤지어는 진 리스 전기를 통해 인생과 작품 간의 관계를 그 누구보다도 멋들어지게 설명하지만, 이처럼 무능력하고 불완전하게 보이는 여자가 어쩌면 그렇게 또렷하고 우아하고 힘이 넘치는 작품을 남길 수 있었는지에 관한 수수께끼는 해결하지 못한다. 나는 오래전에 그 답을 찾는 일을 포기했다. 하지만 그녀가 태어난 카리브해 동쪽의 섬나라 도미니카◆를 알게 된 후 진이 삶에 서툰 이유를 조금 더 이해하게 되었다.

나는 도미니카를 상당히 가까이서 들여다보는 엄청난 행운을 누린 적이 있다. 진의 작품을 출간하다 보니 도미니카 출신의 어느 가족과 친구가 되었고, 이 가족의 일원 중 도미니카를 남들보다 훤히 꿰뚫고 있는 남자가 있었기 때문에 누린 호사였다. 그런데 카리브해에서 가장 작은 이 섬이 낳은 최고의 역사학자 레녹스 호니처치의 안경을 빌려 쓰고 보았더니 진이 1906년에 열여섯의 나이로 영국 땅을 밟았을 때 얼마나 **낯설었을지** 한순간에 실감이 났다.

영국 사람들은 '서인도 제도'라고 하면 대부분 자메이카와 바베이도스에 무스티크섬이 살짝 곁들여진 곳으로 생각한다. 나는 트리니다드 토바고에 자메이카를 추가한 지도를 상상하며 서인도 제도를 여행한 적이 있기 때문에 맞을 거라고 생각했다. 그랬으니 도미니카가 서인도 제도에 있다는 소리를 듣고 깜짝 놀랄 수밖에 없었다.

처음부터 도미니카에 식민지를 건설하려는 사람은 없었다. 1493년에 이곳을 탐험한 콜럼버스는 종이 한 장을 부스럭부스럭 뭉뚱그려 테이블 위에 내동댕이치는 식으로 도미니카의 모습을 묘사한 적이 있었다. 잘못된 묘사였지만 누가 보더라도 의미는 전달이 되었다. 도미니카는 길이 48킬로미터, 너비 25킬로미터의 땅 위에 화산들이 빼곡히 서 있고, 화산 사이를 가르

♦ 여기서 도미니카는 '도미니카 연방'을 말한다. 카리브해에 위치해 있으며 아이티와 섬 하나를 공유하는 도미니카 공화국은 도미니카 연방과는 별개의 나라이다.

는 깊은 계곡에서는 폭포수가 고함을 지르고 폭포수 아래로 급류가 흐른다. 섬 전체를 뒤덮은 빽빽한 숲은 여기저기서 비명을 지르고 부르르 떨 때가 있다. 이처럼 극적인 지형과 열대 분위기의 울창한 숲(대부분 열대우림이다) 덕분에 눈부시도록 아름답기는 하지만 **쓸모 있어** 보이지는 않는다.

인간이 이런 지형을 대하는 방식에는 두 가지가 있다. 먼저 콜럼버스가 만난 카리브인들처럼 자연을 훼손하거나 거스르지 않고 더불어 사는 인간이라면 이곳이 살기 좋게 느껴질 것이다. 얼어 죽거나 굶어 죽을 일도 없고, 보금자리를 지을 만한 재료가 무궁무진하며, 사방에 널린 나무로 카누를 만들 수 있으니 말이다. 사나운 적이 쳐들어오더라도 숨어 있다가 기습 공격을 하면 되기 때문에 보금자리를 빼앗길 염려가 없다(지금도 도미니카는 카리브인들이 가장 많이 거주하는 섬이다. 덕분에 탈출한 노예들이 복수에 나선 주인을 상대로 다른 곳보다 훨씬 인상적인 항쟁을 벌일 수 있었다). 하지만 자연을 통제하고 그 속에서 이윤을 얻길 바라는 인간이라면 에스파냐인들이 그랬던 것처럼 이 섬을 가만히 내버려 두든지 뼈 빠지게 일만 하다 쓸쓸히 빈손으로 죽어도 상관없다고 단단히 각오하는 편이 좋다. 도미니카 이주민들은 커피, 코코아, 설탕(평지가 부족해 많이 재배하지는 못했다), 바나나, 감귤류 과일, 바닐라, 베이럼 등 여러 가지 작물을 시도했다. 그런데 일정 기간 동안에는 제법 성적이 좋다가도 허리케인, 병충해, 시장의 변동 등으로 타격을 입곤 했다. 대규모 농장주들은 카리브해의 여러 지역에서 거금을 손에 쥐었다.

하지만 도미니카에서는 운이 좋으면 그럭저럭 지낼 수 있을지는 몰라도 부자가 되지는 못했다.

18세기에 대규모 농장 생활을 시작한 주인공은 프랑스인들이었다. 오늘날 도미니카 인구는 대부분 아프리카 혈통이지만 프랑스 농장주의 노예들에게 배운 프랑스 방언을 쓰고, 종교도 가톨릭이 주를 이룬다. 1763년에 프랑스와 영국 간의 7년 전쟁이 끝나고 평화 조약의 일환으로 도미니카를 프랑스로부터 넘겨받았을 때 영국인들은 별로 달가워하지 않았다. 1764년에 발간된 투자 소개서에는 이렇게 적혀 있었다. "이 섬은 젖과 꿀이 흐르는 약속의 땅이 아니다. (…) 이곳으로 건너간 사람들은 대부분 요절한다. 목숨을 부지하더라도 대부분 즐거움을 맛보지도 못한 채 쓰러진다."♦ 그 후 농장주들은 대부분 멀리서 감독관에게 관리를 맡겼는데, 감독관들은 주변에 악명이 자자했다. 18세기에 어느 커피 농장주는 이런 글을 남겼다. "사방을 둘러보면 술주정뱅이에 일자무식하고 방탕하며 파렴치한 인간들이 농장을 맡고 있다. (…) 그러니 농장이 폐허와 황무지로 변할 수밖에." 하지만 감독관을 나무라기만 할 일은 아니다. 외로움에 지친 생활이었을 테니까. 농장에 딸린 조그만 통나무집들은 서로 엄청나게 떨어진 정도가 아니라 건널 수 없는 지형에 가로막혀 왕래가 불가능했다.

♦ 이 문장과 아래에서 인용한 문장은 레녹스 호니처치의 《도미니카 이야기》에서 가져온 것이다.

섬의 가장자리에 이르면 산이 워낙 급경사를 이루며 바다와 만나기 때문에 오늘날까지도 일주 도로가 건설되지 못했다. 카리브해와 대서양을 잇는 횡단 도로도 1956년에 이르러서야 건설되었는데, 산을 우회하느라 직선 도로보다 훨씬 길게 만들어졌다. 이름도 거창한 이 임페리얼 대로가 공식 '개통'된 것은 1900년 무렵이지만, 8~10킬로미터쯤 이어지다 중간에 흐지부지 끊어지는 식이었다. 그러니 진이 살던 무렵에는 이동하려면 배를 타고 섬을 뱅 돌거나 홍수나 산사태로 군데군데 끊긴 험난한 길을 택하는 수밖에 없었다. 심지어는 카리브해 쪽에 자리 잡은 두 중심지, 로조와 포츠머스를 연결하는 평평한 해안도로도 1972년에 이르러서야 깔렸다. 요즘에는 해변에서 산속까지 좁은 포장도로가 연결돼 해변까지 트럭으로 농산물을 실어 나를 수 있다. 하지만 진은 가족 소유지인 제네바[도미니카 남부에 있는 제네바강 유역]로 할머니를 만나러 갈 때면 울퉁불퉁한 돌길을 14킬로미터나 달려야 했다.

로조와 포츠머스를 연결하는 도로만 예외일 뿐, 도미니카의 좁고 울퉁불퉁한 길은 모두 존재 자체만으로 감탄을 자아낸다. 얼마나 많은 숲을 정리하고, 얼마나 많은 오르막과 내리막을 U자 모양의 커브로 만들고 만들고 또 만들고, 열대성 폭우 때문에 얼마나 자주 원점으로 돌아간 끝에 탄생된 길일까! 그것도 눈곱만한 예산에 불도저도 없이 말이다! 그처럼 훌륭한 도로를 제대로 유지 보수하는 것도 막중한 임무일 것이다.

사정이 이렇다 보니 도미니카에 정착한 백인은 거의 찾아볼 수가 없다. 진이 어렸을 때 어느 열정적인 행정관이 영국 농장주 유치에 나서자 백인 인구가 1891년 기준 44명에서 1911년에는 99명으로 잠깐 급증하기는 했다.♦ 하지만 새로 유입된 농장주들은 금세 두 손을 들었고, 현재 백인 인구는 10여 명이 채 안 된다. 부모님은 진의 언니를 돈 많은 친척에게 맡겼다는데, 내가 봐도 당연한 일이었다. 중산층의 딸들은 취직하지 않고 곧바로 결혼을 하는데, 도미니카에 과연 어떤 남편감이 있었을까? 그 당시 영국의 무신경은 워낙 악명이 높아서 도미니카의 흑인들은 교육의 기회가 전혀 없었다. 흑인 남편과 백인 아내는 인종에 따른 편견뿐 아니라 수준 차이 때문에라도 불가능한 조합이었다. 백인들의 교육 수준 역시 자랑할 만한 수준은 아니었지만 아무리 교양 없는 여자아이라도 글은 읽을 줄 알았다.

식민지 사회에서는 백인이라는 사실 하나만으로도 상류층이 된 기분을 만끽할 수 있다. 진의 외가인 록하트 집안처럼 훌륭한 조상을 감안하면 더욱 그렇다. 따라서 어린 진의 일상생활은 피라미드의 정점에서 펼쳐졌다. 규모가 흙더미 정도에 불과한 피라미드였지만. 이처럼 작고 고립된 백인 사회는 마을이라고 볼 수도 없었다. 영국의 일반 마을보다 구조가 허술하기 때문에 심지어 교구 수준도 되지 못했다. 진은 아주 어렸을 때부터 사회의 기반이 흔들리는 것을 느꼈고, 그럴 때마다 집안의 전통에 집착했다(그녀는 각고의 노력을 통해 내재되어 있던 작가

♦《진 리스 리뷰》에 실린 피터 흄의 〈섬과 도로〉에 게재된 수치이다.

기질─제삼의 눈 같은 것이었다─을 발굴한 뒤에야 도미니카의 백인 사회를 있는 그대로 돌이켜볼 수 있었다). 영국으로 떠나는 열여섯 살이 다가왔을 무렵 그녀는 스스로 생각하는 것보다 경험의 폭이 훨씬 좁은 소규모 사람들 속에서 꿈같은 인생을 상상하며 살고 있었다.

그 꿈의 일부는 도미니카로 이루어져 있었다. 아름답고 길들여지지 않는 도미니카는 상상력을 일깨우는 강력한 자극제이기 때문이다. 진은 이런 글을 남겼다.[♦]

그것은 분명 살아 있었다. 밝은 빛깔 뒤에 포근함이, 구름을 닮은 언덕이, 변덕스러운 언덕을 닮은 구름이 있었다. 엄숙하고도 슬프고도 허전한, 이 모든 것을 합친 무언가가 있었다. 나는 그것과 하나가 되고, 그 속으로 빠져들고 싶었다(하지만 그것은 무심한 듯 고개를 돌려 내 가슴을 아프게 했다).

대지는 나를 끌어당기는 자석과 같았고, 나는 가끔 꿈에 그리던 동일시 내지는 소멸의 경지와 가까워질 수 있었다. 한번은 개미에도 아랑곳하지 않고 땅에 엎드려 입을 맞추며 생각했다. '내 것이야, 내 것.' 나는 이 땅을 낯선 사람들로부터 지키고 싶었다.

외지인이 보기에도 도미니카는 낭만적인 섬이다. 나를 비롯

♦ 마지막 작품인 《웃어줘》에 실린 구절인데, 이 작품 속의 문장은 전작들보다 여유롭고 회상하는 듯한 분위기가 덜하다.

한 몇몇 사람들이 도미니카의 매력을 애써 깎아내리는 이유는 너무 도가 지나친 것처럼 보일까 싶기 때문이다. 내 경험에 따르면 토바고도 충분히 매력적인 섬이었지만 도미니카처럼 잊을 만하면 떠오르지는 않았다. 화산섬의 특징 때문일까? 도미니카에는 분화구 속에서 김을 뿜으며 부글대는 보일링 호수를 비롯해 그보다 규모가 작은 여러 개의 분기공과 유황 온천이 있고 미진도 느껴진다. 화산학자들의 추측에 따르면 언제든지 폭발할 수 있는 활화산이 최소 네 개라고 한다. 지구 밑에서 꿈틀대는 지각 변동을 도미니카에서는 항상 의식할 수밖에 없는 것이다. 진도 뼈저리게 느꼈다시피 도미니카는 워낙 독특한 섬이기 때문에 이곳 출신이라는 사실 하나만으로도 다른 사람들과 구분이 된다.

그녀의 또 다른 꿈은 영국이었다. 영국 출신 식민지 가정 특유의 양육 방식에서 비롯된 이 꿈은 할머니가 보내준 책을 통해 더욱 무럭무럭 자랐다. 그녀는 책을 읽으며 사랑하는 도미니카보다 훨씬 매력적인 약속의 땅을 그렸다. 어린 딸이 막상 영국으로 건너갔을 때 어떤 일이 벌어질지 어렴풋이 직감한 아버지는 상상했던 것과 '상당히' 다를 테니 우울해지거든 당장 편지를 쓰라고 했다. 그리고 이렇게 덧붙였다. "하지만 충격을 받자마자 편지를 보내면 이 애비는 실망할 거다." 헤어질 때가 되자 아버지는 산호 브로치가 부서질 만큼 세게 안아주었지만, 그녀는 가슴이 뭉클하기보다 '이제 영국으로 떠나는구나.' 싶어 신이 났다. 영국에 대해 아는 것이라고는 화성인과 비슷한 수준이었지만 말이다.

그녀는 기차가 어떻게 생겼는지도 몰랐고(역이라는 데서 본 갈색의 조그만 방이 기차였을 줄이야!), 욕실 수도꼭지에서 콸콸 쏟아져 나오는 뜨거운 물을 아껴 써야 한다는 것도 몰랐고(처음 목욕을 하다 뜨거운 물을 다 썼다고 얼마나 혼이 났는지 모른다), 온통 잿빛인 벽돌집이 다닥다닥 끝없이 늘어선 거리도 상상해 본 적이 없었다. 하지만 이보다 더 심각한 문제는 자신과 비슷한 사람들이 우글대는 복잡한 사회에서 본능적으로 터득하게 되는 타협이라는 개념의 부재였다. 그녀는 자신에게 부족한 부분이 무엇인지 알 수 없었지만 얼마나 난감한 상황인지는 짐작할 수 있었다.

영국에서는 **만나는 사람마다** 그녀가 모르는 것들을 알고 있었다. 학교에서 배우는 지식뿐 아니라 일상적인 부분에서도 마찬가지였다. 젊은 아가씨들은 난처한 상황에 처하면 눈치 빠르게 빠져나오는 방법을 대부분 알고 있었지만 진은 그렇지가 못했다. 그녀는 정신적인 성숙이 멈추어버렸고, 이때부터 이미 피해망상의 조짐을 보였다. 삶의 기술을 배워야 한다는 생각은 하지 못하고 그저 증오만 반복했다. 꿈에서 그린 모습과 한참 먼 이 나라를 증오했고, 그녀의 무지와 고향을 무시하는 사람들을 증오했다. 이와 같은 증오심은 노년까지 계속됐다. 나는 어떤 여자가 [카리브해의 섬나라] 세인트루시아의 수도 캐스트리스를 가리켜 '빈민굴'이라고 했을 때 그녀의 증오심이 번뜩이는 것을 목격한 적이 있었다. 이 잘난 척하는 여자가, 이 잘난 척하는 영국인들이 로조도 비슷하게 생각할 텐데, 저들이 잘 몰라서 그렇지 로조는 절대 빈민굴이 아니었다. 그녀는 질리도록 잘나고 질리도록 이성적인 영국인들이 싫었다. 그들처럼 되고 싶은 마음이 추호도 없었다. 되고 싶어도 될 수 없었겠지만 영국인다움에 대한 증오는 그녀 자신의 무능력을 **포용**하게 했다.

진이 온갖 역경을 딛고 완성시키려 했던 작품도 이런 증오심에 기반을 두고 있었고, 원래 제목은 '로체스터의 첫 번째 부인'이었다. 그녀는 샬럿 브론테의 《제인 에어》를 읽을 때마다 손필드 홀의 다락방에 갇힌 서인도 제도 출신의 미치광이 아내를 생각하며 분통을 터트렸다. 영국 남자들은 돈을 노리고 서인도 제도의 상속녀와 결혼하는 경우가 가끔 있었다. 브론테도 이런 결혼을 둘러싸고 떠도는 풍문을 소재로 삼은 게 아닐까 싶었는데, 진이 보기에 이것은 악의적이고 부당한 소문이었다. 그녀는 오래전부터 그 첫 번째 부인의 관점에 입각한 소설을 쓰고 싶었기에 길고 힘든 방해물을 헤치며 그만큼 오랜 시간 동안 집필에 매달렸다.

한참 만에 보낸 편지에서 그녀는 《광막한 사르가소 바다》의 2부 때문에 기진맥진할 지경이라고 털어놓았다. 2부에서는 로체스터 씨가 등장해 앙투아네트(진은 브론테가 부여한 버사라는 이름을 질색했기에 여주인공에게 새로운 이름을 부여했다)와 결혼을 하는데, 두 사람의 관계가 어떤 식으로 발전했고 정략결혼이 어쩌다 그렇게 끔찍한 지경으로 치달았는지 설명이 필요했다. 진은 편지에서 말하길 앙투아네트의 어린 시절과 학창 생활은 자신의 경험을 바탕으로 추측이 가능하고 "내가 지금 영국에서 사는 입장에서 미칠 수밖에 없는 상황이 너무나도 이해가되기 때문에 결말도 문제될 게 없다."라고 했다. 그런데 결혼식과 그 이후를 진행할 방법이 없기 때문에 불확실의 고해苦海를 헤매고 있다고 했다. "진실이 하나도 없어요. 하나도. 대화도 없고. 아무것도 없어요."

그녀는 1부와 2부 초고를 프랜시스에게 보냈고, 프랜시스가들고 온 원고를 보았더니 2부가 정말 얇았다. 결혼 생활이라는게 이어질 겨를도 없이 시작하자마자 파국으로 치닫는 식이었다. 나는 이 문제를 의논하기 위해 편지를 보냈다. 더없이 훌륭한 1부로 볼 때 이 책은 걸작이 될 것이 분명하기에 조바심이났다. 다행스럽게도 그녀는 내 의견을 받아들였다. 얼마 안 있어 그녀가 프랜시스에게 보낸 편지로 짐작건대♦ 내 의견을 듣고정말로 도움을 많이 받은 모양이었다.

그녀가 프랜시스에게 말하길 원동력이 될 만한 '단서'를 찾았노라고 했다. 첫 번째 단서는 서인도 제도의 주술 신앙이 이작품에서 차지하는 애매모호한 역할이었다. "두 번째 단서는 애실 양의 제안을 듣는 순간 떠올랐어요. 가엾은 이들 부부도 몇주 동안은 행복했을 거예요. 그러니까 로체스터가 심란한 편지

♦ 프랜시스 윈덤과 다이애나 멜리가 편집한《진 리스: 1931년부터 1966년까지의 편지》(안드레도이치, 1984)에서.

를 받기 전까지 몇 주 동안은 말이죠." 내 충고를 받아들이기로 하자 "로체스터가 미친 듯이 그녀를 사랑했고" 결혼 생활이 시작되자마자 복잡하고 가슴 아픈 일들이 시작됐을 가능성이 보인 것이다.

엄밀히 말해 진 리스의 작품에서 내가 편집자로서 한 역할은 여기까지가 끝이었다. 세부적인 부분에 관한 한 그녀가 워낙 완벽주의자였기 때문에 '정리'할 필요가 없었다.

진과 나는 1964년 11월에 처음으로 만났다. 이 무렵 그녀는 프랜시스에게 많은 도움을 받은 데다 도이치의 또 다른 편집자 에스더 위트비가 자청하고 나서서 체리턴 피츠페인에서 주말을 보내며 원고 정리를 도왔기 때문에 완성된 작품을 런던으로 들고 올 수 있었다. 에스더 편에 들려 보낸 원고를 맡은 타이피스트에게 구술로 몇 줄 추가할 것이 있다고 했으니 거의 완성된 작품이라고 해야 할지 모르겠지만. 우리는 진이 도착한 다음 날 자축하는 의미에서 같이 점심을 먹기로 했다. 그런데…… 그녀가 간밤에 심장 마비를 일으켰다는 호텔 매니저의 전화를 받았다. 샴페인을 앞에 두고 성공의 기쁨을 만끽하는 자리는 없었다. 나는 그녀를 구급차에 태우고 병원으로 데려갔다. 그런 다음 서너 주 동안 병원을 들락날락하며 잠옷을 빨고 치약을 사오는 등 살갑게 챙기며 깊은 우정을 쌓았다. 하지만 금세 깨달았다시피 이걸 신뢰로 해석하면 착각이다. 진은 누군가를 전적으로 신뢰하는 성격이 아니었다. 하지만 그렇기 때문에 나에게 찡그린 얼굴을 보인 적도 없었다.

입원 첫날이 저물어갈 무렵 심각한 도덕적 갈등으로 발전할 수도 있었을 사건이 벌어졌다. 그녀가 미완성 원고(애초에 추가하려고 했던 몇 줄이 빠진 원고)를 출간하지 않겠다는 약속을 해달라고 부탁한 것이다. 당연히 나는 그러겠다고 했다. 그런데 집으로 돌아오니 '이러다 진이 죽으면 어떻게 하지?'라는 생각이 들었다. 게다가 그럴 가능성도 높아 보였다. 원고는 지금 상태로도 충분했다. 몇 줄을 추가하기로 했던 부분에 주석을 한두 개 달면 있는 그대로 출간할 수 있을 정도였다. 그녀가 죽더라도 약속을 지킬 수 있을까? 아니, 약속을 지키는 게 옳은 판단일까? 지금 생각해보면 고민할 이유가 없었다. 당연히 출간하는 것이었다. 하지만 그녀의 병 때문에 정신없고 걱정되던 그 당시에는 진을 피해망상 속에 가둘 만큼 믿을 수 없는 이 세상이 어찌나 끔찍하게 느껴지던지 약속을 하면 **반드시** 지켜야 할 것 같았다.

이때 그럴 듯한 해결책이 떠올랐다. 에스더가 말하길 진은 원고를 쇼핑백에 넣어 침대 밑에 둔다는데, 진의 표현을 고스란히 옮기자면 다른 사람은 알아볼 수 없는 종이 쪼가리와 공책이라고 했다. 때마침 버들리 솔터턴에 사는 그녀의 남동생 리스 윌리엄스 대령이 병문안을 오기로 되어 있었다. 그녀에게는 비밀로 하고(어차피 그녀는 병세가 심각해서 이런 문제를 직접 처리할 상황이 아니었다) 집에 있는 원고 쇼핑백을 모두 가져다 달라고 남동생에게 부탁하면 어떨까? 내가 원고를 훑어보면서 어떤 구절을 넣으려고 했는지 단서를 발견한 다음 원래 순서 그대로 고스란히 되돌려놓으면 될 것이었다. 그럼 최악의 상황이 벌어지더라도 그녀의 의도를 거의 비슷하게 반영할 수 있을 것이었다.

리스 윌리엄스 대령은 내 부탁을 들어주었지만 부질없는 짓이었다. 진의 말마따나 제삼자는 쇼핑백 속에 뒤죽박죽 든 종이 쪼가리를 이해할 재간이 없었다. 내가 결국 두 손 들자 대령은 쇼핑백을 원래 있었던 자리로 도로 들고 갔다. 진은 우리가 무슨 짓을 했는지 끝까지 알지 못했다.

그녀는 거의 2년이 지난 뒤에야 원고를 보고 필요한 부분을 추가할 수 있을 만큼 기운을 차렸다. 그녀의 말에 따르면 새로운 의사가 처방한 새로운 약 덕분이라고 했다. 어쩌면 기존의 의사가 새로운 방식을 시도한 것이었을 수도 있다. 아무튼 《광막한 사르가소 바다》가 결말을 맺기까지 가장 큰 역할을 한 주인공이 그 의사일지 모르는데, 이름을 소개할 수 없다니 안타까울 따름이다.

그녀는 1966년 3월 9일에 보낸 편지에서 탈고 소식과 맥스의 부고를 알렸다.

친애하는 다이애나에게

편지 고마워요(맥스의 병세가 위독하다는 소식을 듣고 애정과 걱정이 담긴 편지를 보낸 참이었다). 그 말밖에는 할 말이 없네요. 맥스는 의식 불명인 상태로 숨을 거두었고, 오늘 아침 일찍 엑서터 화장터에 다녀오는 길이에요.

서늘한 햇볕이 내리쬐는 날이었고 조화弔花도 많았지만 나에게는 아무런 의미도 없더군요.

오랫동안 외줄을 타다 드디어 떨어진 기분이에요. 내가 이렇게 혼자라는 게, 맥스가 없다는 게 믿어지지 않아요.

아이를 낳는 꿈을 여러 번 꾸었어요. 꿈에서 깨면 매번 안도의 한숨을 쉬었죠.

급기야는 꿈속에서 요람에 누운 아이를 보았어요. 어찌나 작고 약해 보이던지.

책을 끝내야 하니까 지금은 책 생각만 해야 되겠죠? 이젠 그런 꿈 꾸지 않아요.

사랑을 담아서, 진.

정말이지 너무나 **서늘한** 편지였다.

내가 체리턴으로 건너가서 원고를 가지고 와도 되겠느냐고 물었더니 그녀는 좋아하는 눈치였다. 이때 나는 진의 부탁을 받고 엑서터까지 마중 나온 그린슬레이드 씨를 통해 그녀가 못마땅한 이웃 여자를 공격한 사건의 전말을 듣기도 했다.

진은 마을 주점인 링 오브 벨스에 방을 하나 예약해주었다. 집에 작은 방이 하나 있기는 하지만 살 만한 곳이 되려면 2년은 기다려야 된다고 했다. 그녀는 편지에서 항상 날씨 때문에 우는 소리를 했는데 아니나 다를까, 마을을 가로질러 랜드보트 방갈로 6번지로 향하는 내내 비가 내리고 바람이 불었다. 마을

210

은 그녀가 표현한 그대로였다. 800미터를 걷는 동안 만난 사람이 아무도 없는가 하면 집들은 모두 도로를 등지고 서 있었고, 도중에 만난 양치기 개 비슷한 잡종 두 마리는 흠뻑 젖은 털 사이로 누런 눈을 번뜩이며 나를 노려보더니 내가 돌이라도 던질 사람처럼 보였는지 슬금슬금 도망쳤다. 나중에 다시 찾았을 때는 체리턴이 아주 정상적인 마을로 보였지만(도로를 등진 집들이 줄줄이 이어지는 길은 그래도 이상했다) 그날만큼은 '정말 우울한 마을이잖아! 진이 괜한 소리를 한 게 아니었어.'라는 생각이 들었다.

방갈로라고 하면 작으나마 독립적인 공간에 자리 잡은 단독 주택인 줄 알았더니 진의 방갈로는 생울타리에 가려 거의 보이지도 않고 회색으로 납작 주저앉은 1층짜리 판잣집이 다닥다닥 늘어선 곳의 마지막 집이었다. 판잣집의 주재료는 골함석과 석면, 타르 펠트인 것 같았고, 이런 곳에서 살라고 하면 소름이 끼칠 만한 분위기였다.

진은 비용을 감당할 만한 여력이 없었기 때문에 난방을 하지 않았다. 그녀의 침실처럼 집 안에서 유일하게 쓸 만한 방은 잘 가꾸면 정원이 되었을 잡초밭을 내다보고 있었다. 도로 쪽으로는 생울타리 그늘이 드리워진 곳에서 잡초가 자라고 있었고, 문을 열면 좁고 어두컴컴한 통로 왼쪽으로 화장실, 오른쪽으로 부엌(집 안으로 들어서자마자 내 발걸음이 향한 곳이다)이 보였다. 집의 크기는 기껏해야 가로 3미터, 세로 3미터였다. 2구짜리 가스레인지를 제외하고 유일한 난방 장치인 전기 히터 비슷한 기구는 오목한 금속 반사기 앞에 조그만 가로대가 여러 개 달려 있었는데, 앞에 앉은 사람의 정강이만 그슬릴 뿐 방 안 전체를 덥히지는 못했다. 가구라고는 진이 책상 겸 식탁으로 쓰는 조그만 테이블과 의자 두 개, 식료품을 보관하는 찬장과 주방 용품을 넣는 찬장이 전부였다. 진은 이런 곳에서 24시간을 보냈다.

《광막한 사르가소 바다》를 탈고했기에 망정이지 랜드보트 방갈로 같은 곳에서 1년을 더 버틸 수 있었을까 싶었다.

《광막한 사르가소 바다》를 출간하고 뒤이어 그녀가 수준 미달이라고 판단한 두세 편을 제외한 기존의 작품들을 모조리 재출간하자 진에게도 수입이 생겼다. 많지는 않았지만 여생을 따뜻하고 편안하게 지내기에는 충분했다. 이와 더불어 유명세도 따라왔다. 그녀는 유명세에 거의 신경 쓰지 않는 눈치였지만 그래도 잊히는 것보다는 나았고 친구도 생겼다. 이때 사귄 친구들 중에서 소니아 오웰은 그녀의 삶에 그 누구보다 큰 영향을 미쳤다.

내 눈에 소니아는 성가신 인물로 보였다. 과음을 즐기고, 금세 싫증을 내는 성격이라 성질이 급하고 가끔은 무례하며, 제대로 된 이성을 갖추지 못한 속물 지식인이었다. 아무래도 작품 자체보다는 갑작스러운 유명세 때문에 진에게 접근한 것 같았는데, 일단 후원하기로 마음을 정한 뒤에는 씀씀이가 아주 컸다.

그녀는 《광막한 사르가소 바다》가 출간된 1966년부터 진이 눈을 감을 때까지 해마다 자비를 들여 런던에서 긴 겨울 휴가를 보낼 수 있도록 주선했고, 값비싼 선물 공세를 펼쳤다. 내가 후원 금액에 대해 운운하면 그녀는 물려받은 조지 오웰의 인세 수입을 챙길 때마다 당황스럽다며 어려운 작가들을 돕는 데 써야 한다고 말했다. 어찌나 미안하다는 듯이 수줍게 이런 말을 하던지 그 후로 나는 그녀의 씀씀이를 당연하게 생각하지 않기로 했다. 그런데 후원 금액보다 더 인상적이었던 부분이 있다면 진에게 행복한 시간을 만들어주고 싶어 하는 마음씨였다. 그녀는 호텔비를 부담하는 정도에 그친 것이 아니었다. 팁까지 모두 선불로 해결해놓는가 하면 이 할머니에게 어떤 서비스를 해야 하는지 직원들에게 미리 설명하고, 헤어숍과 네일숍에 예약을 해놓고, 예쁜 잠옷을 준비하고, 밤에 마실 수 있도록 냉장고 가득 화이트와인과 우유를 채우고, 책을 사다놓고, 방문객을 정리하고…… 심지어 가끔은 가장 싫어하는 일(진과 함께 옷을 사러 가는 것)까지 감당했다(옷 쇼핑이 싫기는 나도 마찬가지였다). 너무 지치고 재미가 없어서 우리 둘 다 파업을 선언했을 때 좀 더 젊고 체력 좋은 대체 인력을 구한 사람도 소니아였다. 뿐만 아니라 '진 위원회'에서 가장 활발하게 활동한 회원도 소니아였다. 진 위원회는 소니아와 프랜시스와 내가 진의 재정 상황을 정리하고, 런던에서 가깝고 랜드보트 방갈로보다 덜 허름한 거처를 찾는 등 '진 관련 문제'를 해결하기 위해 주관한 모임이었다(거처 문제는 해결하지 못했다. 정말 괜찮은 집이 나올 때마다 "낯선 천사보다 낯익은 악마가 낫다"며 진이 거부했기 때문이다).

나는 당시 섬뜩한 미래를 일찌감치 예감했기 때문에 소니아의 배려가 정말이지 고마울 수밖에 없었다.

진은 딸 메리본 모어먼을 끔찍이 아꼈다. 그녀는 딸이 찾아오는 날을 손꼽아 기다렸고, 떠나면 슬퍼했고, 딸 얘기를 꺼낼 때마다 칭찬과 자랑을 아끼지 않았다. 힘든 시기를 보내고 있을 때에도 딸에게 짐을 지우지 않았고, 돈이 생기자 유산을 최대한 남길 방법을 끊임없이 궁리했다. 모어먼 가족이 인도네시아에서 몇 년을 보내다 돌아오자 영국인의 유산을 네덜란드인이 물려받는 문제에 대해 가끔 나에게 자문을 구하기까지 했다. 그리고 딸을 위해 과거를 솔직하게 공개한 기록을 남기고 싶어 했다. 제대로 전달만 되면 딸도 결국은 이해를 할 거라며.

딸의 이해를 구하고 싶었던 일, 누가 봐도 알 수 있다시피 딸에게 용서를 받고 싶었던 일이 무엇이었을까?

메리본이 어렸을 때 어머니와 함께 보낸 시간이 얼마나 되는지 정확하게 알 수는 없었지만 거의 전무하지 않았을까 싶다. '수녀님들이 운영하는 아주 근사한 집'에 일정 기간 맡겨진 것만큼은 분명했고 몇몇 보육원 이야기도 나왔다. 진은 딸이 태어나자마자 프랑스 남부에서 자서전 대필을 맡게 되었다. 잘만 되면 아이와 함께 지낼 수 있다는 점이 가장 큰 매력이었는데, 안타깝게도 일이 잘 풀리지 않았다. 게다가 메리본이 네 살이었을 때 진은 아이를 네덜란드에 있는 남편에게 맡기고 영국으로 건너갔다. 메리본은 아버지를 많이 따랐고, 그 후 부모님의 협의에 따라 영국에서 진과 함께 방학 동안 지냈을 때에도 즐거운 시간을 보냈다고 회상했다. 하지만 어린아이 입장에서는 어머니가 사라지면 버림받았다는 느낌을 받을 수밖에 없었을 것이다.

진은 버림받은 아이에게 용서를 바라는 입장이었으니 어떤 식으로 글을 쓰더라도 이런 오해는 풀 수 없었다. 어른이 된 메리본은 어머니의 천성(어려운 상황이 닥쳤을 때 유능한 어른처럼 행동하지 못하는 점)을 이해해야 한다고 생각했고, 그런 부분을 용서하지 못할 만큼 속이 좁지는 않았다. 하지만 어렸을 때 겪은 일만큼은 무슨 수를 써도 바꿀 수 없었다. 이처럼 잔인한 현실 때문에 진은 다가가려 할 때마다 멈칫할 수밖에 없었다. 여든 후반에 집필하기 시작한 자서전 《좀 웃어봐요》가 그런 식으로 끝난 이유도 노령으로 인한 원기 부족 때문이라기보다 어린 시절의 경험 때문이었다. 손꼽아 기다리던 메리본의 방문이 늘 가슴 아프고 씁쓸하게 끝나는 이유도 모녀 사이를 가로막은 어두운 그림자 때문이었다.

메리본은 어느 날 체리턴을 찾아갔다가 런던에 들러 나에게 점심 식사를 같이 하자고 청했다. 진이 네덜란드로 이사하겠다는 얘기를 꺼내는데, 그녀로서는 받아들일 수 없는 입장이었다. 그녀는 어머니와 연락하고 가끔 찾아가고 위급한 상황이 닥치면 당장 달려올 수는 있지만, 함께 살거나 항상 곁에서 지낼 수는 없다고 했다. 그러니 나더러 진을 돌봐달라는 것이었다. "안 그러면 제 결혼 생활이 엉망이 될 거예요." 그녀는 이렇게 말했다.

나는 가슴이 무너지는 듯한 기분이었다. 메리본의 말뜻을 잘 알기 때문에 더욱 그랬다. 나는 그때 진을 지금처럼 잘 알지는 못했지만, 함께 살 만한 인물이 못 된다는 것쯤은 알고 있었다.

분명 네 살 때 버린 딸과 함께 살 만한 인물은 아니었다. 편집자라면 누구나 어느 정도 보모 역할을 해야 한다. 그런데 그때는 보모 역할을 주역으로(의미 차원이 아니라 실질적인 면에서) 확대해야 하는 상황이었다. 이때 소니아와 프랜시스의 전폭적인 도움이 없었더라면 정말이지 성가신 일이 되었을 것이다. 하지만 프랜시스에게도 노령의 어머니가 계셨기 때문에 점차 실질적인 부분에서 발을 뺐고, 소니아는 오랫동안 지원을 아끼지 않다가 결국에는 건강과 경제적인 문제 때문에 물러섰다.

나는 소니아 덕분에 진이 젊고 행복했을 때 얼마나 매력적이었을지 잠깐이나마 느낄 수 있었다. 소니아가 점심을 먹자며 그녀를 데리고 나갔을 때 둘이서 '취했다'기보다 '알딸딸하다' 싶을 정도로 기분 좋게 샴페인을 마신 적이 있었다. 진은 술에 취하면 원래 원망과 분노를 분출했다(숨을 거두기 2년 전에 생긴 습관이었다). 그런데 그날만큼은 정말 알맞게 취했는지 모든 걸 재미있어했다. 흥겨운 노래를 떠올리더니 직접 부르는가 하면 농담을 했고 모든 사람을 마음에 들어했다. '행복했던 파리 시절'이라는 핑크빛 비눗방울 안으로 들어간 듯했다. 그런 분위기는 내가 뜨거운 물주머니를 채우고 진을 침대에 눕힐 때까지 계속되었다(평소처럼 내가 늦은 오후와 저녁 담당이었다). 진과 나는 죽이 잘 맞았지만 이런 식의 즐거움은 소니아만이 줄 수 있는 선물이었다. 파리라면 손바닥 보듯 훤한 소니아는 진이 가장 좋아하는 그 도시의 분위기를 낼 수 있었고 술도 많이 마셨다. 반면에 나는 전형적인 영국인이었고 정신이 멀쩡한 상태를 좋아했다. 나와 함께 있을 때 진은 본연의 모습을 완전히 드러낼 수 없었다.

이런 일이 있었던 곳은 포토벨로 호텔이었다. 이곳에서 보내는 겨울은 소니아가 줄 수 있는 최고의 선물이었다. 포토벨로는 아담하고 딱딱하지 않게 우아하며 프랑스의 영화인들이 좋아하는 호텔이었다. 호텔 매니저는 그 당시 일요판 신문에서 '비만계의 샛별'로 다뤄진 인물이었는데, 다이어트를 혐오하고 화려한 옷차림을 즐기며 자신의 넉넉한 덩치를 좋아하는 젊은 여자였다. 소니아의 말에 따르면 진의 팬이라 특별한 가격에 객실을 내주었다고 했다(안타깝게도 이듬해 겨울에는 매니저가 바뀌었다. 선심 쓰기 좋아하는 넉넉한 성격 때문에 잘린 걸까?). 진을 만나러 처음으로 포토벨로 호텔을 찾아갔을 때 나를 맞이한 인물은 가장자리에 백조 털이 달린 분홍색 티셔츠를 입었는데 양쪽 가슴에 달린 지퍼가 열려 젖꼭지가 훤히 보이는, 파우누스* 비슷하게 생긴 남자였다. 체리턴 피츠페인과 어찌나 분위기가 다른지 아무리 변화를 바란 진이라도 심기가 불편하지 않을까 싶을 정도였다. 하지만 그녀는 마음에 들어했다. 매니저와 철면피 파우누스의 극진한 대접을 받으며 여생을 그곳에서 보냈다면 그녀도 행복했을 것이다. 내가 기억하기로 그녀가 머리를 빨

---

* 로마 신화에서 염소의 뿔과 뒷다리를 가진 달린 목축의 신. 그리스 신화에서는 판Pan 이라 불린다.

간색으로 염색할까 고민하기 시작한 것도 여기에서 휴가를 보내는 동안 벌어진 일이었다. 내가 밝은 색으로 염색을 하면 나이가 들어 보인다는 이유를 들어 반대하자 그녀는 이렇게 말했다. "다른 사람들의 시선 따윈 상관없어요. 나를 속이고 싶은 거니까."

나중에 소니아는 재정적인 압박을 느끼기 시작하고 질병으로 인해 말년을 우울하게 보낼 것 같다는 예감이 들자 급이 낮은 호텔을 예약했는데, 진은 그 호텔을 좋아하지 않았다. 편안하지만 우중충하고 나이 많은 과부들이 주거용으로 많이 선택하는 크롬웰가 근처의 그 호텔에서 진은 싫은 티를 스스럼없이 드러냈다. 융숭한 대접에 익숙해지다 보니 고마워하는 마음이 여섯 살배기보다 못한 수준으로 떨어졌는지 소니아가 아주 근사하고 값비싼 시설로 금세 옮겨준 뒤에도 조금 부루퉁한 눈치였다. 그전 호텔 매니저에게 노인 전문이라는 안내를 받은 쪽은 진이 아니라 소니아였지만, 진은 문지방을 넘자마자 분위기를 직감했는지 그런 곳을 선택했다는 사실을 용서하려 들지 않았다. 그 후 소니아가 생활비 절감을 위해 런던에서 파리로 거처를 옮겼을 때 나를 비롯한 몇몇 사람들은 진에게 달라진 상황을 설명하려고 여러 번 시도했다. 그러면 진은 "가엾은 소니아"라는 입버릇과 함께 고개를 끄덕였지만 관심 없다는 투였고 멍한 눈빛을 보였다. 그녀가 생각하기에 멀리 떠난 친구는 자기를 버린 친구였다.

나는 베커넘에서 진의 옆집에 살았었다는 한 남자의 편지를 받고, 진이 나와 함께 있을 때 어쩌면 그렇게 차분한 모습을 보였는지 충격을 받은 적이 있었다. 그는 《광막한 사르가소 바다》가 가져다준 명성에 분노하며 술에 취하면 폭력을 휘둘러 몇 번씩 유치장 신세를 지던 그녀의 모습을 가차 없이 공개했고, 심지어 진은 한 번도 언급한 적 없었던 맥스의 사고 이야기까지 폭로했다. 나는 이 편지를 읽고 진의 일탈을 스트레스로 인한 신경 쇠약으로 해석했다. 하지만 그녀가 말년에 이르렀을 때 뒤늦게 파악했다시피 술에 취하면 나타나는 추한 모습은 성인이 되고 나서부터 주기적으로 등장하던 파멸의 늪이었다. 그 전까지 내가 경험한 바에 따르면 진은 일상에 서투르고, 피해망상이 있으며, 도움과 격려를 필요로 하고, 겉으로만 고마워할 때가 많은 사람이었다(프랜시스에게 선물을 받았을 때에도 메리본에게는 "돈이 좀 생겼다."는 식으로 이야기했고, 예의를 갖춘 겉모습 사이로 그런 태도가 언뜻언뜻 보였다). 하지만 또 한편으로는 아주 매력적이고 고풍스러운 예의와 취향을 갖춘 인물이었고(잔인한 험담을 질색했다), 뒤죽박죽 난장판이 지겹기는 해도 보모 노릇이 피곤하기보다 즐거울 때가 더 많았다.

진 위원회는 새 집을 찾는 데 실패했지만 사실 전혀 상관없었다. 새로 사귄 친구 조 배터햄과 지니 스티븐스의 노력과 빛나는 아이디어 덕분에 방갈로가 훨씬 편안하고 아늑한 공간으로 탈바꿈하자 손님들의 왕래가 잦아졌다. 소니아와 내가 드디어 구한 도우미를 통해 일상적인 가사를 해결하면 그곳에서도 잘 지낼 수 있을 것 같았다. 심지어 지니는 얼마간 대필까지 도맡았다(진은 타이프를 칠 줄 몰랐고 녹음기를 무서워했기 때문에 늘 이런 식의 도움이 필요했다). 진의 인간관계가 대부분 그랬듯 두 사람의 관계도 눈물바람으로 끝이 났다. 그 전에 단편집《한잠 자고 나면 괜찮을 거예요, 부인》을 탈고했기에 망정이지 지니가 없었더라면 불가능했을 것이다.

한편 진의 재정 상태는 기적적으로 정상을 유지했다. 소니아가 훌륭한 작품과 술을 좋아한다며 추천한 회계사 덕분이었다.

진의 머릿속이 얼마나 뒤죽박죽이었는지 보여주는 단적인 증거가 셀마 바즈 디아스와 얽힌 사건이었다. 그녀는《한밤이여, 안녕》을 라디오 드라마로 각색하고 자신이야말로 진을 '재발견한' 주인공이라고 생각하는 여배우였다. 그런데 그런 주장을 하는 것까지는 좋았지만, 진을 재발견했으니 안하무인으로 대해도 된다고 생각하는 게 문제였다.

그녀는 중년으로 접어든 데다 통통하기는 해도 까만 두 눈이 당차 보이고, 에스파냐 집시를 연상시키는 옷차림을 즐기며, 열변을 토하는 성격이었다. 진은《한밤이여, 안녕》의 각색 건을 듣고 기뻐하는 한편 고마워했고, 그녀를 만나는 시간을 즐거워했고, 종종 편지가 날아오면 좋아했다. 진이《광막한 사르가소 바다》의 원고를 들고 런던에 왔을 때 셀마와 약속이 잡혀 있다는 것을 알고 있었기 때문에 나는 전화를 걸어 입원 소식을 알렸다. 그리고 전화를 걸자마자…… 우정의 함량을 의심하게 되었다. 우선 그녀는 엄청 다그친 뒤에야 병문안을 왔고, 와서도 앉아 있는 짧은 시간 내내 오가기 불편하다는 불평만 늘어놓았다. 그리고 병문안을 마친 뒤 집까지 차로 데려다주었을 때도 진에 대해서는 딱 한마디만 했다. "진이 예전에 몸을 팔았다는 거 알아요?"

게다가 그게 다가 아니었다. 《광막한 사르가소 바다》가 출간된 후에 진이 셀마의 이야기를 듣고 서명한 서류가 있는데, 걱정이 된다고 털어놓는 게 아닌가! 1963년에 체리턴으로 찾아왔을 때 셀마는 《한밤이여, 안녕》, 《어둠속의 항해》, 《광막한 사르가소 바다》의 방송권에 관한 '서류'라며 계약서를 내민 적이 있었다. 그런데 알고 보니 판권이 살아 있는 한 세계 어디에서든 진의 작품을 영화, 연극, 텔레비전, 라디오용으로 각색할 경우 셀마가 수익의 50퍼센트를 수령하고 각색한 모든 작품의 예술성을 독점으로 관리한다는 내용이었다. 진은 서명하라는 얘기가 장난인 줄 알았다고 거듭 강조했다. "술을 마셨었거든요. 그러니까…… 아주 조금 많이." 하지만 2년 뒤 셀마가 대리인을 통해 정식 계약을 시도했을 때 대리인이 정말로 서명을 하겠느냐고 묻자 진은 그래야 할 것 같다는 생각에 서명을 하고 말았다. (그 대리인은 진을 직접 만난 적이 없었기 때문에 그녀가 실질적인 문제에 있어서는 백치나 다름없다는 사실을 몰랐을 것이다. 알았더라면 내 바람인지 몰라도 그런 식으로 얼렁뚱땅 일을 해치우지 않았을 것이다.)

처음에 나는 별로 걱정을 하지 않았다. 그렇게 터무니없는 계약서의 실효성이 의심스러웠고, 셀마도 그 정도는 알고 있겠거니 싶었다. 하지만 그건 어디까지나 나만의 착각이었다. 안드레와 함께 그녀의 남편과 대화를 시도했지만, 그는 당황스러워하면서도 어쩔 수 없다는 입장이었다. 결국 안드레는 나에게 말했다. "전반적인 문제점을 보고서로 만들어줘. 아널드한테 보내게."

여기서 '아널드'란 영국에서 가장 유명한 변호사이자 안드레의 교주인 아널드 굿맨을 가리키는 말이었다. 희망의 불씨가 되살아났다. 안드레라면 **당연히** 해결할 수 있겠지. 하지만 아널드도 어쨌거나 계약서는 계약서이고, 술에 취했건 제정신이었건 내용을 알지도 못하면서 이런 계약서에 서명할 정도로 멍청한 사람이라면 어쩔 수 없다는 식으로 결론을 내리고 말았다. 나는 무기력한 분노를 느낀 그날부터 변호사에게 아무 기대도 하지 않는 사람이 되었다.

영화계의 에이전트 페기 램지가 한때 셀마의 에이전트이자 친구였다는 사실을 어떻게 알게 되었는지 지금은 잊어버렸지만, 아무튼 정보를 입수하자마자 영감이 떠올랐다. '산전수전 다 겪은 백전노장이라면 이 문제를 해결할 수 있을 거야.' 페기는 숨 쉴 틈 없이 이야기하는 성격답게 작가라는 이야기를 듣자마자 작가 일은 두 번 다시 맡고 싶지 않다고 퍼부어대기 시작했다. 덕분에 나는 1~2분이 지난 뒤에야 상황을 설명할 수 있었다. 그녀는 상황을 파악하자마자 이렇게 말했다. "**어머나 세상에! 끔찍해라!** 셀마가 그런 짓을 저지르다니 그냥 내버려둘 수 없지. **나한테 맡겨요.**" 이렇게 고마울 데가!

심지어 페기가 나서서도 계약을 무효화하지는 못했지만 50퍼센트를 33과 3분의 1퍼센트로 낮추는 데에는 성공했다. 게다가 예술성을 독점 관리 운운하면 판권에 관심을 보일 사람이 없다는 식으로 살살 꼬드겨 그 조항을 취소하게 만들었다.

이후 페기 램지가 진의 영화, 연극, 텔레비전, 라디오 판권을 모조리 관리했고, 기타 문학 관련 문제는 몇 년 뒤부터 앤서니 쉐일이 전담했다. 그전에는 진을 만나는 사람이면 누구든지 에이전트가 될 수 있었고 실제로 에이전트를 자칭하는 사람이 너무 많아서 미치도록 혼란스럽고 비생산적인 결과를 낳았기 때문에(셀마처럼 끔찍한 경우는 없었지만) 뒤늦게나마 정말이지 다행스러운 일이었다.

진의 작품 내용에 관해서는 내가 할 일이 없었지만, 《한잠 자고 나면 괜찮을 거예요, 부인》에 단편 하나를 넣지 말자고 딱한 번 간섭한 적이 있었다. 프랜시스의 의견도 나와 같았다. 우리 둘 중에 누가 먼저 말을 꺼냈는지 생각은 나지 않지만. 그녀의 개인 자료 모음집을 보면 타자기로 친 〈임페리얼 대로〉 원고에 이런 주석이 달려 있다. "리스 양이 밝힌 바에 따르면, 출판사에서 흑인의 정서에 너무 역행한다는 이유를 들어 이 작품을 《한잠 자고 나면 괜찮을 거예요, 부인》에 넣지 말자고 했다고 한다." 맞는 말이기는 했지만 그런 식으로 간단하게 이야기할 문제가 아니었다.

진은 19세기 말 무렵에 태어난 여타의 도미니카 출신 백인들과 여러 가지 면에서 비슷했다. 그녀는 따분한 제약 없이 백인들보다 훨씬 자유롭게 산다는 이유로 어렸을 때 흑인이 되고 싶었다고 종종 얘기한 적이 있었다. 하지만 그녀의 발상은 틀 자체를 거부하는 것이 아니라 기존의 틀 안에서 벌이는 낭만적인 반항이었다. 그녀는 카리브해 지배 계급의 구세대 일원답게 (가끔은 무의식적으로, 가끔은 보란 듯이) 마음에 드는 흑인이 있으면 "충직하다"고 표현했고, "우리"가 자리를 비운 사이 "저들"이 엉망으로 만들어버렸다는 식으로 이야기했다(이것이 〈임페리얼 대로〉의 부담스러운 부분이었다). 나는 1960년대의 전형적인 백인 자유주의자답게 그런 말투를 질색했지만, 그녀의 입장에서는 자연스러운 습관이었다. 《광막한 사르가소 바다》에서 작가로서의 신념을 고수하는 가운데 어떤 식으로 틀을 뛰어넘을 수 있었는지 생각할 때마다 놀라울 따름이다.

그녀의 신조는(말은 쉽지만 지키기는 어려운 신조였다) 진실을 이야기해야 한다는 것, 사실을 **있는 그대로** 밝혀야 한다는 것이었다. 캐럴 앤지어는 진 리스 전기에서 그녀가 이처럼 부단한 노력을 기울이며 힘겹게 작품 활동을 하는 동안 자신의 결점을 이해하게 되었고, 그랬기에 마지막 소설에서 도미니카의 인종 갈등을 있는 그대로 폭로할 수 있었다고 밝힌 바 있었다. 하지만 〈임페리얼 대로〉에서는 그렇지가 않았다.

신기한 일이지만 그 당시에는 프랜시스도 나도 사태의 심각성을 알아차리지 못했다. 진의 엄청난(하지만 이유 있는) 오해가 낳은 산물인 줄 인식하지 못한 채 이야기 자체의 분위기를 탐탁지 않게 생각했을 따름이다. 이 작품에서 진을 대변하는 인물은 어린 시절에 건설된 임페리얼 대로를 따라 도미니카를 횡단한다. 오랜 시간이 지난 뒤 섬을 다시 찾은 주인공은 그 길을 따라 가고 싶어 한다. 그런데 실망스럽게도 '저들'은 숲이 도로를 삼키도록 방치했고, 도로는 더 이상 존재하지 않는다.

진은 어렸을 때 임페리얼 대로의 개통식을 목격했고, 개통식이 열렸으니 횡단 도로가 당연히 건설된 줄 알았다. 사실은 행정관의 부지가 있는 절반 정도까지만 건설이 되었고, 그나마도 포장된 부분이 8킬로미터에 불과하다는 이야기는 아무한테서도 듣지 못했다. 30년 뒤에 찾아갔을 때 그녀는 '저들'의 관리 부족으로 도로가 사라졌다고 생각했지만, 사실은 '우리' 쪽에서 애초에 건설한 적이 없었던 것이다. 따라서 〈임페리얼 대로〉는 프랜시스나 내가 감지했던 것보다 훨씬 더 '잘못된' 작품이었다. 내 입장에서는 역사적인 배경을 알게 되자 그녀가 꼭 넣고 싶다고 고집을 부리지 않았던 게 정말 다행이었다는 생각이 들었다 (정말 고집을 부렸다면 넣었을 수도 있다).

이 작품을 《광막한 사르가소 바다》와 비교하면 차이가 도드라진다. 이 작품의 화자는 노예 해방으로 인생 전체가 엉망이 된 사람, 자유의 몸이 되자 백인을 적대시하는 흑인들로 인해 어리둥절하고 화가 나는 한편으로 슬픈 사람이다. 하지만 워낙 정확한 관찰자의 입장이기 때문에 흑인과 혼혈도 제 목소리로 이야기를 하고, 독자들은 쿨리브리가 잿더미로 변한 이유, 대니얼 코즈웨이가 그렇게 꼴불견으로 변한 이유, 어린아이 티아가 앙투아네트를 등지게 된 이유(사실 두 사람은 처음부터 친구가 될 수 없는 사이였고, 이 사실은 양쪽 모두에게 고문이었다)를 이해한다. 앙투아네트의 세계를 파괴한 원흉은 위에서 나열한 사람들의 원한이 아니라 이들이 얼마 전까지만 하더라도 가축과 다름없는, 앙투아네트 집안의 소유물이었다는 사실이었다. 진은 직접적으로 이런 이야기를 하지 않지만 분위기를 통해 보여준다. 기량이 최고조에 달한 진은 일상적으로 마주치는 진보다 아는 게 많았다. 나는 결정적인 순간이 찾아오면 자신의 한계를 단호하게 극복할 수 있는 작가가 인종 차별주의자로 낙인이 찍히는 것을 원치 않았기 때문에 〈임페리얼 대로〉의 출간을 반대했다.

마지막 작품인 자서전 《좀 웃어봐요》의 집필을 시작했을 때 진은 워낙 나이가 많아서 도움이 필요했다. 하지만 이번에 도움을 준 사람은 내가 아니었다(내 역할은 원고를 읽고 틈틈이 격려하는 수준에 머물렀다). 그녀는 예전부터 타자를 지속적으로 맡길 만한 사람을 찾고 있었다. 그런데 타이피스트를 자청하고 나선 소설가 데이비드 플랜트가 이야기를 이끌어내고 정리하는 데 의외로 엄청난 소질을 보였다. 진은 가끔 데이비드가 자기 마음대로 원고를 주무르려 한다며 안절부절못했지만, 사실 그는 가위와 풀을 동원해 몇 쪽의 위치를 적절하게 바꾸었을 뿐이다. 진은 데이비드가 손본 원고를 읽고 자신의 의도 그대로 살아 있는 문장을 확인한 뒤에야 어느 정도 마음을 놓았다. 당시는 진에게 힘든 시기였다. 런던에서 보낸 마지막 겨울이었고, 더 이상 호텔에서 지낼 수 없는 처지가 되자 다이애나 멜리가 고맙게도 석 달 동안 집에서 보살펴준 때였다(심지어 자기 방을 내주기까지 했다). 진은 아주 즐겁게 몇 주를 보낸 다음부터 일종의 노망기를 보이기 시작했고, 술을 너무 많이 마셨다. 그가 술자리에 동참하면 금방 무너질 게 뻔하고 술자리를 거절하면 노여움이 화산처럼 폭발할 테니 그 사이에서 방향을 잘 잡는 것이 데이비드의 고민이었다. 데이비드와 다이애나와 나, 이렇게 셋이 식탁에 옹기종기 앉아서 누구 하나가 2층으로 올라가 **술 쟁반을 치우면 그만**이라고 입을 모았던 기억이 난다. 하지만 다이애나가 "맙소사. 그럼 우린 젖은 휴지보다 더 쓸모없는 인간이 될 거예요."라고 외치자 얘기는 끝났다. 그래도 원고는 완성되었다. 그녀가 원하던 모습은 아니었지만 걱정했던 것보다 훨씬 가치 있는 작품이었다.

사실《좀 웃어봐요》는 압축의 묘미가 유감없이 발휘된 작품이다. 주의가 산만한 독자라면 눈치 채지 못할 만큼 가볍게 지나간 부분도 있지만, 그녀에 관한 중요한 정보가 이 한 권에 모두 들어 있으니 말이다. 의식과는 별개로 존재하는 무언가가 지휘봉을 쥐고 결정과 판단을 내리기라도 한 걸까. 나는 사실 1년 전쯤 그 무언가를 언뜻 본 것 같기도 했다.

《좀 웃어봐요》의 교정쇄가 인쇄소에서 배달되었을 때 런던에 있던 진은 집중하지 못할 것 같아서 교정을 보기가 겁이 난다고 했다. 그래서 내가 한 번에 최대 20분씩 아주 천천히 큰 소리로 원고를 읽어주기로 했다. 교정이 시작되자마자 그녀는 다른 사람으로 돌변했다. 표정이 딱딱해지는가 하면 눈매가 예리해졌고 엄청난 집중력을 발휘했다. 1차 교정을 절반 정도 끝냈을 때 그녀가 말했다. "잠깐만, 시작 부분으로 돌아가줘요. 세 줄 아래, '그러고 나서'라고 한 부분. '그러고 나서'를 빼고 문장을 끊은 다음 새로운 문장으로 시작할게요." 그녀는 원고를 눈앞에서 보는 사람처럼 이야기했다.

이 사소한 사건이야말로 진 리스에 얽힌 미스터리의 실체를 언뜻 엿볼 수 있는 대목이다. 너무나 무능력하고 실수와 사고를 연발하는(심지어 파멸에까지 이르는) 사람 속에 강철처럼 단단한 예술가의 면모가 숨어 있었다.

이 사건을 겪은 뒤에 나는 '결코 존재하지 않을 전기에 붙이는 해설' 격으로 다음과 같은 글을 썼다.

어머니. 서지serge*로 만든 짙은 색 승마복 속에 코르셋을 입고, 모래벌판을 건너 야자수 밑을 지나, 코끼리의 앞발, 이빨, 귀처럼 생긴 이파리의 숲을 뚫고, 길을 따라 천천히 말을 모는 여자.

그녀는 아침 식탁에서 망고를 치우고 아이들에게 포리지를 주었다. 시금치를 요리하는 데 더 익숙한 갈색의 긴 손으로 만들었기 때문에 포리지에 덩어리가 많았다. 그녀는 아이들에게 포리지 색 양모 내의를 입혔다.

"넌 커서 뭐가 될 거니?" 그녀가 말했다.

---

* 비스듬한 무늬로 짠 양복감.

아무리 애를 써도 아이들이 영국인처럼 보이지 않는 게 문제였다. 그녀의 할아버지는 숲속에 집을 짓고 찰랑찰랑한 머리가 허리까지 내려오는 아름다운 아내를 맞이했다. 하지만 머리카락과 눈동자가 새까만 색이었다.

불그스름하고 하얗고 눈이 파란 아이, 증거가 되는 아이는 단한 명이었다. 그런데 이 아이를 사랑하기가 왜 그렇게 어려웠을까?

아이는 아무것도 묻지 않고 아무 말도 하지 않았다. 그녀는 부엌에서 나는 웃음소리에 귀를 쫑긋 기울였고, 행정관의 부인이 차를 마시러 오면 샐쭉하니 입을 닫아걸었고, 나이 많은 남자들의 시선을 견뎠다.

"넌 커서 뭐가 될 거니?" 좀 더 다급하고 심지어 화가 난 투로물었다. 그리고 얼마 후부터는 더 이상 묻지 않았다. 아무 소용이없었으니까. 고집불통 앞에서 짜증나고 피곤하지 않을 사람이 어디 있을까?

하지만 아이는 어머니에게 반항하지 않았다. 그저 영국이라는꿈만 꿀 따름이었다. "영국에 가면 시와 같은 일상이 펼쳐지겠지."그녀는 이렇게 꿈을 꾸었다. "어머니 얘기하고는 다를 거야." 영국에 도착하자 질은 색 서지와 포리지와 포리지 색 내의가 보였다. "가엾은 우리 어머니." 그녀는 훗날 이렇게 말했다. 그녀는 이 나라 국민 전체를 용서하지 않기로 이미 오래전에 결심했기 때문에한 여자에 대해 할 수 있는 말이 이 정도뿐이었다.

아버지. 파나마 모자에 하얀 리넨 양복을 입고 다른 사람들을 위해 집을 나서는 남자. "의사 선생님 안에 계십니까?" 가끔 무서운 목소리가 들릴 때 해결할 수 있는 사람은 아버지뿐. 그는 집에 있을 때 생기는 문제점을 피하느라 종종 외출을 하기 때문에 한참이 지난 뒤에야 방 안으로 들어와 덩어리 진 포리지 접시를 앞에 두고 우는 아이를 만날 수 있다. "이런 날씨에!" 그가 말했다. 그후 그녀의 아침은 우유를 넣고 으깬 뒤 설탕과 육두구로 맛을 낸 달걀 요리로 바뀌었다.

그는 아이가 만들어주는 저녁의 한잔을 좋아했다. 그녀는 정확한 양의 럼과 라임 주스를 따른 유리잔 위로 조그만 육두구를 갈았고, 양모 조끼를 가리는 하얀 원피스를 입은 자신의 모습이 얼마나 예쁜지 알고 있었다.

크리스마스 선물로 어린이책을 보낸 사람이 아버지의 어머니였고, 유리 달린 진열장에 들어 있는 어른용 책은 《사탄의 슬픔》만 어머니의 것이고 나머지는 모두 아버지의 것이었다. 그는 어렸을 때 바다로 도망쳤다. 퉁명스럽게 구는 사람들을 견딜 수 없었기 때문이다.

그가 돈도 없이, 사랑도 없이, 아무도 없이 그곳에서 숨을 거두었을 때 그녀는 더 이상 기댈 사람이 없었다. 그녀는 훗날 이렇게 말했다. "아버지를 생각하면 늘 감사한 마음이에요. 견딜 수 없으면 달아나도 된다고 가르쳐주셨으니까요."

그들의 딸. 그녀는 남자에게 상처를 주고 싶지 않았지만 그래도 함께 떠났다. 그녀의 새로운 꿈은 파리였고, 그는 그녀를 파리로 데려다줄 수 있는 남자였다. 그는 그녀에게 찾아온 불운이 워낙 고약해서 조그만 행운으로 분위기를 바꾸어도 좋을 만한 시점에 나타났다. 그녀는 이렇게 생각했다. '불쌍한 사람. 정말 미안하지만 이 남자가 나타나 내 인생의 짐을 덜어주지 않았더라면 나는 끝장이었을 거야.'

그녀는 아이가 죽지 않길 바랐지만 아이의 피부색이 이상해지고 아무것도 먹지 않으려 들자 생각했다. '이 딱한 아이가 피부색이 이상해지고 아무것도 먹지 않으려 하는데, 어쩌면 좋을지 모르겠어. 나는 이런 일에는 젬병이야.' 그래서 그녀는 아이를 병원으로 데려가 거기에 두고 왔다. 병원에서 아이가 사망했다고 편지로 알리자 그녀는 인생이 그녀가 항상 생각했던 것처럼 잔인하다는 것을 알게 됐다. 하지만 전보다 쉬워지기는 했다.

다른 아이는 지키고 싶었지만 맡길 데가 없었다. 먹을 것을 마련할 방법도 없었다. 그녀는 생각했다. '나중에 팔자가 좋아지면 데리러 와야지.' 그녀의 팔자는 달라지지 않았고, 그 후로 그녀는 가끔 아이를 만났지만 아이는 그녀보다 아버지를 더 사랑했다. 억울한 일이었다. 하지만 덕분에 인생의 짐이 덜어지기는 했다.

잔혹이 문 밑에서 쿵쿵대는 소리가 항상 들렸기 때문에 그것이 찾아오더라도 그녀는 한 번도 놀란 적이 없었다. 기운 빠지게 어려운 상황은 그녀의 잘못이었다. 파란 하늘, 예쁜 옷, 다정한 남자를 바라는 다른 여자들은 밖으로 나가서 원하는 것을 찾았지만, 그녀는 그런 일에 재주가 없었다. 예전부터 그랬다. 그녀는 팔자가 바뀌기만을 기다리는 수밖에 없었다. 그리고 꿈을 꾸는 수밖에 없었다.

'열심히 꿈을 꾸면 가끔 이루어지기도 하니까.' 그녀는 열심히 꿈을 꾸었고, 그래도 효과가 없으면 더욱 열심히 꿈을 꾸었다. 하지만 재능을 잊어버릴 수 있을 만큼 열심히 꿈을 꾸지는 못했다. 아무리 달아나고 숨고 납작 엎드려도 항상 따라다녔다. 재능은 그녀를 일으켜 세우고, 덜컹거리는 문소리에 귀를 기울인 뒤 최대한 생생한 글로 옮기게 만들었다. 그녀는 자신의 재능에 대해 이렇게 말했다. "너무 어려운 일을 잘하게 만드는 것을, 나는 증오한다."

어쩌면 그게 맞는 말일지도 몰랐다. 작업 중일 때는 자신의 모습을 볼 수 없었으니까. 그런데 이때, 두려움과 자기 연민이라는 단어를 모르는 완전한 존재가, 원하는 일이 무엇이며 어떻게 하면 되는지를 정확하게 아는 존재가 언뜻 눈가에 들어왔다.

광기에서 헤어나지 못한 천재 작가

앨프리드 체스터

영국에서 앨프리드 체스터Alfred Chester와 그의 작품을 기억하는 사람은 나 하나밖에 없을지도 모른다. 그의 작품은 워낙 기묘해서 많은 독자의 사랑을 받기가 어려웠고, 우리 출판사에서는 이런 문제점을 극복하지 못했다. 하지만 그는 내가 출판업계에서 만난 사람들 중에서 가장 비범한 인물이다. 1971년에 체스터가 세상을 떠난 뒤, 미국에 있는 그의 친구들과 나는 그를 알게 된 것이야말로 일생에서 가장 중요한 경험이었다는 의견을 나누며 새로운 독자층을 찾기 위해 노력을 기울여왔다.

1956년에 소설 《제이미는 나의 소망》과 단편집 《여기 용들이 있으라》를 출간하면서 처음 만났을 때 그의 나이는 스물여섯 살이었다. 첫인상? 제일 처음에는 못생겼다는 생각이 들었지만(가발을 쓰고 있었고, 눈썹과 속눈썹이 하나도 없었고, 눈동자가 파리했고, 땅딸막했다) 그 후 곧바로 솔직하고 재미있는 모습이 눈에 들어왔다. 나는 오래지 않아 앨프리드의 외모를 좋아하게 되었다.

그는 문장력뿐 아니라 성격 면에서도 외경심을 불러일으키는 사람이었다. 그는 가발을 썼지만 가면은 쓰지 않았다. 본연의 모습 그 자체로 있으면 어느 누구도 감히 어쩔 수 없었다. 석영만큼이나 순도가 높았다.

보수적이고 심지어 속물근성까지 있는 브루클린의 유대교 집안에서 태어난 그는 파리에서 자유라는 푸른 목초지에서 마음껏 뛰놀다 런던으로 건너왔다. 학창 시절부터 알고 지낸 수전 손택이나 신시아 오지크처럼 젊고 똑똑한 뉴요커들은 앨프리드가 자신을 능가할 인물이 되지 않을까 싶어 초조한 눈빛으로 예의 주시했지만, 그는 달아나고 싶은 마음뿐이었다. 그러다 이제는 첫 작품을 출간한다는 행복감에 젖어 다가올 모든 사건과 모든 사람을 즐겁게 맞이할 채비를 서두르고 있었다. 나는 단둘이 만나는 자리에서건 파티에서건 앨프리드와 마주치면 톨스토이의 작품에서 [《전쟁과 평화》의 주인공] 나타샤 로스토바가 남자의 유혹을 받자마자 둘 사이에 일반적인 장벽이 없음을 깨닫고 느끼는 흥분과 불안감이 떠올랐다. 이처럼 충격적인 수준의 성적인 소통이 친구 사이에서도 가능하다. 이 사람과 함께 있으면 아무것도 숨길 필요가 없다는 인식. 나는 앨프리드와 함께 있으면 이런 기분을 느꼈다(그 솔직함 한가운데 시커멓고 조그만 비밀의 구덩이가 자리 잡고 있기는 했다. 그의 가발에 대해서는 한 번도 이러쿵저러쿵한 적이 없으니까).

두 번째로 런던에 들렀을 때 그는 애인을 데리고 왔다. 젊고 아주 잘생긴 피아니스트 아서였다. 두 사람이 세를 얻었는지 빌렸는지 모를, 동굴처럼 생긴 아파트에서 같이 저녁 식사를 했을 때 아서는 간절한 눈빛으로 리스트의 초상화를 물끄러미 바라볼 때가 많았고, 나는 앨프리드가 이 관계에서 남편일지 아내일지 궁금해졌다(이성애자들은 동성애자에게도 고정적인 역할을 부여하려 든다). 그러다 결국 그의 역할은 어머니에 가깝다고 결론을 내렸다.

그는 이날 처음으로 정체성 이야기를 꺼내면서 정체성이 없는 자의 고통을 언급했다. 기본적인 '자아'는 없고 일련의 행위로만 존재하는 자의 고통을 말이다. 그가 나에게 기본적인 자아 개념이 있느냐고 묻자 나는 아니라고 대답하고 싶은 유혹을 느꼈다. 그렇게 진부한 고민거리조차 없다고 하면 시시한 사람처럼 보일 것 같았다. 나는 그의 질문을 대수롭지 않게 생각했기 때문에 유혹을 이길 수 있었다. 석영처럼 순수한 앨프리드에게 기본적인 자아가 없다니 믿을 수가 없었다.

그럼에도 불구하고 나는 오래전에 나눈 그날의 대화를 아주 또렷하게 기억한다. 그 사건 이후 현명해진 덕분도 있겠지만, 아무래도 수면 아래에서 불길한 진동을 느꼈기 때문일 것이다.

앨프리드와 나는 1956년과 1957년 내내 편지를 주고받았는데, 이제 와서 생각해보면 정신 착란이 의심되는 구절이 있었다.

아찔하도록 아름다운 룩셈부르크(도심 한복판에 자리 잡은 계곡이죠)를 지나 브뤼셀로, 다시 파리로 서른여섯 시간 동안 밤을 새우며 경찰을 피해 도망쳤는데, 알고 봤더니 내 뒤를 쫓는 사람이 아무도 없었어요. 저들이 내 눈에 띄지 않을 만큼 영리한 것일지도 모르겠지만. 원고를 끝내면 그런 짓을 할 수 있게 될 거예요.

이야말로 편집증이 연상되는 구절이었다. 게다가 마지막 문장과 앞의 두 문장의 관계는 무엇일까? 하지만 그 당시에 나는 이 편지를 받고도 별로 심란해하지 않았다. 나머지 부분은 유쾌하고 평범한 내용이었고, 나에 비하면 앨프리드가 훨씬 요란하게 살고 있으니 신기한 일들이 벌어질 수도 있겠다 싶었던 것이다.

1959년 7월이라고 날짜가 적힌 내 편지를 보면 그가 런던에서 아무 말 없이 사라져버린 사건이 생각난다.

아주 오래전 런던에서 엄청난 소동이 벌어진 적이 있었죠. 존 데이븐포트가 계속 나한테 전화하고, 엘리자베스 몬터규도 계속 나한테 전화하고, 나는 계속 J. D.와 E. M.을 찾고, 두 사람은 계속 서로에게 전화를 걸고, 그러다 아치웨이로 찾아가봤더니 당신이 죽을 만큼 아파서 누워 있거나 죽거나 어디 끌려간 게 아니라 사라져버렸던 사건. 잠시 후 우리는 서로에게 이렇게 얘기했어요. "무슨 일이 벌어졌으면 '어떤 식으로든' 소식이 들렸겠죠. 그러니까 어디에 있는지는 몰라도 무사할 거예요." 그래서 우리는 포기했어요.

236

그가 사라지고 나서 약 1년 후, 한 뉴욕 사람이 앨프리드가 뉴욕에 돌아왔다며 위의 편지를 보낼 수 있는 주소를 알려주었다. 앨프리드는 나에게 답장하기를, 맞는다고, 그리스에 싫증이 났다고, 지금은 "**옥상 정원**이 있는" 그리니치빌리지의 아파트에 자리를 잡았다고 했다. 다음번에 뉴욕으로 출장을 갔을 때 나는 그 아파트에서 앨프리드를 만났다. 설리번가의 극장 위에 자리 잡은 그 집에는 가구가 거의 없었고, 그곳에서 나는 우리의 우정을 다시금 확인했다.

앨프리드는 집주인이 어두컴컴한 곳에 방치한 빗자루와 양동이에 발이 걸려서 위태롭게 흔들리는 난간 위로 넘어진 뒤 집주인과 냉전 상태였기 때문에 나를 맞이하러 직접 현관까지 내려왔다. 계단을 걸어 올라가는 동안 집주인과 벌인 싸움을 어찌나 재미있게 묘사하던지! 아직 훤한 대낮이라 그는 곧장 옥상 정원으로 앞장섰다. 지붕에 깔린 아스팔트가 열기로 녹아 있고 바닥이 개똥으로 뒤덮인 곳이었다. 나는 주변 풍경과 시원한 바람을 감상하려고 난간에 기대려다 충격을 받았다. 우리 집은 개를 거의 신성시하는 집안이었고, 나는 우리가 반려용으로 데려다 키우는 것이지 개가 우리에게 거두어달라고 부탁한 게 아니라는 교육을 받으며 자랐기 때문에 개를 사랑하고 그들의 천성을 파악하고 천성에 따라 대하는 것이 인간의 의무라고 생각했다. 따라서 집과 멀찌감치 떨어진 곳에서 편안하게 용변을 볼 수 있도록 훈련을 시켜야 하는 것도 인간의 의무였다(덜떨어진 개라면 모를까, 성견은 자기 영역을 더럽히지 않는다). 그런데 앨프리드가 그리스에서 데리고 왔다는 애견 콜럼바인과 스쿠라는 옥상, 그것도 바닥과 침대 역할을 하는 매트리스 위에서 희희낙락 용변을 보는 야만종이었다. 두 녀석은 훈련을 받은 적이 없었고, 스쿠라는 덜떨어진 개였다. 앨프리드가 반려견을 그런 식으로 방치하다니 나로서는 당혹스러울 따름이었다.

어둑어둑할 무렵 우리는 촛불 옆에 앉아(전기가 끊긴 모양이었다) 사워크림을 올린 버섯과 근사한 스테이크를 먹었다. 희미한 불빛이 잘 정돈된 테이블을 집중적으로 비추었기 때문에 휑하고 지저분한 방 안은 잘 보이지 않았다. 식사를 절반쯤 마쳤을 때 누군가가 계단을 올라오는 소리가 들렸다. 앨프리드가 아무 소리 말라는 신호와 함께 촛불을 껐다. 노크 소리와 발을 끄는 소리, 그리고 숨소리만 깃든 침묵. 다시 똑똑. 그리고 침묵. 잠시 후 손님은 돌아갔다. 앨프리드는 다시 촛불을 켜며 의기양양한 표정을 지었다. "누군지 알거든요. 다시 만나고 싶지 않은 아이예요."

이 말을 기점으로 최근의 불행한 생활에 대한 고백이 시작됐다. 가장 진지하게 오랫동안 관계를 유지했던 아서가 떠났다는 것이다. 그는 혼자라는 상황을 의연하게 받아들이려고 했지만, 희망을 품었다 실망하는 바보 같은 상황이 반복되었다. 조금 전에 문을 두드린 아이는 가장 최근에 우연히 만난 상대인데, 마음에 들지 않는다고 했다. 나는 이렇게 말했다. "하지만 앨프리드, 화장실에서 우연히 만난 사람이 그 자리에서 진정한 사랑으로 돌변할 수는 없는 거 아니겠어요?" 그는 이 말을 듣더니 의기소침해지는 척하면서 나더러 로맨스가 뭔지 모르는 사람이라고 했다.

　나에게는 뉴욕 하면 떠오르는 가장 즐거운 추억이 두 가지 있는데, 모두 앨프리드의 선물이었다. 앨프리드를 통해 5센트짜리 동전 하나로 누릴 수 있는 이 도시 유일의 즐거움을 알게 되었고, 나를 코니아일랜드로 안내한 사람도 앨프리드였으니 말이다. 5센트짜리 동전 하나로 뉴욕을 즐기고 싶은 사람은 편도 요금을 내고 나룻배로 스태튼 아일랜드를 왕복하면 된다. 그러니까 스태튼 아일랜드 선착장에 도착하면 내리지 말고 숨어 있다 되돌아오는 것이다. 은은한 조명과 부표에 매달려 땡그랑거리는 종소리 덕분에 맨해튼이 베네치아로 변하는 여름 초저녁이 되면 더욱 매력적으로 다가오는 놀이랄까? 코니아일랜드도 아름다운 곳이었다. 암갈색 모래사장 위로 찰싹찰싹 밀려오는 나른한 파도 소리, 판자 깔린 산책로가 삐걱거리며 지난여름의 기억을 환기하는 소리(희한한 일이지만 지난여름에도 이곳을 찾은 듯한 착각이 들었다)……. 우리는 해변에 앉아 하얀 꽃처럼 펼쳐졌다 떠내려가고, 펼쳐졌다 떠내려가는 낙하산을 구경했다. 앨프리드가 한번 타보라며 옆구리를 찔렀지만, 나는 놀이 기구라면 질색이었기 때문에 고개를 저었다. 앨프리드도 이 방면에 있어서는 겁쟁이라 유명한 사고를 나열하는 데 그쳤다. 그는 어렸을 때 애용했던 판자 산책로 아래 비밀 통로를 알려주며 공연이나 놀이를 무료로 즐기는 방법을 가르쳐주었다. 그는 학교를 수시로 빼먹고 코니아일랜드 전문가로 발전한 어떤 꼬마를 사랑했고 자랑스러워했다. 지하철에 나란히 앉아 집으로 향하는 동안 나는 그 어느 때보다 편안하게 뉴욕에 젖어드는 듯한 기분을 느꼈다. 내가 기억하기로 앨프리드가 뉴욕 문단에 상당한 전율을 안길 수 있는 **무서운 신예** 비평가로 지내는 즐거움을 얘기한 것은 그때가 처음이었다.

작품성은 뛰어나지만 잘 팔리지 않는 작가의 담당 편집자는 곤혹스러운 위치에 놓인다. 한편으로는 죄책감이 느껴지고(좋은 기회를 놓친 건 아닐까? 이런저런 일을 좀 더 효과적으로 처리할 방법은 없었을까?) 또 한편으로는 짜증이 나기 때문이다(자신의 작품을 위해서라면 상업적인 측면을 모두 포기해주길 바라는 걸까?). 앨프리드는 출판사와 에이전트에게 말도 안 되는 요구를 하는 작가로 악명이 높았지만 우리와 작업을 했을 때는 기껏해야 까다로운 수준에 그쳤고, 내가 불안해했던 이유는 그의 고압적인 태도가 아니라 나 스스로 느낀 실망감 때문이었다. 영국에서 그는 푸대접을 받았다. 몇몇 평론가가 독창적이고 비범한 상상력을 형식적으로 칭찬하기는 했지만, 대다수는 그를 주목하지 않았다. 문학 담당 기자들은 우리 출판사의 문학서를 높이 평가했고, 내가 개인적으로 편지를 보내 앨프리드를 소개한 적도 있었다. 그런데 우리를 편애하는 마음이 오히려 역효과를 낸 걸까? 그의 작품이 마음에 안 들자 악평을 싣느니 아예 소개하지 않는 쪽이 낫겠다고 결정한 걸까? 어느 정도 열정을 가지고 소개한 사람은, 작품을 읽고 감탄한 나머지 나중에 앨프리드와 친구가 된 존 데이븐포트뿐이었다.

앨프리드가 언제 모로코로 거처를 옮겼는지, 모로코로 거처를 옮긴 이유를 내게 설명했는지 지금은 기억이 나지 않는다. 아무튼 탕헤르 주소가 적힌 첫 번째 편지가 나에게 날아든 것은 1966년 초, 그의 단편집 《골리앗을 보라》가 영국에서 출간된 직후였다.

친애하는 배신자에게

왜 편지를 안 보내요?

왜 출간 소식을 알리지 않았죠?

왜 나한테 저자 증정본을 보내지 않았죠?

왜 서평도 보내지 않았죠?

버로스의 작품에서 인용한 구절을 왜 넣지 않았느냐는 괴로운 질문은 하지 않겠어요. 하지만 자진해서 설명해주었으면 좋겠군요. 이 편지 받는 대로 당장 답장 주세요.

믿음직한 오스틴을 몰고 가든 무서운 비행기를 타고 가든 조만간 영국을 찾을 생각입니다. 모로코에서 사귄 친구도 동행하는데, 이 친구의 발 수술이 이번 여행의 목적이에요. 류머티즘에 걸려서 왼쪽 발뒤꿈치 뼈가 튀어나왔거든요. 이곳 의사들은 못 믿겠어요. 하지만 이 말이 밖으로 새어나가면 출국 금지를 당할지 모르니까 비밀 지켜줘요. 괜찮은 정형외과 전문의가 있나 알아봐줄래요? 돈은 좀 있으니까 보험 처리가 안 돼도 상관없어요. 물론 되면 좋겠지만……. 내가 입국 수속을 밟을 때마다 늘 야단법석이 벌어지는

데, 이번에는 드리 때문에라도 야단법석이 벌어질 거예요. 여름 내내 당신 집에서 신세를 질 생각이라고 이야기할게요. 괜찮겠죠? (실제로 신세를 진다는 게 아니라 그렇게 이야기만 한다는 거예요.) 만약 누가 전화를 걸어서 물어보거나 하면 맞는다고 해줘요. 답장 기다릴게요.

아! 글래스 노먼이 얘기했는지 모르겠지만 나 가발 벗었어요. 충격 받을까 봐 미리 밝히는 거예요. 벗으니까 편하기는 하지만 아직은 조금 어색하네요.

필드 에드워드가 당신과 모니크 나탕♦에게 당장 《우아한 시체》를 한 권씩 보내라고 하더군요. 제이슨 엡스타인♦♦한테서는 이런 말을 들었어요. "만족스러운 작품으로 출간할 수 있을지 정말 자신이 없네요. 《골리앗을 보라》보다 더 실망스러운 성적을 거두고 싶지는 않은데. 작품 자체에도 문제가 있어요. 뛰어난 재기는 인정하지만(좀 더 정확히 말하자면 이 작품이 아니라 선생님의 재기를 인정한다는 거죠) 의도가 뭔지 모르겠고, 어떤 식으로 선을 보여야 좋을지 감이 잡히질 않아요. 아무 감흥이 없다는 뜻이 아니라 일부분밖에 이해를 못하겠다는 뜻이죠. 이런 식의 구분이 무슨 의미가 있을지 모르겠지만, 소설이라기보다 시에 가까운 것 같기도 하고요."

엡스타인이 읽기에는 너무 천진난만한 작품인 거죠. 순수한 마음으로 어린이책처럼 읽어야 하는데, 엡스타인에게 순수한 마음

♦ 파리 쇠이유 출판사의 담당 편집자.
♦♦ 뉴욕 랜덤하우스의 담당 편집자.

을 바라다니…….

영국에 가면 보여드릴게요. **편지 받는 대로 답장 주세요**. 사랑을 담아.

내가 보낸 답장은 다음과 같았다.

출간일도 알렸고, 평소처럼 에이전트한테 증정본도 보냈어요(계약서에 적힌 대로 A. M. 히스가 에이전트 맞죠? 아침에 전화로 문의했더니 오늘 여섯 권을 부쳤다고 하더군요. 왜 이제야 보내는지 모르겠지만). 주요 서평은 이 편지에 동봉합니다(내가 아무 말 하지 않은 거 보면 얼마나 실망스러운 수준인지 모르겠어요?). 표지에 버로스의 작품에서 인용한 구절을 넣지 않은 이유는 영업부에서 반대했기 때문이에요. 영국에서는 버로스라고 하면 너무 극단적이고 음란한 작가로 간주하는데, 당신도 그런 쪽으로 비쳐질까 걱정한거죠. 미리 알리지 않은 건 미안해요.

비자를 받거나 입국 수속할 때 혹시 도움이 될까 싶어서 초청장 보내요. 영국에서 볼 수 있다니 정말 좋네요…….

제이슨 엡스타인이 했다는 말을 읽고 얼마나 웃었는지 몰라요. 안절부절못하는 편집자가 벽에 대고 짖는 꼴이로군요. 그런 반응을 보였다니 나도 겁이 나네요. 독특할 게 뻔한 물건, 너무 독특해서 불길한 예감이 들 수밖에 없는 물건을 기다리는 것만큼 떨리는 일도 없거든요. 어떤 작품인지 어서 빨리 읽고 싶어요. 조만간 당신을 여기서 만날 수 있다니 만세, 만세! 사랑을 담아.

내 편지에 대한 그의 답장은 시종일관 부드러운 분위기를 유지하다 다음과 같이 끝을 맺었다. "《우아한 시체》는 분명 독특한 작품이에요. 어른이 되어서 읽은 책 중에 가장 독특한 작품이 될 거예요. 동시에 가장 유쾌한 작품이 될 수도 있고요."

나는 《우아한 시체》를 거부할 수 없었다. 내가 보기에는(지금도 마찬가지 생각이지만) 거부할 수 없는 매력으로 독자를 사로잡는 작품이었기 때문이다. 앨프리드 말이 맞았다. 《우아한 시체》는 '내적인 의미'가 뭘까 고민하지 말고 다음에는 어떤 일이 벌어질까 궁금해하면서 어린아이처럼 읽어야 하는 작품이었다. 《우아한 시체》라는 제목은 영국에서 '컨시퀀시스consequences'라고 부르는 게임에서 비롯된 것인데, 이 게임에 좀 더 이국적인 이름을 붙인 주인공은 초현실주의자들이었다. 게임 방법을 설명하자면 다음과 같다. 먼저 몇몇 사람이 종이 한 장씩을 들고, 첫 번째 사람이 간단한 이야기의 첫 문장을 적은 다음 아무도 보지 못하도록 종이를 접는다. 그러면 다음 사람이 다음 문장을 적어서 종이를 접고, 이런 과정을 계속 이어나가되 제일 마지막 사람은 "그래서 결과적으로and the consequence was……"라고 문장을 시작해야 한다. 그런 다음 종이에 적힌 문장을 일제히 공개하면 말도 안 되지만 묘하게 재미있는 이야기가 탄생한다. 문장이 아니라 그림으로 즐길 수도 있는 게임인데, 어렸을 때 사촌들과 함께 이 게임을 하다 어마어마한 괴물을 탄생시켰던 기억이 난다. 상상을 초월할 만큼 대단하면서도 아귀가 완벽하게 맞아 떨어지는 괴물이었다. 앨프리드는《우아한 시체》에서 '컨시퀀시스' 게임의 원칙을 따랐다.《우아한 시체》는 각 장 사이에 종이가 접혀 있는 듯한 작품이었고, 읽다 보면 앞에서 만난 사람들이 다시 등장해도 아까 그 사람인지, 동명이인은 아닌지 헷갈리기 일쑤였다. 그리고 가끔은 그들에게 끔찍하거나 외설스러운 사건이 벌어졌다(제이비어라는 등장인물이 아버지의 죽음을 지켜보는 장면은 아직도 머릿속에서 정리가 안 된다). 그리고 묘하게 재미있는 장면이 종종 있었다. 문체는 전혀 어렵지 않았다. 구문론을 가지고 실험을 하거나 하는 부분도 없었고, 베일에 싸인 힌트나 미묘한 암시도 없었으며, 등장인물들에게 벌어지는 일들을 의심할 여지도 전혀 없었다.《우아한 시체》는 이런 식으로 꾸밈없고 자연스럽게 감정을 유발했으며 정확한 문체 덕분에 앨프리드의 주장처럼 유쾌한 작품이 되었다. 이 책이 기묘하게 느껴지는 이유는 전적으로 동화 같은 사건들 때문이었다. 하지만 이 작품에 등장하는 사건들은 한스 안데르센의 작품에 등장하는 사건들과 전혀 달랐다(이보다 더 다를 수가 없을 정도였다).

나는 작품의 매력에 흠뻑 빠졌지만, 두 가지가 마음에 걸렸다. 첫째, 우리는 제이슨 엡스타인과 마찬가지로 이렇게 '독특한' 작품을 베스트셀러로 만들 능력이 없으니 앨프리드에게 실망스러운 결과를 안길 수밖에 없었다. 둘째, '여기서 조금만 더 나가면 너무 터무니없는 작품이 되겠다'는 생각이 들었다.

이것은 완벽하고 경쾌한 문장과 엉뚱한 사건의 극적인 대조 때문에 벌어진 현상이다. 부담스럽지 않게 우아하고 재치 넘치며 유쾌하게 논리적인 문체에서는 유머 감각이 느껴진다. 독창성도 느껴진다. 하지만 강렬하고 섬뜩한 무언가도 느껴진다. 강렬한(그리고 억척스러운) 절망이라고 해야 할까? 억척스러운 절망이 고함을 지르며 나를 강타하면 고통스럽기는 해도 말이 된다. 하지만 장난을 치는 것처럼 가볍게 건드리면……. 그렇다고 말이 안 되는 건 아니다. 이렇게 명쾌한 작품을 말도 안 되는 작품으로 치부할 수는 없다. 하지만 제이슨 엡스타인이 그랬던 것처럼 나 역시 작품의 의도를 알 수가 없다. 나는 매료되지만 또 한편으로는 불안해한다. 불안해하지만 또 한편으로는 매료된다. 그러다 균형이 무너지면서 매료되는 쪽으로 추가 기운다. 여기에서 내가 현재 시제를 쓰는 이유는 몇 년 만에 이 작품을 다시 읽어보니 처음 읽었을 때와 똑같은 기분이 들었기 때문이다.

가발을 벗은 앨프리드가 드리와 함께 도착했다. 얼굴, 두피, 눈, 목을 모로코의 햇볕으로 골고루 태운 모습이 인상적이었다. 금기를 먼저 깬 쪽은 앨프리드였지만 나는 여전히 조심스러웠고, 용기를 그러모은 뒤에야 외모의 변화를 축하할 수 있었다. 그는 축하 인사를 받고 수줍은 듯 행복한 표정을 지었다. 나중에 안 사실이지만 어렸을 때 앓은 병으로 대머리가 되는 바람에 쓰기 시작한 가발은 그의 일생일대 가장 끔찍한 물건이었고, 수치심과 분노를 견디기 힘든 천형이었다. 따라서 용기 있게 가발을 벗어던진 것이야말로 아주 중요한 사건이었다.

내가 보기에 그는 모로코에서 새로운 평화와 자유를 얻은 것 같았다. 앨프리드도 내 말이 맞는다고 했다. 그가 얘기하는 모로코는 정말이지 자유롭고 평온한 곳이었다. 그곳에서는 영국인들이 차를 마시는 것처럼 자연스럽게 맛있는 마리화나를 피울 수 있었다. 이성애와 동성애를 엄격하게 구분하지도 않고 가발을 쓸 필요도 없었다. 온전히 본연의 모습이 될 수 있었다. 바라던 곳을 찾았다니 나로서는 기쁠 따름이었다.

2~3일 뒤에 그가 드리를 데리고 저녁을 먹으러 우리 집으로 찾아왔다. 나는 스페인어를 한 마디도 몰랐기 때문에 잘생기고 쾌활한 드리를 보며 미소만 짓는 수밖에 없었다. 저녁 식사가 끝나자 앨프리드가 그를 부엌으로 보내 설거지를 시켰다. 내가 말도 안 된다고 펄쩍 뛰었더니 두 사람 모두 무슨 말인지 모르는 영어를 듣고 있으면 하품만 나온다고 우겼다. 잠시 후 드리가 문 밖으로 고개를 내밀더니 나더러 자기 동생을 만나보면 어떻겠느냐고 제안했다. 집안일 돕는 사람 하나 없다니 안 될 일이라고 생각한 모양이었다. 하지만 앨프리드가 반대를 하고 나섰다. 그 녀석이 잘생기기는 했지만 골칫덩어리고, 이상야릇한 술집에 갔다가 드리의 손에 붙들려 온 것도 한두 번이 아니라고 했다. 드리 자신은 이제 다정하고 믿을 만한 미국인 애인이 생겨서 남부끄럽지 않은 본보기가 되었다고 했고, 앨프리드는 언젠가 열릴 드리의 결혼식에 자신이 귀빈으로 참석할 거라고 말했다. 모로코에서는 두 사람의 관계를 그런 식으로 정리하는 게 가장 적절한 결말로 인식될 터였다. 드리의 아내는 앨프리드의

옷을 빨아주고, 두 사람 사이에서 태어난 아이들은 그에게 가족과 같을 것이다. 듣기만 해도 소박한 풍경이었다.

이날 저녁의 하이라이트는 두 사람이 자동차를 몰고 영국으로 건너오면서 겪은 모험담이었다. 드리도 동참할 수 있도록 스페인어로 동시 진행된 이야기에 따르면 앨프리드가 프랑스에서 자동차 사고를 냈다는 것이다. 경찰이 도착했을 때 드리는 머리에서 피를 흘리며 바닥에 누워 있었다. 사실은 긁힌 정도에 불과했지만 겉으로는 상처가 훨씬 심각해 보였기 때문에 그는 신음 소리를 내며 흰자위만 보이도록 눈을 뒤집었다. 이야기가 이 부분으로 접어들었을 무렵 드리가 눈을 빛내면서 맞아요, 맞아요 하고 끼어들었고, 앨프리드가 바로 통역관으로 나섰다. 친구 하나가 프랑스에서 사고를 당한 적이 있는데, 입원을 했더니 **삼시 세 끼를 공짜로 먹었다**는 게 그때 문득 생각이 나더라는 것이다. 드리는 순식간에 머리를 굴렸다. 입원하면 식비를 줄일 수 있고, 사고 때 다친 것처럼 발이 아프다고 칭얼거리면 엑스레이를 공짜로 찍을 수 있을 테니(여기에 생각이 미치자 환호성이 터질 지경이었다) 런던에서 검진 비용도 아낄 수 있었다. 하지만 이 기발한 작전은 무위로 돌아가고 말았다. 금연 병동이라 엑스레이를 찍을 때까지 참을 수가 없어서 그냥 퇴원을 해버렸기 때문이다. 앨프리드의 말에 따르면 두 사람은 길거리를 헤매다 행운의 여신의 도움으로 다시 만날 수 있었다고 한다.

앨프리드가 덧붙여 말하길 경찰과 구급 요원이 하도 난리를 부리는 바람에 드리의 계획에 대해 설명을 들을 기회가 없었다고 한다. 그는 실려 가는 드리를 멍하니 쳐다보았을 뿐 행선지를 알 수 없었기 때문에 어디로 가야 찾을 수 있을지, 과연 살아 있기는 할지 애태우며 하루 밤낮 동안 발을 동동 굴렀다. 그런데 내 입장에서는 나중에 생각해보니 이상했다. 경찰관에게 구급차의 행방을 물을 수도 있었고 근처 병원도 쉽게 찾을 수 있었을 텐데……. 나는 지나치게 흥분한 앨프리드의 모습을 한 번도 본 적이 없었고 앨프리드도 적당한 선에서 더 이상 흥분하지 않는 사람처럼 보이려고 항상 주의를 기울이는 눈치였지만, 아무래도 사고 당시 넋을 잃은 게 아닐까 싶었다. 앨프리드는 나를 제인 오스틴과 조금 비슷한 부류로 간주했기 때문에 자신의 성격 중에서 제인 오스틴과 거리가 먼 모습은 보이지 않도록 감추었다.

우리는 그날 오랜 시간을 함께 보내지는 못했다. 그는 따뜻하고 편안하게 나를 대했지만, 두세 시간이 지나자 아무래도 내가 훼방꾼이 되어가는 듯한 느낌이 들었던 것이다. 마리화나를 꺼내고 싶은 눈치인데(마리화나 말고 다른 약물도 복용하는 줄 그때는 몰랐다) 나는 하지를 않으니……. 결국 나는 앞으로 밤다운 밤이 펼쳐지겠구나 생각하며 일어나 작별 인사를 했다. 드리의 발은 수수께끼로 남았다. 병원에는 갔지만 수술은 받지 않았고, 누군가의 말에 따르면 임질 때문에 생긴 것이라는 진단을 받았다고 했다. 앨프리드에게 물었더니 그는 별로 중요한 문제가 아니라는 듯 흐지부지 말꼬리를 흐렸다.

앨프리드는 2년 뒤에 느닷없이 다시 런던을 찾아왔다. 어느 날 아침에 출근을 했더니 안내 데스크 직원이 타자기 뒤에서 엉거주춤 엉덩이를 들고 손님이 기다리고 있다는 신호를 보냈다. 모퉁이 너머로 몰래 들여다보았더니 앨프리드가 구부정하게 앉아서 허공을 응시하고 있었다. "맙소사, 또 무슨 사고를……." 피곤해서 그렇게 앉아 있었을 수도 있는데, 내 입에서는 단박에 이런 탄식이 흘러 나왔다.

나는 반갑게 맞이하고 내 방으로 안내하며 일상적인 질문을 했고, 그는 뉴욕에서 모로코로 돌아가려다 치과에 갈 일이 있어서 잠깐 들렀다고 대답했다. 그런데 괜찮은 치과 의사를 소개시켜달라면서 런던에 머무는 동안 용돈이라도 벌 수 있게 타이핑 일거리가 있으면 달라고 했다. 알았노라고 했더니 대뜸 이번 여행길의 진짜 목적을 폭로하는 투로 이렇게 물었다. "그리고 총리한테 전화를 걸어서 그만 좀 해달라고 전해주실래요?"

뭘 그만해요?

목소리요.

난 대화를 나누면 안 돼요. 그러면 거짓말이 시작되거든요. 목소리가 그를 미치게 한다고 했다. 목소리가 그에게서 평온을 앗아갔고, 무엇보다도 끔찍한 건 그 자신이 아니라 목소리들이 작품의 모든 낱말을 써버린다는 것이었다. 내가 **아예** 존재한 적이 없었다는 걸 알게 된 순간 얼마나 끔찍했는지 알아요? 심지어 드리도 저들 편이었다. 가끔은 목소리가 한밤중에 찾아와 아주 큰 소리로 그를 비웃을 때도 있었다. 심지어 한 침대에서

자는 드리한테도 들렸다는데, 그는 아니라고 했지만 아무래도 거짓말을 하는 것 같았다. 사실 앨프리드가 타이핑 일을 하려는 이유도 돈 때문이 아니라 목소리를 잠재우기 위해서였다.

그는 뉴욕에 갔다가 어머니에게 칼을 휘둘렀다(이때 들었는지 나중에 들었는지는 모르겠지만, 드리를 공격한 적도 있다고 했다). 그리고 지금 런던에 들른 이유는 [모로코 북부의 도시] 페스에서 나한테 들은 이야기 때문이었다. 하지만 나는 페스에 간 적이 없는데……. 왜요, 지난주에 왔다잖아요. 나를 쳐다보는 싸늘한 눈빛 때문에 더욱 섬뜩했다. 까딱 잘못하면 순식간에 '저들'의 일원으로, 적으로 간주될 수 있는 상황이었다. 나는 페스라니 영문을 모르겠다고, 내 **물리적** 신체는 지난주에 분명 런던에 있었노라고 조심스럽게 대답했다.

나는 총리를 만난 적이 없어서(당시 영국 총리는 해럴드 윌슨이었다) 전화를 해도 연결이 안 되겠지만, 국회의원이라면 어떻게 될지도 모르겠다고 말했다. 그리고 목소리는 분명 환청인 것 같다고 했다. 앨프리드는 자신을 못 믿어주는 것도, 미쳤다고 생각하는 것도 이해할 테니 다만 환청이 아니라는 것만큼은 이해해줄 수 없겠느냐고 물었다. "길거리를 달리는 버스와 다름없는 실제 상황이라고요." 알았다고 대답했더니 분위기가 조금 풀렸다. 이로써 그는 나와 일종의 계약을 맺을 수 있었다. 내가 국회의원한테 전화를 걸어볼 만큼 진지하게 나온다면 그 역시 병원에 가보겠다는 식의 진지한 반응을 보이기로 말이다.

이렇게 계약이 성립되자 일이 술술 풀렸다. 단골 치과 의사에게 전화를 걸었더니 몇 초 만에 연결이 돼서 그날 오후로 앨프리드의 예약을 잡을 수 있었는가 하면 우리 사무실에 때마침 타자로 다시 입력해야 하는 원고도 있었다. 시간이 지체되거나 상황이 꼬였으면 앨프리드가 장애물로 해석했을 테니 그야말로 신이 내린 행운이었다(그는 진료 예약 시간을 꼬박꼬박 지켰고, 치과에서는 이상한 모습을 전혀 보이지 않았으며, 원고 타이핑도 나무랄 데 없이 끝마쳤다).

그가 떠나자 온몸이 떨렸다. 시체와 마주쳤다 해도 이보다 더 충격적이지는 않았을 것 같았다. 잠시 후 나는 정신을 추스르고 정신병에 일가견이 있는 직원과 이 사태를 의논했다. 그는 태비스톡 병원에 물어보는 게 좋겠다고 했다. 그 당시는 로널드 랭 박사와 데이비드 쿠퍼 박사의 전성기였고, 병원 직원은 나에게 랭을 추천했다. 하지만 랭이 외출 중이었기 때문에 비서가 쿠퍼에게 연결시켜주었다.

쿠퍼 박사는 앨프리드와의 면담을 수락하면서 국회의원에게 전화를 걸겠다고 했으면 반드시 걸어야 한다고 말했고(거짓말은 금물이라고 했다) 진료비는 누가 부담하느냐고 물었다. 나는 결국 내 몫이 되지 않길 열심히 기도하며 앨프리드의 가족이 부담한다고 둘러댔다. 다행스럽게도 다음 날 뉴욕에 사는 앨프리드의 형제와 어찌어찌 연락이 닿은 덕분에 치료비 문제가 해결됐다. 그는 흥분한 말투였지만, 앨프리드가 어쩌다 한 번씩 얘기했을 때 받은 인상보다 훨씬 좋은 사람인 것 같았다. 나와 아는 사이였던 국회의원은 내 전화를 받고 이런 반응을 보였다. "지금 제정신입니까? 안 그래도 골치 아파 죽겠는데, 목소리를 막아달라니……."

그날 앨프리드에게 국회의원의 반응을 전하려니 생각만 해도 걱정이 앞섰다. 어찌나 걱정이 되던지 그를 만나는 동안 무슨 소리가 오가는지 들릴 만한 위치에 보초를 세울 정도였다. 그런데 그는 놀랍게도 담담하게 이 소식을 받아들였고, 나는 비록 실패했지만 쿠퍼 박사를 만나겠다고 했다. 그제야 나는 내 역할이 무엇인지, 내가 페스에서 무슨 말을 했다는 건지 서서히 깨달을 수 있었다. 나는 그의 주변에서 광기를 질병으로 받아들일 가능성이 가장 높은 사람이었고, 자주 만나지 않았기 때문에 아직 적으로 돌변하지 않은 친구였다. 앨프리드는 목소리가 가짜라는 게 증명되길 **원했고**, 누군가가 자신을 치료해주기를 **원했다**. 거기에 내가 최적임자로 뽑힌 셈이었다.

그랬음에도 불구하고 쿠퍼 박사와의 면담은 한 번으로 끝이 났다. "마음에 안 들어요. 아일랜드 출판업자처럼 생겼거든요." 그러자 쿠퍼는 대화로 사태를 극복할 수 있도록 정신과 담당 사회 복지사를 추천하면서 이번 위기를 극복하면 나중에 재발할 가능성이 낮다고 했다. 서글서글하고 젊고 열심인 남자가 나를 찾아와 간단하게 설명을 해주었고, 그 후 거리가 제법 되는 교외에 방을 마련한(친구들한테 빌린 모양인데, 내가 모르는 친구들이었다) 앨프리드를 정기적으로 찾아갔다. 앨프리드한테서는 사회 복지사와의 대화를 어떻게 생각하는지 들은 바 없었지만, 사회 복지사는 그렇게 대단한 분과 이야기를 나눌 수 있다니 영광이라고 했다. 그 말을 듣고 사회 복지사가 앨프리드를 우리 세계로 되돌려놓는 게 아니라 앨프리드가 사회 복지사를 자기 세계로 끌고 가는 건 아닐까 싶어서 겁이 났던 기억이 난다.

나는 2주인가 3주 동안 앨프리드와 서너 번 통화를 했지만 (목소리에 힘이 없었다) 우리 집으로 초대하거나 그의 집으로 찾아가지는 않았다. 챙겨줘야 하는 걸 알면서도 계속 미루기만 했다. 나는 정신병 환자를 대하는 게 처음이었고, 낯설고 위험한 땅에서 길을 잃은 심정이었다. 생각나는 대로 알맞은 조치를 취하고 났더니 (부끄러운 고백이지만) 앨프리드 생각만 해도 기운이 빠졌고, 그에 대한 애정은 정신적인 소진을 극복할 만큼 강하지 못했다. 아직은 안 되겠어……. 다음 주라면 모를까……. 그러다 전화벨이 울렸고, 사회 복지사는 앨프리드가 모로코로 떠났다는 소식을 알렸다. 그러자 죄책감이 뒤섞인 안도감이 밀려왔다. 증세가 호전되었느냐고 물었더니 사회 복지사는 애매하게 대답했다. "그나마 이제는 결단을 내릴 수 있게 된 셈이죠." 그 후 나는 두 번 다시 앨프리드의 소식을 듣지 못했다.

이후에 앨프리드의 뉴욕 에이전트를 통해 결국엔 출간되지 못한 그의 마지막 소설 《발》의 사본을 건네받았던 게 생각난다. 소설에는 그의 어린 시절과 대머리가 된 과정(처음으로 가발을 썼을 때 두개골을 도끼로 쪼개는 기분이었다고 했다) 등 근사한 내용도 들어 있었지만, 대부분은 환청이 들리던 시대의 소산이었다. 《발》을 읽었더니 《우아한 시체》가 왜 그렇게 박진감 넘쳤는지 이유를 알 수 있었다. 그 당시에는 아무도 눈치 채지 못했지만, 그 속에 등장하는 기묘한 사건들이 앨프리드에게는 "길거리를 달리는 버스와 다름없는 실제 상황"이었던 것이다. 그는 이 무렵 이미 뒤틀린 광기의 세계 속으로 접어들었지만 스타일은 유지할 수 있었다. 독자를 그 세계의 경계선상에 내버려두지 않고 그 안으로 인도할 수 있었다. 하지만 《발》을 쓰기 시작했을 때부터는 더 이상 스타일을 유지할 수 없었다. 그 무렵에는 '자유롭고 평온하며' 끝내주는 마약이 넘쳐나는 모로코에서 충분히 양분을 공급받은 병마가 이미 승리를 거둔 뒤였다.

앨프리드는 자신도 모르는 사이 나에게 즐거운 유산을 남겼다. 가장 오래되고 가장 진실한 친구이자 시인인 에드워드 필드라는 유산을 말이다. 에드워드는 몇 년 전부터 미국에서 앨프리드의 명성을 되살리기 위해 부단한 노력을 기울이다 나와 연락이 닿았고, 에드워드와 그의 친구인 소설가 닐 데릭은 만나자마자 나의 가장 소중한 친구가 되었다. 앨프리드의 서글픈 말년 소식을 전해준 사람도 에드워드였다.

모로코로 돌아간 앨프리드가 지나치게 괴팍한 행동을 일삼자 친구들은 모두 떠나갔고 관계 당국에는 비상 경계령이 떨어졌다. 그는 결국 모로코에서 쫓겨나 개와 함께(콜럼바인과 스쿠라가 아니라 새로운 반려견이었다) 이스라엘로 거처를 옮겼고, 끊임없이 그를 괴롭히는 환청을 술과 약물로 달래려고 미친 듯이 애를 쓰며 은둔에 가까운 삶을 살았다. 에드워드는 그가 남긴 마지막 글을 나에게 보여주었다. 어느 잡지에 실으려고 쓴 〈이스라엘에서 보낸 편지〉였다. 작품을 읽는데 가슴이 찢어질 것 같았다. 광채와 생기와 유머 감각과 상상력은 모조리 사라지고 없었다. 처음부터 끝까지 외롭고 무기력한 처지에 대한 넋두리였다. 그를 사로잡은 광기 때문에 작품이 그 어느 때보다 더 **평범하게** 변하다니 이렇게 씁쓸한 모순이 어디 있을까. 그가 묘사하는 세계는 이제 신비롭기는커녕(예전에는 매력뿐 아니라 공포라는 측면에서도 신비로웠다) 우중충하고 잔인하고 따분했다. 아직도 '광기'가 느껴지는 부분이 있다면 세속의 지루한 박해에 피해 의식을 가지고 있지만, 그 박해라는 것도 실은 스스로 만든 환상에 불과하다는 점이었다. 그는 결국 끔찍이 싫어하던 셋집에서 홀로 눈을 감았다(사인은 약물과 알코올로 인한 심장 마비였을 것이다). 안타까운 죽음이라기보다는 오히려 잘된 일이었지만, 사랑스럽고 매력적이던 앨프리드의 부고를 앞에 두고 그런 생각이 들다니 너무나도 슬픈 일이다. 하지만 에드워드와 힘을 합쳐 그의 작품에 영원한 생명을 부여하려는 사람들이 미국에서 하나둘씩 생겨나고 있다. 아직은 소규모 운동에 불과하지만 시작되었다는 데 의의를 두고 싶다. 앞으로 더욱 번성하길!

자기 자신으로 존재하기 위한 글쓰기

V. S. 나이폴

훌륭한 출판업자는 작가를 '발굴'하는 것이 임무이다. 하지만 내 경우에는 어쩌다 보니 그들이 제 발로 나를 찾아왔다. V. S. 나이폴은 BBC에서 함께 일하던 앤드루 샐키를 통해 알게 되었고, 앤드루는 모디카이 리슐러와 소호의 어느 클럽에 술을 마시러 갔다가 소개를 받았으니 말이다. 앤드루는 내가 모디카이의 담당 편집자라는 소리를 듣더니 얼마 전에 정말 괜찮은 작품을 탈고한 젊은 친구를 보낼 테니 만나보라고 했다. 그리고 며칠 뒤 비디아*가 우리 회사 근처 커피숍에서 《미겔 스트리트》를 내밀었다.

작품은 재미있었지만 걱정이 되었다. 이야기들이 서로 연결되긴 하지만 연작 소설이었고, 지명도 낮은 작가의 단편 모음집은 절대 팔리지 않는다는 것이 안드레 도이치의 출판 철칙이었

---

* 나이폴의 풀 네임 비디아다르 수라지프라사드 나이폴Vidiadhar Surajprasad Naipaul에서 이름의 약칭이다. 이하에서 애실은 나이폴을 "비디아"라고 부른다.

다. 그래서 안드레와 이야기하기에 앞서 파트타임 '문학 고문'으로 일하던 프랜시스 윈덤에게 보여주었더니 한눈에 마음에 들어 하는 것이 아닌가. 원래 안드레는 아무도 관심 없고 모두들 낯선 방언을 쓰는 어느 도시가 배경인 서인도 제도 출신 작가의 작품에 열광하는 나를 보면서 '순진한 박애주의자'라고 고개를 저었다. '안 된다'고 할 구실이 생겼으니 연작 소설이라는 점을 오히려 환영했다. 하지만 프랜시스가 내 편을 들고 나서자 그는 이 작가에게 써놓은 소설이 있는지 알아보라고, 만약 있으면 장편 소설부터 출간하고 연작 소설은 적절한 시기에 선을 보이자고 했다. 다행스럽게도 비디아는 《신비한 안마사》를 집필하는 중이었다.

사실 우리는 《미겔 스트리트》부터 출간해도 괜찮을 뻔했다. 1950년대에는 흑인 작가가 젊은 백인 작가보다 서평을 받기 훨씬 쉬운 분위기였고 당시에는 서평이 독자를 좌우하는 힘이 지금보다 훨씬 강했기 때문에 《미겔 스트리트》는 먼저 선보인 두 권의 소설보다 더욱 오랫동안 평론가들의 사랑을 받았다. 신생 독립국의 새로운 목소리를 인식한 출판업계와 평단은 그곳에 방대한 독서 시장이 자리 잡고 있다는, 긍정적이지만 경솔한 추측과 순수한 호기심에 고취돼 신생 독립국의 새로운 목소리들을 독려해야 한다고 생각했다. 이와 같은 분위기는 얼마 안 가 사라졌지만 덕분에 상당수의 훌륭한 작가들이 입지를 다졌다.

비디아는 우유부단한 우리 출판사와 결별을 선언할 만큼 배짱 있는 작가가 아니었고, 다행스럽게도 그로 인한 피해는 없었다. 비디아도 우리도 첫 세 작품《신비한 안마사》,《엘비라의 참정권》,《미겔 스트리트》로 돈을 벌지는 못했지만 그의 이름을 널리 알리는 데에는 성공을 거두었다. 그는 일단 호평을 받는 작가였고 서평에도 일가견이 있었기 때문에 소설가라는 사실이 알려지자마자 서평 요청이 물밀듯이 쏟아졌다. 그는 당시 어느 평론가에 견주어도 뒤지지 않을 만큼 독서량이 많고 훌륭한 서평가였다. 그가 '지역적regional'이라는 딱지를 뗄 수 있었던 데에는 초기작들보다 서평이 기여한 바가 컸다.

어느 시점부터인가 우리는 상당히 자주 만나기 시작했다. 그는 작품 활동과 사람들을 주제로 술술 이야기를 잘하고 재미있는 사람이라 같이 있으면 즐거웠다. 서로 알게 된 지 얼마 되지 않았을 때 한번은 그가 옥스퍼드(옥스퍼드라는 학교를 좋아하지는 않았다고 했다)에 다니는 동안 어느 누구한테도 털어놓을 수 없을 만큼 끔찍한 짓을 저지른 적이 있다고 진지하게 털어놓은 적이 있었다. 나는 그에게 거기까지만 얘기하고 끝내는 건 용서받을 수 없는 일이라고 말했다. 살인이라 해도 말해질 수 없는 것은 없다고 생각하는 나 같은 사람에는 특히 그랬다. 하지만 끝내 나는 그 끔찍한 짓이 무엇인지 알아내지 못했다. 나중에 누군가로부터 옥스퍼드에 있을 때 비디아가 신경 쇠약 같은 걸 겪었다는 말을 듣기는 했지만. 아무튼 내가 좋아했던 옥스퍼드에서 그가 불행한 나날을 보냈다니 안타까울 따름이었다. 학문과 수준과 전통을 중요시하는 사람이니 마음에 들었을 법도 하건만, 그의 평가는 달라지지 않았다. 나는 그가 고국과 너무나 다른 분위기와 인종 차별 때문에 옥스퍼드에서 얼마나 당황했을지 단 1초도 생각해본 적이 없었다. 워낙 대단한 사람이라 그런 불편함 정도는 초월한 줄 알았던 것이다.

자존심을 지키기 위한 방편이었겠지만 당시 비디아는 정말이지 당당한 분위기를 풍겼다. 4년 뒤《비스와스 씨를 위한 집》을 읽다가 비스와스 씨가 신경 쇠약으로 쓰러지는 실감 나는 장면을 접했을 때조차도 그가 실제로 겪었던 '신경 쇠약'의 고통스러운 기억과 연결 짓지 못했을 만큼 그때는 당당해 보였었다. 나와 옥스퍼드에서 있었던 진실 사이에 그가 선택한 가면을 쓴 남자가 서 있었다.

그 당시 나는 그가 어떤 식으로, 왜 트리니다드를 버렸는지 알지 못했고, 혹시 알았다 하더라도 고국을 받아들일 수 없는 자의 심정을 이해하지 못했을 것이다. 비디아의 작품을 읽으면 (특히 37년 뒤에 쓴《세계 속의 길》같은 경우) 큰 깨달음을 얻을 수 있었다. 하지만 그 당시에는 '고국'은 물론 어느 곳에도 속하지 못한 채 자기 자신으로만 존재해야 하는 사람의 심정에 대해 아무 개념이 없었다. 이런 상황(젊고 무지한 사람들은 바람직한 상황이라고 생각한다)이 얼마나 피곤하고 불안한지에 대해서도 전혀 몰랐다. 글쓰기는 비디아의 자아이자 존재 그 자체였다. 위대한 재능이자 전 재산이었다. 그는 작가 생활 10년 만에 남들이 보기에는 탄탄한 위치에 올랐지만 그래도 다음 작품, 그 다음 작품의 소재를 찾느라 늘 노심초사했다고 한다. 이것은 단순히 생계 자체에 대한 고민이라기보다 **자신이 바라는 인**

간상으로 존재하기 위한 고민이었다. 그는 작품 활동을 하는 이상 늘 불안에 시달릴 수밖에 없었다. 그런데도 모르는 사람 눈에는 너무나 안정적인 사람으로 보였으니 놀라운 일이었다.♦

그래도 내 눈에는 예민한 구석이 느껴졌다. 그렇기 때문에 혹시라도 돈이 떨어지면 어쩌나 종종 걱정이 됐고, 언젠가 한번 《타임스 리터러리 서플먼트》에서 제안한 일거리를 거절하는 것을 보았을 때에는 얼마나 가슴이 철렁했는지 모른다. 《타임스 리터러리 서플먼트》에서 늘 하던 대로 25파운드에 서평을 부탁하자(25파운드가 아니라 25기니였던가?) 그가 50파운드 이하로는 일을 하지 않는다고 도도하게 대답했던 것이다. 나는 속으로 이렇게 생각했다. '그렇게 어리석은 짓을 하다니! 다시는 그쪽 일을 맡지 못하겠는걸.' 하지만 놀랍게도 《타임스 리터러리 서플먼트》에서 50파운드를 제시하자 나는 감탄사를 내뱉을 수밖에 없었다. 두말하면 잔소리겠지만 그의 생각이 옳았다. 작가라면 자신의 가치를 충분히 인지하고 모욕적인 대우를 거절해야 하는 법이다.

그때는 이런 식의 자존심이 감탄의 대상이었지만, 시간이 흐르면서 좋아할 수 없는 면으로 바뀌고 말았다. 관용과 무신경, 신중과 소심, 인심과 사치 간의 구분이 모호한 것처럼 원래 도덕적인 부분은 바람직한 것인지 못마땅한 것인지 분명하

♦ 이 글을 쓴 뒤 나는 비디아가 옥스퍼드에 다닐 때 아버지와 주고받은 편지를 접할 기회가 생겼다. 아들의 외로움과 고통이 고스란히 드러난 《부자간의 편지》를 읽고 나니 그가 세간에 보인 모습이 더욱 대단하게 느껴졌다.

게 선을 긋기가 불가능하다. 따라서 적절한 자존심이 어느 정도에서 선을 넘으면 거만이 되는지 그 누구도 딱 잘라서 말할 수가 없다. 생각해보면 비디아의 경우에는 이런 과정이 시작되기까지 8~9년은 걸렸던 것 같은데, 내가 보기에 이렇게 된 데에는 그의 주변 사람들에게도 일정 부분 책임이 있었다.

예를 들자면, 내가 점심 때 즐겨 찾는 펍이나 음식점에서 만난 지 1년 정도 지났을 때부터 비디아는 저렴한 식당에서 만나거나 값싼 와인을 주문하면 가끔씩 언짢아했다. 그런 낌새가 느껴지자 나는 (속으로 재미있어하면서) 식당과 와인 선택을 비디아에게 일임해버렸다. 그의 영국인 친구들은 모두, 아니 거의 모두 이런 식의 배려가 몸에 배어 있었다. 그가 인종 때문에 무시당할지 모른다는 두려움으로 인해 더욱 존경받고 싶어 하는 것이라는 추측과 인종 차별주의자로 보일지 모른다는 불안에서 비롯된 습관이었다.

물론 나중에는 상황이 달라졌다. 친구들은 그를 있는 그대로 받아들일 수 있을 만큼 익숙해졌고, 모르는 사람들은 그를 단순히 유명 작가이자 위압적인 존재로 인식하게 된 것이다. 그러자 사람들은 예민한 부분을 배려하는 차원에서가 아니라 무게감 있고 날카로운 성격 때문에 그를 떠받들기 시작했다. 척박한 고향땅을 등지고, 따뜻하게 환대받았지만 절대로 온전히 속할 수 없다고 느낀 영국에서 그가 기반을 다지려 고군분투하고 처음 자력으로 일어섰을 때 그의 고통과 긴장을 견디게 해준 예민함은 손쉽게 과소평가되었다.

나는 1960년대에 새롭게 독립한 트리니다드 토바고의 여러 섬을 두 차례 여행했고, 매번 상당한 즐거움을 만끽했다. 사랑스러운 열대림과 바다, **다름**에서 느껴지는 짜릿한 흥분, 친절한 사람들, 눈부시도록 화려한 카니발(나는 비디아와 달리 스틸 밴드*를 좋아한다. 카니발이 시작되는 날, 새벽 네 시의 어둠을 뚫고 포트오브스페인 외곽에서부터 들려오는 밴드의 연주 소리란!). 포트오브스페인에서 보내는 마지막 날 아침에 노란배딱새keskidee("뭐라고 그랬어?Qu'est-ce-qu'il-dit?"라고 묻는 것처럼 우는 새다.)의 지저귐을 듣다가 다시는 이 소리를 못 듣겠구나 하는 생각이 들었을 때 얼마나 가슴이 아팠는지 모른다. 하지만 늘 인식했다시피 내가 접한 그곳은 관광객의 입장에서 바라본 트리니다드 토바고일 따름이었고, 이 나라에 얽힌 세 가지 다른 기억(하나는 사회적인 차원의 기억이고 나머지 둘은 개인적인 차원의 기억이다)도 내가 아끼는 기억들만큼이나 선명하다.

첫 번째 기억. 요즘은 거론하는 사람이 거의 없지만 내가 논픽션 분야에서 비디아 최고의 걸작이라고 생각하는 작품은 트리니다드 토바고의 역사를 담은 《엘도라도의 상실》이다. 그런데 이 책이 출간됐을 때의 분위기를 설명하자면 총리 에릭 윌리엄스와 시인 데릭 월컷 등 만나는 사람마다 하나같이 읽지도 않았으면서 안 좋은 평만 늘어놓기에 바빴다. 그러다 비판 세

---

* 트리니다드에서 시작돼 카리브 제도의 다른 지역으로 전파된 악단. 서로 다른 높이로 잘라 조율한 강철 드럼통을 악기로 사용한다.

력의 수장이 개최한 파티에서 드디어 이 책을 읽었다는 사람을 만났다. 해안 경비대를 관리하다 은퇴한 노년의 영국 신사였다. 우리는 감상의 즐거움을 함께할 사람이 있다는 데 기뻐하며 오랫동안 대화를 나누었다. 헤어질 무렵에 내가 물었다. "영국에서 이 책을 읽은 사람이 정말 선생님밖에 없을까요?" 그러자 그는 슬픈 목소리로 대답했다. "아마 그럴 겁니다."

두 번째 기억. 토바고에 갔을 때 나는 온 마을 어른들이 거의 매일 저녁마다 목을 축이러 들르는 작고 유쾌한 호텔에서 지냈다. 그러던 어느 날 비교적 젊은 남자(포트오브스페인에서 토바고의 주요 도시 스카버러로 임시 배치된 삼십 대 중반의 세관원이었다)가 시내 구경을 제안했고, 또 다른 세관원과 간호사가 일행으로 합류했다. 먼저 우리는 스카버러의 요새에 올라가서 풍경을 감상했다. 그러다 대화가 시들해지자 미술 센터에서 술이나 한잔하자는 이야기가 나왔다. 어두컴컴한 데서 마주친 미술 센터는 헛간에 가까웠고 그마저도 닫혀 있었지만, 우리는 이리저리 헤매다 열쇠와 코카콜라와 럼주 반 병이 있다는 남자와 마주쳤고……. 어쩌다 보니 40와트짜리 전등 아래로 보이는 것이라고는 먼지 덮인 탁구대와 그 한가운데 놓인 오래된《리더스 다이제스트》밖에 없는 칙칙한 방으로 들어가게 되었다. 우리는 참을 수 없을 만큼 당황스러운(그리고 참담한) 분위기 속에서 아무 말 없이 럼주만 홀짝이다 몇 분 만에 포기하고, 주동자 격인 세관원이 살고 있는 작고 깔끔하며 가구가 거의 없는 아파트(그럴 리가 없는데도 내 기억 속에는 추웠던 곳으로 남아 있다)로 자리를 옮겨 '옐로 버드' 음반을 들으며 다시 럼주를 마셨다. 그런 다음 나는 차를 타고 다시 호텔로 돌아갔다. 그날 저녁의 공허함(할 일도 없고 할 말도 없는, 정말 섬뜩한 기분)은 내 속을 불편하게 만들었다. 옆에 있는 일행들에 관해서라면, 본 모습을 짐작하기 어려울 만큼 그들에 대해 아는 게 없었다. 내가 눈치 챈 사실이라고는 주동자 격인 세관원이 오락거리를 찾을 만큼 외지 근무에 싫증이 났다는 것, 하도 지루해서 시내를 구경하러 가자는 이야기를 꺼냈다가 불안해져서 친구들에게 도움을 청했다는 것, 세 사람 모두 시내 구경을 나서자마자 엄청난 실수였음을 깨닫고 의기소침해졌다는 것 정도가 전부였다. 나는 그 미술 센터를 생각하면 비디아가 서인도 제도를 처음으로 다시 찾았을 때 공포를 느낀 이유를 알 것 같다.

세 번째 기억. 비디아처럼 억눌린 재능 때문에 온몸이 펄펄 끓는 사람이 아니더라도 누구나 탈출을 꿈꾼다. 나는 포트오브스페인의 어느 가게에서 수영복을 입어보던 중 옆 탈의실에서 흘러나오는 대화를 엿들은 적이 있다. 어느 미국인 부부가 함께 쇼핑을 나왔다가 젊고 예쁜 점원 아가씨가 퍽이나 마음에 들었던지 가족 관계가 어떻게 되느냐는 둥 이런저런 질문을 던지는 중이었는데, 지나치게 살가운 태도로 보건대 아무래도 흑인에게 잘해주고 있다는 사실 자체에 흥분한 모양이었다. 여자가 드디어 물건을 고르고 남편이 수표를 쓸 때가 되자 여태껏 쾌활하게 이야기하던 점원이 갑자기 다급한 투로 물었다. "뭐 하나만 여쭤봐도 될까요?" 여자가 대답했다. "그래요." 그러자

265

가엾은 점원은 필사적으로 애원하기 시작했다. 제발, 제발 부탁인데, 초청장을 보내주시면 안 될까요? 초청장을 보내주시면 아무 문제없이 비자를 받을 수 있거든요. 그렇게만 해주시면……. 점원의 간청이 끝없이 이어지자 남편이 당황스럽다는 듯이 말허리를 자르고 나섰다. 여전히 말투는 다정했지만, 피상적인 친절이 낳은 결과에 경악하는 모습이 역력했다. 이윽고 점원은 눈물을 흘렸고, 부부는 후회도 되고 얼른 달아나고 싶은 마음에 어쩔 줄 몰랐다. 나는 자포자기한 아가씨가 처참하게 무너지는 현장을 뜻하지 않게 몰래 숨어서 목격했다는 당혹감에 수영복을 내팽개치고 주섬주섬 옷을 갈아입은 다음 빠져나왔기 때문에 사건이 어떻게 마무리되었는지 알지 못한다.

비디아는 기억이 닿는 아주 어린 시절부터 트리니다드를 두려워하고 싫어했다. 중학교 때부터 초급 라틴어 교과서 면지에 5년 안으로 탈출하겠다는 다짐을 적을 정도였다(실제로 탈출하기까지 6년이 걸렸다). 그는 1962년에 출간한 최초의 논픽션 《중간항로》*에서 이 사실과 더불어 서인도 제도를 처음으로 다시 찾아갔을 때의 경험을 공개하며 그때까지 한 번도 한 적 없는 시도를 했다. 고국을 두려워하고 싫어한 이유를 찾아 나선 것이다.

그가 트리니다드를 두려워하고 싫어한 이유는 좋은 모습을

---

* 중간항로Middle Passage란 아프리카 해안에서 대서양을 건너 아메리카까지 흑인 노예들을 강제 운송하는 과정을 말한다. 나이폴은 이 책에서 노예 제도와 식민주의, 인종 문제 등 다양한 주제를 다루었다.

외면한 채 구제 불능일 만큼 부정적인 쪽으로만 발달한 관점 때문이었다. 게다가 이러한 관점은 이성이 아니라 신경계 속에서 오랫동안 무르익었기 때문에 거침없고 격렬했다. 그의 표현에 따르면 트리니다드는 지도 위에 찍힌 작은 점 하나였다. 한 국가로서 인지도나 존재감도 없고 스페인, 프랑스, 영국이 처음에는 노예를, 그다음에는 노예만큼이나 값싼 계약 노동자를 동원해 차례로 피를 빨아간 곳에 불과했다. 노예에 기반을 둔 사회는 효율성에 신경 쓸 필요가 없기 때문에 이곳에서는 효율이라는 전통이 존재하지 않는다. 노예주는 똑똑할 필요가 없기 때문에 "트리니다드에서 교육이란 돈으로 살 수 있는 것이 아니라 돈이 있으면 받지 않아도 되는 것이었다. 교육은 전적으로 가난한 자를 위한 제도였다. 트리니다드인들이 흔히 하는 말처럼 백인 남자아이는 '손가락으로 셈을 하면서' 학교를 졸업하는데, 이것은 특권의 척도이다. (…) 백인 사회는 말투나 취향이나 학식 면에서 상류 사회로 볼 수 없었다. 사람들이 부러워하는 것은 이들의 돈과 쉽게 즐길 수 있는 쾌락이었다."

트리니다드의 효용 가치가 다하고 영국이 발을 빼면서 잔인한 식민지 사회의 문이 열리자 가장 현란하고 가장 물질주의적인 미국 문화가 상업용 라디오(텔레비전은 아직 등장하기 전이었다)와 영화의 형식을 빌려 진공 속으로 밀려 들어왔다. 영화도 가장 폭력적이고 비현실적인 작품만 들어왔다. (비디아는 이렇게 적었다. "영국 영화를 상영하는 극장은 텅텅 비었다. '밀회'를 추천하는 프랑스어 선생님의 말을 듣고 나서 보러 갔더니 극장 안에 우리 둘뿐인 적도 있었다. 선생님은 2층 특별석에, 나는 1층에.") 트리니다드 토바고는 '미국식 현대화'에 대한 굶주림 하나로 뭉쳤고, 그 천박한 허식 밑에서 분열되었다.

분열을 일으킨 장본인은 노예의 후손인 아프리카 출신과 계약 노동자의 후손인 인도 출신이었고, 우연한 계기로 그곳에 정착하게 되었으니 뿌리가 없기는 양쪽 모두 마찬가지였다.《중간항로》에서 비디아는 아프리카 출신을 가리켜 '검둥이Negro'라고 부르는데, 요즘 기준으로 따지면 충격적인 표현이었다. 이 책을 읽을 때에는 블랙 파워라는 개념이 아직 형성되기 전이라는 사실을 계속 염두에 두어야 한다. 그 무렵 흑인들은 '검둥이'라는 단어에 거부 반응을 보이지 않았다. 당시까지만 해도 '검둥이'가 널리 쓰였고, '흑인black'이 모욕적인 표현으로 간주되었다. 이 책에서 비디아가 아프리카 출신 트리니다드인을 비판하는 가장 주된 이유는 노예 경험으로 인해 '백인처럼 생각하도록', 즉 자신의 피부색과 신체적인 특징을 부끄럽게 여기도록 세뇌를 당했다는 점이었다. 그의 탄식은(서인도 제도의 여러 사회를 관찰한 많은 사람들도 비슷한 탄식을 늘어놓았다.) 아프리카 출신들의 탄식과 일맥상통했고, 그들은 곧 이러한 부분을 극복하기 시작했다.

인도 출신들은 인도에 대한 자부심 때문에 그나마 자신감이 있었다. 하지만 인도의 실상에 대해 전혀 아는 것이 없었으니 비디아가 보기에는 거의 무의미한 자부심이었다. 뿐만 아니라 양쪽 집단의 간극을 좁히는 데 부정적인 역할을 한다는 점에서 위험한 발상이기도 했다. 비디아의 표현에 따르면 인도 출신들은 "농부 기질이 있고 돈을 좋아하는 집단이고, 정신적으로 정적이며, 종교는 철학 없는 의식 수준으로 격하되었고, 물질 만능주의와 식민주의에 기반을 둔 사회이다. 역사적인 사건과 국민적인 기질이 결합하면서 트리니다드의 인도 출신들은 백인보다 훨씬 속물적인 식민지 주민으로 변모했다."

그는 인종 간 갈등에 대한 생각을 이런 식으로 마무리 짓는다. "스스로 진화했다고 주장하는 원숭이처럼 서로 자기 피부색이 더 하얗다고 주장하는 인도 출신과 검둥이들은 무관심한 백인 관객을 앞에 두고 상대방을 얼마나 경멸하는지 경쟁을 벌이고 있다. 그들은 백인과 비교하며 서로를 경멸한다. 백인의 편견이 눈에 띄게 사라진 요즘 양측의 반목이 최고조에 달했다니 아이러니한 일이 아닐 수 없다."

그의 주장은 일리가 있는 평가였다. 관광청 홍보 담당자만 예외였을 뿐, 내가 트리니다드인을 붙잡고 정치 이야기를 하면서 인종 간 갈등을 안타까워하면 대부분 대놓고 혹은 은근히 비난의 화살을 상대 집단에게 돌렸다. 비디아처럼 인종 갈등에도 불구하고 조화로운 삶을 담보하는 상식의 중요성을 강조한 사람은 없었다. 불합리하고 안타까운 균열 양상은 날이 갈수록 극적인 방향으로 치달았고, 선동자로 공개 석상에 올라온 사람은 현란한 조명을 받았다. 사람들은 외부인의 존경을 얻으려고 애를 썼다. '무관심한 백인 관객'을 놓고 경쟁을 벌였다. 비디아는 어떤 관객에게 인정을 받으려고 했던 걸까? 《중간항로》가 출간되자 서인도 제도의 흑인들은 그를 '인종 차별주의자'라고 부르기 시작했다.

《중간항로》는 영국에서 환영받고 트리니다드에서는 배척당했지만, 백인 관객들의 환심을 얻는 것이 목적은 아니었다. 카리브해의 여러 나라는 백인들이 그들의 목적을 위해 대충 건설하고 대충 유지하다 대충 내동댕이친 사회이기 때문에 엉망일 수밖에 없다는 사실을 밝히는 것이 《중간항로》의 목적이었다. 비디아는 백인, 황인, 흑인을 초월한 관점에서 글을 쓰기 위해 노력했다. 그는 서인도 제도에 거주하는 사람들을 정확하고 공정한 시각에서 바라보고, 잔인하더라도 보이는 그대로를 솔직하게 묘사하기 위해 노력했다. 그가 이런 노력을 기울인 이유는, 결함을 안은 채 환상과 변명의 힘을 빌려 근근이 명맥을 유지하는 사회는 병세가 더욱 심각해질 수밖에 없다고 생각했기 때문이다. 이런 사회는 자기 자신을 파악하는 방법을 배워야 하는데, 그런 가르침을 전할 사람은 작가뿐이었다. 그의 주장에 따르면 카리브해 출신 작가들은 지금까지 자기 목소리만 주장하는 데 여념이 없었다. 과연 비디아는 트리니다드인들이 그의 고매한 의견을 환영해주기를 바랄 정도로 순진한 사람이었을까? 그렇지는 않았을 것이다. 그는 이 지역을 좀 더 이해하려 애썼고, 자신이 이해한 바를 전달하려고 했을 따름이다. 그것이 진정한 작가의 숙명이니까. 누구라도 이를 불쾌하게 생각한다면 애석한 일일 것이다.

트리니다드인들은 그의 글을 불쾌하게 받아들였다. 오만하다 싶은 태도로 추한 진실을 이야기하는데 불쾌하지 않을 사람이 어디 있을까? 하지만 내가 생각하기에 그들이 붙인 '인종 차별주의자'라는 딱지는 이를테면 지방용이었다. 그는 난잡하고 비효율적이며 자기기만을 일삼는 사회에서 바로 그런 사회를 두려워하며 성장했고, 그렇기 때문에 질서 있고 명쾌하며 유능한 사회를 갈망한 사람이었다. 그는 고국에 이런 특징이 부족한 이유는 뿌리가 없기 때문이라는 결론을 내리고 역사의식과 전통에 대한 존중을 지나치게 강조하면서 이들로 인해 종종 빚어지는 복잡하고 바람직하지 못한 부분은 무시한 채 결과만 낭만적으로 포장했다. 《어둠의 땅》에서 이야기했다시피 그는 난생처음 인도를 찾았을 때 비탄에 젖었다. 소속감에 대한 갈망을 해결할 수 있는 고대 문명을 기대했건만 고국만큼이나 난잡하고 비효율적인 사회와 맞닥뜨렸던 것이다.) 영국과 미국은 그가 생각하는 이상적인 사회의 기준에 못 미쳤지만, 유럽에서의 생활은 전반적으로 그가 원하는 편안한 분위기에 훨씬 더 가까웠다. 나는 오래전에 차를 몰고 프랑스의 포도 생산지를 지나치다 그 자체로 만족하는 장인 정신의 모범 사례와 마주친 적이 있었다. 한 줄이 끝나는 지점마다 정교하게 마침표를 찍듯이 짙은 분홍색 장미를 한 그루씩 심은 포도밭을 본 것이다. 그 순간, 오랫동안 만나지 못했고 잊고 지냈음에도 불구하고 비디아가 떠올랐다. "비디아가 이걸 봤더라면 얼마나 좋아했을까!"

비디아는 백인이 되고 싶어 하거나 백인들의 환심을 사고 싶어 하는 인종 차별주의자가 아니었지만, 열여덟 살 때까지 일정하게 틀이 잡힌 환경 속에서 자랐으니 환경의 영향을 받을 수밖에 없었을 것이다. 그리고 그가 열여덟 살 때까지 몸담았던 곳은 인도 출신 트리니다드인의 사회였다.♦ 그는 태생으로 인한 한계를 극복하기 위해 미친 듯이 노력했고 불가능에 가까운 일에 거의 성공했지만, 제약을 완전히 벗어날 수는 없었다.

《중간항로》 1장을 보면 그가 사우샘프턴 행 임항 열차에 오른 뒤 다음과 같은 묘사가 시작된다. 옆 칸에서 "아주 키가 크고 보기 흉한 검둥이가 복도로 걸어 나왔다. 헐렁한 바지를 입고 있어도 지나치게 긴 허벅지가 드러나 보였다. 넓은 어깨는 비정상적이다 싶을 정도로 각이 져서 구부정하게 보일 정도였고, 그 때문에 쉽게 무너질 것 같은 인상을 풍겼다. 밝은 회색 재킷은 반코트가 아닌가 싶을 만큼 길고 헐렁했다. 노란 셔츠는 지저분했고, 닳아 해진 옷깃이 풀어헤쳐져 있었다. 넥타이는 느슨하고 삐딱했다. 그는 창가로 가서 환기창을 열고 고개를 내밀어 살짝 왼쪽으로 돌리더니 침을 뱉었다. 얼굴이 그로테스크했다. 누군가에게 한쪽 뺨을 맞고 안으로 꺼진 듯한 얼굴이었다. 한쪽 눈은 단춧구멍 수준으로 변했고, 두꺼운 입술은 둥그렇게 통통 부었고, 무지막지하게 큰 코는 휘었고…… 침을 뱉으려고 천천히 입을 열자 얼굴이 더욱 심각하게 일그러졌다. 그는 간격을

♦ 아버지가 보낸 편지 중에서 아프리카 출신 트리니다드인이 등장하는 편지는 딱 한 통뿐이고, 그나마도 상당히 격앙된 분위기였다. 조카가 인도인과 아프리카인의 피가 절반씩 섞인 혼혈과 사귀는데, 이 끔찍한 사태를 어떻게 하면 좋겠느냐는 내용이었다.

두고 천천히 질질 침을 뱉었다."

두 사람이 잠시 눈을 마주쳤을 때, 그리고 식당 열차에서 또다시 마주쳤을 때 이 가엾은 생명체가 그를 고깝게 생각했다고 상상의 나래를 펼치면서 비디아는 자신의 여행 이야기 속에 이 남자의 역할을 부여하려고 슬쩍 시도한다. 그러나 사실 이 남자는 소개가 끝나면 더 이상 맡을 역할이 없다. 그럼에도 불구하고 비디아는 그를 도입부에 등장시켜 **전체 232쪽 안에 등장하는 어느 누구보다 자세하게 외모를 소개하고 싶은** 유혹을 이기지 못했다. 이 남자가 가상의 인물이라거나 실제보다 훨씬 끔찍하게 묘사되었을지 모른다는 뜻은 아니다. 하지만 비디아가 그를 선택하고 그에게 '집중'하는 동안 지울 수 없는 기억으로 남은 것은 그 남자 자체가 아니라 비디아의 반응이었다. 까다로운 인도 출신 트리니다드인이 자기보다 열등하다고 생각하는 존재를 대할 때 느끼는 당황스러운 혐오감……. 내가 만약 흑인이라면 그의 작품을 읽으면서 영어권에서 손꼽히는 작가의 그림자 속에 숨어 있는, 위축된 존재를 찾아낼 수 있을 것 같다. 그리고 (시간이 지날수록 더욱 강해지는) 자부심은 백인인 내 눈에도 보일 정도인데, 무시당하면 참지 못하는 인도 출신 트리니다드인 특유의 기질에서 비롯된 것이 아닐까 싶다.

담당 출판사 직원들이 트리니다드로 찾아가면 단아하고 기품 있는 비디아의 어머니는 아주 따뜻하게 맞이했고, 비디아가 모두의 사랑을 받는 집안의 기둥인 듯한 인상을 풍겼다. 나는 비디아의 누이 한 명과 유일한 형제였던 남동생 시바가 잇따라 숨을 거두기 한참 전에 그들을 처음 만났는데, 다복한 모습이 인상적이었다. 모두들 외모가 준수하고 똑똑하고 매력적이었고, 성공적인 인생을 살고 있었다. 결혼한 누이가 말하길 어머니는 "시간을 쪼개 신전과 채석장을 오가는" 분이었다. 채석장은 그녀가 동업자로 있는 친정 쪽 사업이었다. 용접 관련 세미나에 갔다가 지금 막 집으로 돌아온 길이라며 이제 채석장에서 쓰는 용접기 숫자를 반으로 줄일 수 있을 만큼 많은 것을 배웠으니 참석하길 잘했다고 기뻐하는 모습을 보았을 때, 나는 그녀가 푸근한 어머니상과 거리가 있는 인물인 줄 분명히 감지할 수 있었다. 그 후 얼마 지나지 않아 그녀의 성격을 좀 더 분명하게 드러내는 사건이 벌어졌다. 비디아와 관련된 몇 가지 새로운 소식에 무심한 그녀를 보며 내가 놀랍다는 반응을 보이자 짧은 연설을 늘어놓았던 것이다. 그녀는 독실한 힌두교 집안에서 자란 여성들이 그랬듯이 정규 교육을 받지 않았고, 무슨 일이건 부모님에게 복종하라는 말을 따랐다. 그러다 결혼을 하자("우리 때는 연애결혼은 상상도 할 수 없었어요.") 이번에는 무슨 일이건 남편에게 복종하라기에 그렇게 했다. 그러다 아이들이 태어나자 온 힘을 다해 아이들을 최대한 잘 키우는 것이 그녀의 임무라기에 그렇게 했다("나는 애들 키우는 데 소질이 있었던 것 같아요."). "그러다 쉰 살이 되었을 때 나한테 말했어요. 이제 그만하라고. 이제는 나를 위해 살자고. 그래서 이제는 나를 위해 살고 있으니 아이들 인생은 아이들이 알아서 해야죠."

아주 인상적인 초간단 자서전이었지만, 내 머릿속에서는 의문이 그치지 않았다. 비디아가 아버지를 모델로 해서 쓴《비스와스 씨를 위한 집》을 보면, 비스와스 씨가 돈도 훨씬 많고 영향력도 훨씬 막강한 툴시 가문의 사위가 되면서 창피해하는 모습이 얼마나 실감 나게 묘사되어 있는가 말이다(그 당시에는 비디아의 아버지인 시퍼새드 나이폴이 정신병을 일으켜 몇 달 동안 집을 비운 적이 있다는 사실을 알지 못했다). 매력적이고 조금 위압감을 풍기는 이 아주머니가 과거 이야기를 너무 단순하게 요약해버린 것이 분명했지만, 그래도 나는 그녀가 마음에 들었다. 이런 사건이 있고 얼마 안 있어 비디아가 어머니에 대한 의견을 물었을 때 나는 이렇게 대답했다. "아주 좋은 분이신데요?" 그러자 그는 이렇게 대답했다. "다들 그렇게 생각하는 것 같더군요. 나는 싫은데."

그게 무슨 소리냐고 물어 보았더라면 좋았을 것을⋯⋯. 그는 짜증이 나면 말을 심하게 할 때도 있었기 때문에 본심은 아니겠거니 하고 지나간 게 실수였다(게다가 어머니에 대한 반감은 상처 입은 사랑의 표현인 경우가 대부분이다). 비디아가 어머니를 어떻게 생각하는지는 정확히 알 수 없었지만, 트리니다드를 등지고 옥스퍼드에 입학한 직후 세상을 떠난 아버지를 사랑하는 것만큼은 분명했다. 그는 1976년에 아버지를 주제로 쓴 원고를 우리 출판사에 맡겼는데, 여기에 실린 감동적인 머리말에서 아버지가 어떤 식으로 그를 책의 세계로 인도했는지 밝힌 적이 있다. 시퍼새드 나이폴은 주변 환경에도 불구하고 영어로 된 고전이라면 닥치는 대로 읽었고 지방 신문사의 필진으로 취직할 만큼 강렬한 창작 본능의 소유자였다. 그는 비디아 그리고 가장 나이차가 적은 누이 캄파에게 책을 읽어주면서 독서에 대한 열정을 전파하되 졸지 않도록 아이들을 세워놓고 읽어주었다. 비디아와 캄파는 이로 인해 책을 멀리했다기보다 독서의 중요성을 인식하게 되었다. 시퍼새드가 쓴 몇 편 안 되는 이야기는 소재가 트리니다드의 촌락 생활이었고, 그가 아들에게 전한 가장 중요한 교훈이 있다면 "네가 아는 것에 대해 써야 한다."는 것이었다. 덕분에 식민지에서 태어난 젊은 청년은 '문학'이라고 하면 모름지기 이국적이어야 하고, 머나먼 세계 속에서 작품이 탄생한다는 고정관념을 깰 수 있었다. 시퍼새드는 그밖에도 창작 본능의 진면모를 엿볼 수 있는 충고 하나를 아들에게 남겼다. 비디아가 희극을 염두에 두고 쓴 원고를 보여주자 희극적인 요소는 억지로 쓴다고 되는 게 아니라 이야기 속에서 자연스럽게 우러나와야 하는 것이라고 가르쳤던 것이다. 이런 위인이 삶의 한계에 발이 묶이고(《비스와스 씨를 위한 집》을 보면 알 수 있다시피) 아들이 자유롭게 비상하는 모습을 보지 못한 채 눈을 감다니 슬픈 일이다. 내가 생각하기에는 어머니도 '한계'의 일부분이었고, 비디아는 아버지의 편에서 어머니에게 반기를 들었을 것이다.

나는 얼마 만에 비디아의 결혼 소식을 알게 되었을까? 몇 달은 넘었고 어쩌면 1년이었는지도 모르겠다. "나, 새 아파트를 구했어요." 그는 종종 이런 식으로 말했다. "나, 지난주에 그 영화를 봤어요." 그의 말 속에서 '우리'라는 단어가 한 번도 등장한 적이 없었기에 나는 그를 부지런하고 외로운 독신으로 간주하고 딱하게 여겼다. 그러다 어느 파티에서 그가 젊은 여자(수수하고 별 특징이 없는 미인이었다)와 저쪽 끝에 서 있다 함께 사라지는 모습을 본 뒤에는 여자 친구가 생겼구나 하며 기뻐했다. 얼마 뒤 우리 사무실에 들른 비디아를 붙잡고 누구냐고 물었다가 조금 화난 목소리로 "누구긴 누구겠어요? 부인이지."라고 하는 대답을 들었을 때 얼마나 놀랐는지 모른다.

그 사건을 계기로 팻은 그림자 밖으로 모습을 드러냈지만 고개를 살짝 내민 정도에 불과했고, 그러던 어느 날 토씨 하나조차 생생하게 기억이 날 만큼 충격적인 폭탄 발언을 했다. 왜 우리가 진작 만나지 못했는지 모르겠다고 했더니 그녀가 이렇게 대답했던 것이다. "비디아는 내가 파티에 참석하는 걸 싫어해요. 너무 따분한 성격이라고."

이후로 나는 하늘이 내린 축복을 꼽으며 기운을 낼 때마다 이렇게 중얼거리곤 했다. "적어도 비디아하고 결혼하지는 않았잖아."

그래도 비디아를 싫어하지 않았던 이유는 처음부터 그를 친구라기보다 보고 있으면 재미있는 인물로 간주했기 때문인 것 같다. 우리 사이에 존재하던 호기심은 언제나 일방통행이었기 때문에(내가 개인적인 문제를 이야기하거나 그랬던 기억은 없다) 그의 야릇한 결혼 생활도 불쾌한 광경이라기보다 흥미진진한 구경거리였다. 그는 부인을 사랑한 적이 있을까? 방식이 비뚤어졌을 뿐 지금도 그녀를 사랑할까? 옥스퍼드에 다니고 있었을 때 결혼식을 올렸다는데, 외로워서 그랬을까? 세상 밖으로 나오고 보니 작으나마 내 것이라고 부를 수 있는 영역을 확대하고 싶어서 그랬을까? 아니면 그녀가 부양 능력이 있는 여자였기 때문일까? (그녀는 결혼을 하고 한참 지나서까지 교사로 일했다.) 아니면 다른 여자들을 피해 달아날 안식처가 필요했기 때문일까? 언젠가 그는 내가 아는 사람에게 이렇게 물은 적이 있었다. "혹시 주변에 '사생활이 복잡한' 여자 있어요?" 지인은 그 질문을 재미있게 받아들였지만(동성애자였으니 더더욱 그럴 만했다.) 내가 보기에는 애처로운 질문이었다. 딱 한 번 나에게 접근을 했을 때도 애처롭다는 생각이 들기는 마찬가지였다. 팻이 집을 비운 사이 저녁 초대를 한 날, 유리잔이 가득 담긴 쟁반을 들고 문으로 들어선 나에게 아무 말도 없이 벌떡 일어나 뚜벅뚜벅 걸어와 입을 맞추려고 했을 때 말이다. 굳이 퇴짜를 놓을 필요조차 없는 상황이었지만(그는 퇴짜 맞길 상당히 바라는 눈치였다), 그래도 나는 만일의 경우에 대비해 부드럽게 거절했다. 이런 식으로 얽히기에는 우리의 우정이 너무 소중하지 않느냐는 식으로 말이다. 그러자 그의 표정이 안도감과 함께 밝아졌다. 이렇게 육체적인 경험이 부족하고 금욕적인 사람은 (그가 1994년에《뉴요커》에서 밝혔고《흉내》의 한 구절에서 이야기했다시피) 매춘부의 도움을 받을 수밖에 없다. 하지만 그는 매춘부를 찾은 적이 거의 없거니와 어쩌다 한 번씩 찾았다 한들 질색했을 것이다.

비디아와 팻은 보기 우울할 만큼 따로 지냈다. 서로의 존재를 반기는 기미가 전혀 없었고, 팻이 비디아에 버금갈 만큼 다혈질이다 보니(방어 기제로 그렇게 된 게 아닐까 싶었다) 일주일을 나와 함께 지내는 동안에도 쉴 새 없이 말다툼이 벌어졌다. 하지만 비디아가 외국으로 떠나면 팻은 그의 관심사를 꼼꼼하게 챙겼고, 그를 위해 자료 조사까지 했다. 비디아는 가끔 작업 중인 원고를 팻에게 보여주었고, 그녀를 전적으로 신뢰했다. 그가 그녀의 **존재 이유**이기 때문에 가능한 일이었다. 뿐만 아니라 팻은 어느 누구도 자기 앞에서 남편을 험담하지 못하도록 했다. 그러면서도 비행기를 타면 늘 멀미를 하고, 많은 사람들 앞에 서면 정신을 잃고, 카레를 먹지 못하니 남편이 보기에 자기가 얼마나 답답하겠느냐는 소리만 늘어놓았다. 내가 서인도 제도의 정치나 교사 생활 등 우리 둘 다 관심이 있음직한 분야로 화제를 돌려도 결국에는 자신의 부족한 점을 나열하는 쪽으로 이야기를 몰고 갔다. 처음에 나는 비디아 때문에 자신감을 잃었나 보다 하고 생각했다(실제로 그는 자신감을 기르는 데 도움이 안 되는 사람이었다). 하지만 어느 정도 시간이 지나자 무시당하는 상황을 받아들이는(어쩌면 한술 더 떠서 환영하는) 성격이 아닐까 싶기도 했다.

비디아는 늘 그렇듯 《세계 속의 길》에서도 독신 행세를 하며 자신을 '육체적인 매력, 사랑, 성적 만족도' 면에서 '부족한' 사람으로 묘사했다. 이렇게 공개적으로 없는 사람 취급을 당하다니 부인의 입장에서는 얼마나 끔찍했을까? 이들 부부를 아는 사람들은 하나 같이 팻을 불쌍하게 생각했고, 나도 마찬가지였다. 하지만 결혼한 이유가 무엇이었건 간에 비디아는 결혼 생활이 이런 식으로 흘러갈 줄 몰랐을 것이다. 그러니까 그도 동정을 받을 만하다.

아르헨티나 친구 마거릿이 처음 런던에 왔을 때 비디아는 나와 점심을 먹는 자리에 그녀를 데리고 왔다. 그녀는 활달하고 우아하며, 영국계임에도 불구하고 라틴 아메리카 특유의 '여성스러운' 매력을 풍겼고, 그를 마음대로 주무르고도 남을 섹시한 외모의 소유자였다. 옆에 앉은 그의 얼굴은 뿌듯하고 만족스럽다는 듯이 환하게 빛났다. 나중에 그는 나에게 팻과 헤어질까 고민 중이라고 털어놓았고, 심란해하는 내 표정을 보더니 (과연 그녀가 비디아 없이 살 수 있을까 싶었다) '육체적인 즐거움'을 발견하자마자 포기하려니 생각만 해도 고통스러워서 참을 수가 없다고 했다. 나는 이혼을 하지 않고 연애를 즐기면 안 되느냐고 물었다. 그러자 그는 말도 안 되는 소리라는 반응을 보였지만, 그 후 오랫동안 내 말대로 했다. 나중에는 어떻게 되었는지 몰라도 처음에 그는 마거릿을 전혀 무시하지 않는 눈치였다. 하지만 알쏭달쏭한 말을 한 적은 있다. 섹스가 그렇게 잔인할 수 있다니 재미있지 않느냐고 말이다.

비디아와의 관계가 피곤해지기 시작한 결정적인 원인은 그의 우울증이었다(인정하지 않았을 따름이지 그는 아주 오래전부터 피곤한 상대였다).

그의 작품이 출간될 때면(우리 출판사에서 출간된 책은 모두 열여덟 권이었다) 언제나 3단계의 과정이 되풀이됐다. 1단계는 길고 평화로운 집필기다. 이 시기에 그는 얼굴을 잘 드러내지 않고, 나는 신작이 어떤 내용일까 궁금한 마음에 좀 더 자주 만나고 싶어 한다. 그러다 2단계로 접어들어 원고가 전달되면 짧으나마 폭발적인 희열이 찾아오고, 화기애애한 회의가 몇 차례 벌어진다. 이 시기에 나의 역할은 작품을 감상하고, 광고를 작성하고, 비디아와 우리 모두를 만족시킬 만한 표지를 만들고, 타이피스트가 실수한 부분이 없는지 확인하는 정도이다 (그는 워낙 완벽주의자라 따로 편집할 필요가 없었다). 그러다 3단계인 출간 후 암울기가 찾아오면 전화기 너머로 그의 목소리만 들려도 심장이 내려앉았다. 처음 몇 년은 살짝 내려앉는 정도였지만, 시간이 지날수록 낙폭이 더 커졌다. 그는 이 시기가 되면 애처로운 목소리와 초췌한 얼굴로 이 작품 때문에 얼마나 진을 뺐고 얼마나 많은 상처를 받았는데(**상처**라는 단어는 늘 빠지지 않았다) 다 무슨 소용이냐는 넋두리를 반복했다. 서평 전문가는 아무것도 모르는 원숭이였고, 출판업자는 게으르고 쓸모없는 족속이었다(이 부분은 그가 직접 말했다기보다 악의적인 암시를 풍긴 데서 추측한 것이다). 그런데 자기가 뭐하러 이 짓을 하는지, 왜 계속 글을 쓰는지 모르겠다고 했다.

자신의 뛰어난 능력을 익히 알고 정기적으로 평단의 인정을 받는 작가는 당연히 베스트셀러를 기대하겠지만, 출판업자라면 누구나 알다시피 훌륭한 작품이라고 해서 모두 베스트셀러가 되는 것은 아니다. 물론 베스트셀러라고 해서 모두 작품성이 떨어지는 것은 아니다. 베스트셀러 중에는 수준이 형편없는 작품도 있고 정말 훌륭한 작품도 있다. 즉 작품의 질과 베스트셀러 등극 여부는 상관이 없다(심지어 어떤 경우에는 내용의 질도 상관이 없다). 관건은 폭넓은 독자층의 심금을 울렸는지, 예술성 있는 작품에 관심을 보이는 진지한 독자층의 심금을 울렸는지 여부이다. 비디아는 주로 두 번째 독자층 사이에서 인기가 높았고 경계선을 훌쩍 넘어 유명 작가의 반열에 오르기도 했지만(어느 시점에 이르러서는 첫 번째에 속하는 사람들도 대부분 그의 작품을 읽어야 할 것만 같은 **의무감**을 느낄 정도였다) **거금**을 벌어들일 정도는 아니었다. 독서량이 엄청난 내 오랜 친구 하나가 언젠가 미안하다는 투로 이런 말을 한 적이 있었다. "훌륭한 작가라는 건 알겠는데 내 취향은 아니야." 대다수 독자들의 심정이 그녀와 비슷했을 것이다.

어쩌면 이런 현상은 주로 제국주의의 결과를 다루는 주제 때문이었을지 모른다. 한때 제국을 호령했던 나라에 사는 사람들은 희미하게나마 향수를 풍겨야 제국주의라는 주제를 환영하는 법이다. 또 어쩌면 작품에 여자가 거의 등장하지 않고, 어쩌다 등장하더라도 혐오감이 느껴지는 분위기 때문이었을지 모른다. 소설의 주요 독자층은 남자라기보다 여자이니 말이다. 아니면 그의 기질 탓인지도 모른다. 언젠가 그의 우울증이 바닥을 쳤을 때 우리는 끔찍한 인생에서 살아남는 법을 이야기한 적이 있다. 그때 나는 맛있는 과일, 뜨거운 욕조나 깨끗한 이불에서 느껴지는 상쾌한 기분, 생명의 기운으로 보일락 말락 떨리는 꽃, 경쾌하게 날아다니는 새들처럼 사소한 데서 기쁨을 찾으며 버틴다고 했다. 이런 기쁨들이 사라진다면……. 그런 날은 생각하기도 싫다고 했다. 그는 정말 그런 데서 기운을 얻느냐고 물었고, 나는 그렇다고 대답했다. 그러자 그가 슬픈 목소리로 이렇게 말했던 기억이 아직도 선명하다. "정말 좋겠어요. 나는 그러지 못하는데." 그의 작품, 그중에서도 특히 소설은 이른바 활기가 부족하다(처음 세 권을 채우던 유머가 사라진 뒤의 이야기이다). 그런 탓에 인상적이기는 해도 매력적이지는 않다.

그는 출간 결과가 불만이었고 이로 인해 늘 절망했고 가끔은 분노했다. 한번은 그가 방금 채링크로스가의 포일스에 다녀오는 길인데 고작 2주 전에 출간된 최신작이 한 권도 없더라며 벼락처럼 나에게 퍼부은 적이 있었다. 상식적으로 있을 수 없는 일이었지만, 나는 비난이 쏟아지면 일단 잘못을 인정하는 버릇이 주기적으로 발동하는 사람이었다. 영업부에서 말도 안 되는 실수를 했으면 어쩐다? 그렇다면 나 혼자 계속 욕을 먹을 수야 없지. "지금 당장 안드레한테 가서 보고해야겠네요." 우리의 이야기를 듣고 안드레 도이치는 차분하게 말했다. "비디아, 그 무슨 말도 안 되는 소리입니까? 지금 당장 포일스로 달려가서 확인해봅시다." 이렇게 해서 우리 셋은 2분 거리에 있는 포일스로 성큼성큼 걸어갔다. 비디아는 여전히 씩씩댔고, 나는 불안한 마음에 온몸이 떨렸고, 안드레는 차분했다. 서점에 도착하자 안드레가 점장을 구석으로 불러 상황을 설명했다. "나이폴 선생이 본인 작품을 찾을 수가 없다는군요. 어디 진열되어 있는지 알려주시겠습니까?" "그러지요, 도이치 씨." 확인 결과 여섯 권씩 두 무더기가 '근간' 테이블 위에 놓여 있었다. 나중에 안드레가 말하길 불만이 해결되자 비디아가 오히려 더 씩씩대더라고 했지만, 나는 긴장이 풀리면서 머리가 아찔했기 때문에 알아차리지 못했다.

비디아는 정말로 불안해하고 정말로 절망했다. 그의 이십 대와 사십 대 사진을 비교하면 고통으로 인해 얼굴이 어떻게 달라졌는지 알아볼 수 있을 정도이다. 이럴 때 그의 넋두리에 귀를 기울이고 불행을 덜 수 있는 방법을 찾는 것이 나의 역할이었지만, 할 수 있는 일이 아무것도 없었기 때문에 고역이었다. 어쩌다 가끔, 한 번에 한 시간씩이라 하더라도 누군가의 우울한 이야기를 들어주고 있으면 진이 빠진다. 비디아가 딱하다는 생각은 들었지만 똑같은 과정이 워낙 자주 반복되다 보니……. 어느 정도 세월이 흐르자 나는 출간 후 암울기가 찾아오면 그가 정말 딱한 사람이라는 생각을 억지로 내 머릿속에 주입시켰다. 그래야 참을 수 있었다.

자기 세뇌는 가끔 편집자의 임무 중 하나가 되기도 한다. 담당 작가들에게 상상으로 빚어낸 연민의 정을 보이지 않으면 아무 짝에도 쓸모없는 편집자로 전락하고, 작가 입장에서 아무 짝에도 쓸모없는 편집자는 출판사 입장에서 아무 짝에도 쓸모없는 직원이 되기 때문이다. 냉랭한 관계에서는 아무리 상상력이 뛰어나도 연민의 정을 만들 수 없다. 따라서 상상이 빚은 연민의 정을 보이려면 담당 작가를 좋아해야 한다. 보통은 쉽사리 작가가 좋아진다. 하지만 가끔은 작품이 아무리 존경스러워도 작가는 좋아할 수 없을 때가(혹은 점점 싫어질 때가) 있다.

나는 비디아의 작품성을 워낙 높이 샀고 그가 우리 출판사의 작가라는 데 워낙 큰 의미를 두었기 때문에 그를 좋아하지 않는다는 것은 상상할 수가 없었다. 따라서 처음 알게 됐을 때 느낀 호감을 버팀목 삼아 우울증으로 훨씬 고통 받는 쪽은 내가 아니라 비디아라고, 그도 어쩔 수 없는 일이라고, 앞으로 더 잘 견뎌내야 한다고 나 자신을 설득했다. 그리고 신경을 건드리는 일들(팻과 남동생 시바를 대하는 태도—앓는 병아리를 맡아서 화가 난 암탉처럼 쪼아댔다—가 대표적인 예였다)이 점점 생길 때마다 내가 우리 가족들 사이에서 종종 쓰는 수법을 동원했다. 에밀리 이모한테 짜증나는 버릇이나 심란한 습관이 있기는 해도 **이모만의 특징**이니까 용서하고, 한 걸음 더 나아가 즐겁게 받아들이는 수법을 말이다. 이때 짜증나게 만드는 장본인은 가공의 인물이나 만화 주인공이 되고, 희한한 행동은 책이나 만화를 읽을 때처럼 웃음과 감탄을 자아내는 대상이 된다. 그를 '비디아스러움'의 화신으로 간주하는 작전은 오랫동안 비교적 효과가 있었다.

1975년에 그의 열세 번째 작품(소설만 따지면 여덟 번째 작품)인 《게릴라》의 원고가 도착했을 때 나는 처음으로 조금 걱정이 되었다. 여느 때와 다른 집필 후기를 들었기 때문이었다. 보통 비디아는 탈고 과정을 비밀에 부치는데, 이번에는 일찍이 겪은 바 없는 특별한 경험이었다고 공언하고 나섰다. **하늘이 내린** 작품 이라는 투였다. 이런 식의 태도는 보통 좋지 않은 징조이다. 아니나 다를까, 나는 그 책을 좋아할 수가 없었다.

이 책의 구심점은 쇠퇴의 길로 접어드는 트리니다드 비슷한 섬이었고, 설득력 있는 상황이기는 했지만 그 섬뜩한 분위기 속에서 히스테리의 기미가 느껴졌다. 이야기는 트리니다드에서 실제로 벌어진 사건을 중심으로 전개됐다. 할레 킴가라고 이름을 바꾼 영국 여자 게일 벤슨이 이른바 '코뮌'을 결성한 마이클 X라는 트리니다드인에게 살해당한 사건이었다. 게일은 애인인 미국 흑인 하킴 자말을 따라 트리니다드로 건너온 길이었다 (이름을 바꾼 것도 애인 때문이었다). 그런데 하킴과 마이클은 정신병자와 사기꾼 사이를 오락가락하는 유형이었고, 이 둘이 손을 잡은 것이 게일의 죽음으로 이어졌다. 나는 이 세 사람과 아는 사이였다. 마이클하고는 그저 그랬지만, 게일이나 하킴과는 잘 아는 사이였다. 심지어 나는 이들을 소재로 《믿게 하다》라는 책까지 쓴 적이 있었다.

그렇기 때문에 나는 《게릴라》를 읽으면서 집중할 수가 없었다. 등장인물들이 내가 아는 사람들과 판박이는 아니었다(비디아는 세 사람을 만난 적이 없었다). 그들은 트리니다드와 같은 나라가 독립한 후 역사를 어떻게 생각하는지 표현하기 위해 비디아가 창조한 인물이었다. 하지만 소설 속의 상황이 실제 상황과워낙 비슷했기 때문에 "거짓말!"이라는 외침이 튀어나오려고 할 때가 많았다. 마이클 X에 해당하는 등장인물인 지미 아메드의 경우에는 그렇지가 않았다. 지미와 한심하고 가엾은 '코뮌'의 낙오자들은 탁월하고 정말 설득력 있는 인물들이었다. 하킴 자말을 대신하는 로시도 마찬가지였다. 소설 속의 로시는 큰 광고 회사에서 일하는 남아프리카 출신의 백인 망명자로, 지미에게 냉소적인 반응을 보인다. 불편한 생각이 들지 않을 정도로 실제 하킴의 모습과는 많이 달랐다. 하지만 게일처럼 살해당하는 제인의 경우에는 달랐다.

로시의 정부 자격으로 섬을 밟은 소설 속의 제인은 연애를 통해 활기를 얻으려는 게으르고 시시한 인물이다. 그녀는 백인이라는 데서 비롯된 선천적인 우월감에 도취된 나머지 지미를 상대로 불장난을 시도한다. 인생을 포기한 흑인과 장난삼아 위험한 게임을 벌일 만큼 무책임한 멍청이다. 그전에 어느 신문에 기고한 살인 사건 관련 칼럼에서 암시했다시피 비디아는 게일을 그런 여자라고 생각했다.

하지만 게일은 그런 여자가 아니었다. 게으르고 무식할지는 몰라도 백인이라는 데 우월감을 갖거나 하지는 않았다. 게다가 장난삼아 위험한 게임을 벌이기는커녕 죽을힘을 다해 환상에 매달리는 유형이었다. 그녀와 가장 비슷한 부류를 찾으라면 자유분방한 사고방식을 과시하기 위해 흑인과 잠자리를 같이하는 영국 여자가 아니라 1977년 미국인 '교주' 존스를 따라 가이아나로 건너갔다가 그의 명령이 떨어지자 집단 자살한* 가엾은 사람들이 더 적절했다. 그녀는 정신병에 가까울 정도로 자신의 값어치를 모르는 여자였다.

때문에 나는 제인이 등장할 때마다 "거짓말!"이라고 중얼거리다 문득 제인이 게일과 똑같아야 할 이유가 없다는 생각을 했다. 장난삼아 그런 불장난을 벌이는 영국 여자라니 있을 법한 설정이었고, 비디아가 폭로하려는 자유분방한 백인들의 불손한 의도를 이보다 더 완벽하게 구현하는 전형은 없었다.

이런 판단 아래 작품을 다시 읽었더니 이번에는 제인이 형편없이 허술한 인물로 다가왔다. 로시도 삐걱대기는 마찬가지였다. 미소를 지을 때마다 뿌리가 시커멓고 듬성듬성한 어금니들이 보인다지만(비디아의 수준에 걸맞지 않는 '기발한 성격 묘사'였다) 언뜻 상상이 잘 안 되는 인물이었다. 그런데 설득력이 떨어지기는 해도 아예 없는 것은 아니라 언젠가는 그림이 그려질 것 같은 기대를 계속하게 됐다. 반면에 제인은 뒤로 갈수록 지리멸렬해지더니 결국에는 그녀의 죽음에서 아무런 의미도 찾을 수 없는 지경에 이른다. 비디아가 이미 만들어놓은 본에 따라 옷감을 자른 게 문제였다. 이들은 그가 **발굴한** 인물이 아니라 그의 주장을 입증하기에 알맞은 기존의 인물이었다. 그들은 생생하지 않았고, 비디아 작품의 특성상 여자 주인공은 남자 주인공보다 훨씬 생동감이 떨어졌다.

---

* 사이비 교주 짐 존스의 주도로 가이아나에 건설한 신앙촌에서 미국인 신도 900여 명이 집단 자살한 사건.

이제 나는 드디어 편집 인생 역사상 가장 어이가 없었던 두 가지 실수 가운데 하나를 공개하려고 한다(나머지 하나는 절대 고백하지 않을 작정이다). 전문가의 관점에서 보자면 내가 어떻게 했어야 하는지 의문의 여지가 없었다. 그는 우리 출판사에서 가장 중요한 작가들 중 한 명이었다. 심지어 아쉬운 정도가 아니라 정말 형편없는 작품을 들고 왔다 하더라도 조만간 제 궤도로 돌아오리라는 믿음 아래 출간하기로 결정을 내릴 수 있는 작가였다. 그러므로 나는 정말 진심인 것처럼 "멋지다."라고 말해야 하는 입장이었다.

그런데 나는 '어쩐다? 뭐라고 말을 해야 하나?'라고 생각하며 가만히 앉아 있었다. 지금까지 그에게 거짓말을 한 적이 없었는데……. 나는 예전에는 거짓말을 할 필요가 없었다는 사실은 망각한 채 거짓말을 한 적이 없다는 데에만 집중했다. '지금 거짓말을 하면 나중에 칭찬했을 때 내 말을 과연 믿을까?' 절대 눈치 채지 못할 만큼 그럴 듯하게 거짓말을 하면 되는 문제였지만, 그때는 그런 생각이 나지 않았다. 나는 한 세월처럼 느껴질 만큼 오랫동안 고민을 하다 '우리의 우정을 위해' 내 의견을 솔직히 밝히기로 했다.

소득이 없을 게 뻔한 결정이었다. 새내기 작가는 발견하면 고칠 수 있는 실수를 가끔 저지를 때도 있지만, 비디아 정도의 자질과 경험을 갖춘 소설가가 설득력 없는 등장인물을 만든 경우라면 상상력이 고갈되었다는 징조였고 고칠 방법이 없었다. 디킨스는 착한 여자를 등장시키려고 할 때마다 이런 현상을 겪었다. 조지 엘리엇은 《다니엘 데론다》에서 이런 증상을 보였다. 그런데 나는 왜 그런 결정을 내린 걸까? 친구의 단점을 솔직히 알려주어야 한다고 주장하는 사람들의 속은 대개 빤히 들여다 보인다. **그들**의 동기는 의심스러울 때가 많다. 하지만 막상 내가 그런 입장이 되자 잉크가 퍼진 물속에 흠뻑 잠긴 오징어처럼 내 동기가 무엇인지 파악하지 못했다.

결국 나는 이야기를 꺼냈다. 먼저 그의 작품에서 훌륭하다고 생각되는 수많은 부분들에 대해 찬사를 늘어놓은 다음 유감스 럽지만(**유감스럽지만**이라니!) 주인공 셋 중에서 두 명의 설득력이 떨어진다고 말이다. 그야말로 조지프 콘래드에게 "《로드 짐》 말 이에요. 다 좋은데 짐이 영 그래요."라고 말하는 격이었다.

비디아는 당황스러워하다 자리에서 일어났고, 최선을 다했 는데 마음에 들지 않는다니 유감이라고, 더 이상 어쩔 수 없으 니 대화를 나눠봐야 소용없는 일이라고 조용히 대답했다. 나는 밖으로 나가는 그의 뒤통수에 대고 그래도 훌륭한 작품인데 어 쩌고 하며 중얼거렸다. 그가 화를 내기보다 유감스러워하는 듯 한 반응을 보였다는 데 안도의 한숨이 나오면서 조금(아주 조 금!) 의기소침해지는 동시에 바보가 된 기분이 들었다. 하지만 어쨌든 그렇게 일단락이 된 것으로 생각했다.

다음 날 비디아의 에이전트가 안드레에게 전화를 걸어 우리 쪽 에서 그의 작품에 대한 신뢰를 잃었으니 관계를 정리할 생각이 라며 《게릴라》 원고를 돌려달라고 했다.

작가를 잃는 것을 무엇보다 싫어하는 사람답게 안드레가 분명 반박을 했겠지만 싸움은 얼마 안 가 끝이 났다. 그 와중에 내 이름도 거론되었을 텐데, 고맙게도 안드레는 내 탓으로 돌리지 않았다. 나도 내 탓이라고 생각하지 않고 오히려 화를 냈다. 내 자신과 동료, 친구들을 상대로 분통을 터뜨렸다. "지금까지 친구로 보낸 세월이 몇 년인데 충고 몇 마디 했다고(정말 몇 마디였다니까!) 히스테릭한 변덕쟁이처럼 성질을 부릴 수 있는 거냐고!" 나는 속으로 그와 오랫동안 잔인한 대화를 나누는 광경을 상상했다. 하지만 그보다는 중요한 파티에서 그가 들어서는 순간 고개를 홱 돌리고 걸어 나가는 내 모습을 상상하는 쪽이 훨씬 만족스러웠다.

그렇게 2주 동안 씩씩대다 3주째로 접어들자……. 이제는 상처받고 어쩌고 하는 이야기를 들을 필요가 없다는 데 생각이 미치면서 서광이 비치는 듯한 기분이 들었다. '이제는 억지로 비디아를 좋아할 필요가 없겠구나!' 그의 작품은 여전히 좋았고, 그를 딱하게 여기는 마음도 여전했다. 하지만 이제는 훌륭한 편집자의 임무를 상기하며 애정을 쥐어짜 피곤하고 지루한 넋두리를 들어줄 필요가 없었다. "그거 알아?" 나는 안드레에게 이렇게 물었다. "이번 일로 내가 해방된 것처럼 느껴지기 시작한다는 거."(놀랍게도 그는 웃음을 터뜨렸다.) 하지만 이 '실수'가 일종의 도발이었다는 사실은 깨닫지 못했다. 내가 그 사실을 깨달은 것은 한참이 지난 뒤였다.

《게릴라》의 원고는 우리 품을 떠난 다음 날 세커 앤드 워버

그에 팔렸다.

한 달쯤 지난 뒤에 내가 무슨 문제를 의논하러 안드레의 사무실로 들어섰을 때 미처 운을 떼기도 전에 전화벨이 울렸다. 늘 있는 일이었다. 평소 같았으면 나는 투덜거리며 자리에 앉아서 읽을거리를 집어 들었겠지만, 이번에는 벌떡 일어나 구내전화를 집어 들었다. “여어, 비디아!” 안드레가 말했다. “어쩐 일입니까?”

비디아는 트리니다드에서 전화하는 길이라는데, 상당히 긴장한 목소리였다. 그는 **지금 당장** 에이전트에게 전화를 걸어서 세커 앤드 워버그에게 넘긴 《게릴라》를 회수해 우리 쪽으로 보내도록 얘기해달라고 했다.

안드레는 뜻밖의 상황에 대처하는 능력이 남달리 발달한 사람답게 다독거리는 분위기로 돌변했다. 원고를 다시 받으면 저희야 좋지만 너무 성급하게 행동하면 안 되지 않겠습니까? 무슨 문제인지는 모르겠지만 생각보다 심각하지 않을 수도 있으니까요. 오늘이 목요일이니까 월요일까지 신중하게 생각해보시죠. 그때까지 우리와 다시 손을 잡겠다는 결심에 변함이 없으면 제가 아니라 에이전트에게 전화를 걸어 의견을 듣고, 그래도 생각이 바뀌지 않으면 행동으로 옮기세요. 월요일 오후나 화요일 아침에 에이전트의 전화 기다리겠습니다. 좋은 소식이 들리길 바라면서요.

물론 에이전트는 좋은 소식을 알려주었다. 서광은 다시 구름 장막 뒤로 숨어버렸지만, 저쪽보다 우리가 낫다고 판단했다니 뿌듯했고 앞으로 비디아가 선보일 작품의 가치는 의심의 여지가 없었다.

비디아는 세커 측과 결별한 이유를 밝히지 않았지만, 에이전트의 말에 따르면 출간 도서 목록에 《게릴라》를 실으면서 그를 '서인도 제도의 소설가'라고 소개했기 때문이라고 했다.

그 후 비디아가 선보인 작품들은 기대를 충족시키기에 충분했다(가장 마지막 작품의 의미가 가장 떨어지기는 했지만). 《인도, 상처받은 문명》, 《에바 페론의 귀환》, 《신도들 속에서》, 《거인의 도시》, 《중심을 찾아서》······. 나는 《게릴라》 사건 이전과 똑같은 업무 관계를 유지하되 사적인 우정만 티가 나지 않게 축소하기로 결정했고, 비디아도 마찬가지 생각인 것 같았다. 그 결과 예전보다 거리가 있지만 덜 괴롭고 더 매끄러운 의사소통이 이루어졌다. 그런데 아무도 몰랐던 사실이지만(나도 이 당시를 돌이켜보기 전까지 모르고 있었다) 다시는 충고 따위는 하지 않기로 결심한 뒤에 나는 어리석게도 속 좁은 인간이 되었다. 감탄해 마지않았던 작품인 《신도들 속에서》만 하더라도 사소한 부분 두 개가 마음에 걸렸을 때 예전 같으면 짚고 넘어갔을 텐데 꾹 참았다. 그런 식으로 《게릴라》에 대한 독선적인 판단을 고집했던 것이다(세월이 한참 지난 뒤에 나 혼자 알아차린 게 얼마나 다행인지 모르겠다). 비디아가 그렇게 사소한 문제를 가지고 '히스테릭한 변덕쟁이처럼' 성질을 부리지는 않을 사람이었는데······. 내가 마음에 걸렸다는 두 부분 중에서 하나는 너무 사소한 사건을 근거로 성급하게 결론을 내리는 듯한 분위기를 풍기고 있다는 것이었다. 조금만 고치면 그런 분위기를 피할 수 있는 부분이었다. 다른 하나는 이란인이 영어로 이야기를 나누는 도중에 '양sheep'이라는 단어를 썼는데, 비디아가 '배ship'로 잘못 알아듣는 바람에 인용한 대화의 앞뒤가 맞지 않는 부분이었다. 쉿! 여러분만 알고 있을 것! 착각처럼 사람을 우습게 만드는 것도 없다.

1984년에 비디아가 정말로 우리와의 관계를 정리했을 때 나는 이유를 알 수 있었다. 사전 통보나 설명 없이, 어찌 보면 잔인하다 싶게 관계를 정리한 이유도 알 수 있었다. 안드레 도이치 출판사가 내리막길을 걷고 있다고 결론을 내린 것이었다. 그의 판단은 사실이었다. 우리가 출간하는 장르의 독자층이 가차 없이 감소한 데다 불황까지 겹치자 규모와 성격이 우리와 비슷한 출판사는 살아남을 수가 없었다. 게다가 안드레마저 원기와 재치를 잃었다. 그가 마침 비디아가 떠난 시점에 발맞춰 출판사를 매각하기로 결정한 이유는 출판이 "더 이상 재미없기" 때문이기도 했지만 서서히 악화되어가는 건강 때문이기도 했다. 안드레 도이치 출판사는 톰 로젠탈의 지휘 아래 10년 정도 명맥을 유지했지만, 덜커덩거리며 내리막길을 달리기에 급급했다(톰은 세커 출판사가 비디아를 서인도 제도의 소설가로 소개했을 때 그 회사 직원이었기 때문에 안드레 도이치 출판사가 인수됐다고 해서 비디아의 생각이 달라질 이유가 없었다).

　유명 작가는 A 출판사에서 B 출판사로 옮기면 늘 적정 수준보다 많은 선인세를 챙길 수 있고, 그렇게 되면 B 출판사는 선인세를 충당하기 위해 더욱 열심히 일할 것이다. 출판사를 갈아타는 시기만 잘 맞추면 가능한 이야기이다. A 출판사의 낌새가 이상한데도 다른 곳으로 옮기지 않는 것처럼 바보 같은 짓도 없을 것이다. 그런데 일단 떠나기로 했을 때 20여 년 동안 알고 지낸 사람, 정말로 좋아했던 사람의 눈을 보면서 "당신은 이제 한물 갔으니까 우리 이쯤에서 정리합시다."라고 말할 수 있을까? 그럴 수는 없는 일이다. 에이전트는 비디아의 본심을 그럭저럭 감추는 데 성공했지만, 안드레는 수상한 냄새가 난다고 했다. 분명 자기하고 무슨 연관이 있는 것 같은데 아무리 물어도 말을 하지 않는다면서 혹시 나라면 알아낼 수 있을지 모르겠다고 했다. 나는 에이전트에게 전화를 걸어서 내가 직접 비디아에게 연락하길 바라느냐고 물었다. 에이전트는 상당히 당황한 기색을 보이며 진실을 밝혔다. 진실이 밝혀지자 침묵을 선택한 비디아의 입장을 충분히 이해할 수 있었다. 결국 나는 가엾은 안드레에게 무슨 말을 하더라도 비디아의 결정은 바뀌지 않을 테니 포기하라는 이야기만 들었다고 전했다.

나는 비디아가 떠났을 때 안드레가 딱하다는 생각만 들었을 뿐, 화가 나거나 놀랍거나 슬프지 않았다. 비디아는 올바른 판단을 내렸을 따름이고, 우리는 그의 전성기를 함께한 출판사였다. 그리고 오랜 시간이 지난 뒤, 모디카이 리슐러를 통해 재혼한 부인과 함께 있는 비디아의 모습을 보았는데 '아주 밝아 보여서' 기뻤다는 이야기를 들었을 때 정말 다행이라는 생각이 들었다.

"당신이 내 인생에 어떤 의미였을지 생각해줘요."

몰리 킨

나는 가끔 '런던에서 가장 뛰어난 편집자 중 한 사람'으로 꼽힐 때가 있고 그런 소리를 들을 때마다 기쁘지만, 사실 일상적인 업무에 충실하고 재미있는 사람들을 잘 챙겼을 따름이지 그런 평가를 받을 만큼 대단한 일을 한 적은 없다. 내가 이 일을 하면서 알게 된 사람들 중에서 가장 좋아하는 아일랜드 소설가 몰리 킨Molly Keane과의 관계를 보더라도 알 수 있다시피 말이다.

잘 알려졌다시피 몰리는 젊었을 때 소설가 겸 극작가로 입지를 다진 뒤 30여 년 동안 침묵을 지키다 1981년, 안드레 도이치 출판사에서 《품행 방정》을 출간하며 '재발견'되었다. 내가 그녀의 담당 편집자였기 때문에 '재발견'의 주역으로 꼽힐 때가 많지만 사실 말도 안 되는 소리다. 우리가 이 책을 출간할 수 있었던 것은 순전히 행운이었다.

몰리에게 출간을 권한 사람은 그녀가 대본을 집필한 연극에 출연한 이래 가까운 친구 사이로 지내던 페기 애시크로프트였다. 몰리의 집에서 함께 지내던 어느 날, 페기가 몰리의 절필에 대해 아쉬움을 표현한 적이 있었다. 이 말을 듣고 몰리는 안 그래도 얼마 전에 다시 펜을 잡고 소설을 완성했는데 자신이 없어서 서랍 속에 처박아놓았노라고 대답했다. 그러자 페기는 잠자리에서 한번 읽어봐야겠다며 고집을 부렸고, 그녀의 열렬한 반응에 용기를 얻은 몰리는 원고를 채토 앤드 윈더스의 이언 파슨스에게 보냈다. 행운의 여신이 우리에게 미소를 지은 것은 이때부터였다. 이언이 그 원고를 탐탁지 않게 생각했던 것이다. 사실 이 정도 판단 착오는 약과라고 볼 수도 있다. 출판업자들은 앙드레 지드가 프루스트의 《잃어버린 시간을 찾아서》를 퇴짜 놓은 적이 있다는 데서 위안을 얻곤 한다. 하지만 그 어마어마한 분량과 남들 같으면 한 문단에 해당될 정도로 긴 문장들을 생각해보면 《품행 방정》처럼 쉽게 다가갈 수 있는 작품의 진가를 모른 쪽이 더 **이상하게** 느껴진다.

몰리가 지나 폴링거를 에이전트로 선택한 것도 우리에게는 두 번째 행운이었다. 그녀는 출판사에서 일을 하다 에이전트가 된 인물이었고, 마지막 직장이 우리 회사였다. 나에게 전화를 한 그녀는 조금 전에 정말 마음에 드는 작품을 발견했는데 나도 좋아할 것 같다고 말했다. 나는 그녀의 취향을 잘 알고 존중하는 사람으로서 제안용 사탕발림이 아닌 줄 믿었기 때문에 당장 원고를 읽었고, 어쩌다 보니 이언 파슨스와 달리 제대로 된 평가를 내렸을 뿐이다. 그러니까 내가 몰리를 '재발견'했다는 말은 어불성설이다.

몰리는 시간을 헷갈릴 때가 있었고(예를 들어 본문을 보면 적어도 3년이 흘렀다는 단서가 있는데 2년 뒤에 벌어진 사건이라고 하는 식이었다) 어떤 사람의 관심사를 말할 때 '주안점importances'이라는 단어를 너무 자주 쓰는 등 습관적인 표현 면에서 조금 어색한 부분이 있었기 때문에(이런 습관은 작가의 '목소리'나 다름없기 때문에 되도록 살리는 것이 좋지만 짜증이 날 정도로 많으면 안 된다) 원고를 약간 손볼 필요가 있었다. 이런 점들을 지적하면 그녀는 언제나 기쁘게 받아들였고, 마지막 소설 세 편을 출간하는 와중에 엄청난 사안이 등장했을 때에도 협조적인 태도를 보여주었다.

《품행 방정》을 보면 영국의 최상류층 남자아이가 나무 위에 숨어서 시를 읽다 들통이 나자 부모가 엄청나게 낙담하는 부분이 있다. 이 부분에서 몰리의 유머 감각은 재갈을 문 말처럼 잽싸게 내달려 이야기를 그로테스크한 분위기로 몰고 간다. 그런데 배꼽이 빠질 만큼 재미있지만 나머지 부분과 겉돌며 따로 튀는 게 문제였다. 분위기를 좀 죽이면 안 되겠느냐고 했더니 그녀는 내 충고를 따랐다. 몰리의 부고가 전해졌을 때 [배우 겸 연출가] 존 길구드가 《데일리 텔레그래프》에 기고한 글에서 그녀의 작품 네 편을 연출한 1930년대를 회상하며 썼던 것처럼, 그녀는 "함께 일하기 정말 좋은" 작가였다.

그는 또 한편으로 몰리의 매력과 기지를 칭찬하면서 "그녀는 끊임없이 노력하는 성실한 사람"이었다고 했다. 몰리처럼 생기 넘치는 사람과는 안 어울리는 면이 없지 않지만, 겸손하게 일에 임하는 태도를 잘 살린 표현이기는 했다. 그녀는 딸의 경우

정규 교육이나마 받으면 다행인 아일랜드 지주 집안 출신이었다. 여자들은 말과 남자가 최대 관심사였기 때문에 대부분 교육을 바라지도 않았고, 이 부분에 있어서는 몰리도 마찬가지였다. 하지만 어느 날 부족한 교육의 한계를 실감하자 자신이 초라하게 느껴졌다. 그녀는 훌륭한 작가라는 자부심을 얻고 싶었다.

하지만 그녀는 《품행 방정》이 M. J. 패럴이라는 필명으로 발표한 열한 편의 초창기 소설들과 다르다는 사실을 충분히 인식하고 있었다. (그녀가 초창기에 필명으로 작품을 발표한 이유는 소설을 쓸 만큼 똑똑한 여자와 춤추고 싶어 할 남자가 없었기 때문이다. 똑똑하다는 표현이 사람을 얼마나 움츠러들게 만드는지 온몸으로 실감하려면 '시골'이라는 성장 환경이 바탕에 깔려 있어야 한다. "머리가 좋으시네요?" 나는 지금도 이 말을 들을 때마다 움찔한다.) 그녀 자신도 입버릇처럼 말했다시피 초창기 소설은 돈을 벌기 위한 수단이었다. 부모님이 옷을 사줄 형편이 못 됐기 때문인데, 열정이 넘치는 문장을 보면 작품 활동을 즐겼던 게 분명하지만 아무튼 원래 목적은 돈벌이였다. 반면에 《품행 방정》은 숙명과도 같은 작품이었다. 그녀는 《품행 방정》을 가리켜 "진심으로 즐기면서 몰입한" 작품이라고 표현했다. "블랙 코미디일지도 모르지만 그 안에는 진실이 있고, 행복하고 고약했던 1930년대를 함께 웃으며 보냈던 주변 인물들에 대한 연민이 담겨 있다." 그녀는 필명을 버린 이유가 오랜 시간이 흘렀기 때문이라고 했다. 내가 보기에는 옆에서 부추긴 탓도 있지만 이 작품은 진짜라는 뜻에서 필명을 쓰지 않기로 결정한 것 같았다.

《품행 방정》의 진정한 매력은 몰리가 난생처음 선보인 기발한 수법이다. 즉 독자를 공저자로 끌어들이는 작전이다. 이 책의 화자 아룬 세인트 찰스는 쌀쌀맞고 우아하며 자기 딸을 지긋지긋해하는 어머니 밑에서 자란 덩치 좋고 둔한 딸로, 눈에 보이는 모든 것을 독자들에게 고스란히 전한다. 그런데 지금 무슨 말을 하는 건지 자기 자신조차 잘 모를 때도 많기 때문에 독자들이 알아서 해석을 해야 한다. 사랑하는 오빠 휴버트가 케임브리지에 함께 다니는 친구 리처드 매싱엄(한때 나무 위에서 시를 읽던 꼬맹이다)을 집으로 데리고 왔을 때처럼 가장 결정적인 순간에도 말이다. 아룬은 동성애라는 단어를 들어본 적이 없었다. 그도 그럴 것이 품행 방정의 제1법칙은 '……하는 척'이기 때문이다.

행실이 바른 사람은 무서워도 용감한 척해야 한다. 가난해도 돈이 있는 척해야 한다. 남편이 난봉꾼이더라도 아닌 척해야 한다. 남자가 남자와 사랑에 빠지는 당황스러운 일이 벌어지더라도 모르는 척해야 한다. 그러니 책도 읽지 않고 친구도 거의 없는 아룬은 동성애에 대해서 아는 게 없을 수밖에 없다. 하지만 아무리 '모르는 척'하려 해도 어쩔 수 없는지 아버지가 불편한 기색을 보이기 시작하자 두 남자는 바짝 긴장하고, 급기야 휴버트는 기발한 수를 생각해내기에 이른다. 리처드가 아룬을 좋아하는 척 꾸미자고 한 것이다. 그러자 리처드는 심지어 한밤중에 아룬의 침실로 찾아가고, 그녀의 아버지 귀에 들리도록 일부러 큰 소리를 내며 방에서 나오는데…….

독자들은 오로지 아룬의 입을 통해서만 이야기를 듣는다. 리처드가 그러는 걸 보면 분명 나를 좋아하는 거야. 분명 나를 매력적인 여자라고 생각하는 거야. 분명 나를 **사랑**하는 거야! 리처드가 침실에서 나가고 나서 그녀는 이상한 낌새를 느낀다 (순결을 지켜주겠다는 거야 이해가 되지만 태도가 왠지……). 그러다 얼마 안 있어 애인이 생겼다는 아찔한 행복감에 젖는다. 그리고 독자들은 이 집에 초대받은 손님처럼 **실제로 벌어지는 일들**을 처음부터 끝까지 목격한다.

이런 식의 흥미진진한 기법은 끝까지 계속되는데, 어떤 때는 30페이지가 넘어간 뒤에야 퍼뜩 이해되는 경우도 있다(집안 변호사가 조심스럽게 아룬에게 접근하는 모습을 보면서 웬일인가 의아해하다 어느 정도 시간이 흐르면 문득 '실제 현실'을 떠올리며 "그래! 유언장의 내용을 아는 사람이니까 그럴 수 있겠다!" 하고 무릎을 치는 식이다).

몰리는 이 책을 가리켜 '블랙 코미디'라고 했고, 실제로 기발하게 재미있는 부분들이 많다. 그녀는 한 집단 특유의 행동을 면밀하게 관찰하는데, 그 부조리를 이보다 더 효과적으로 연출할 작가는 없다. 하지만 이 작품의 진정한 힘은, 품행 방정의 이면에 무엇이 있고 어떤 족쇄로 작용하는지 빤히 아는 슬픈 인식에서 비롯된다. 언젠가 나는 그녀의 과거사를 듣고 이 소설이 어디에서 싹을 틔웠는지 느낀 적이 있었다.

몰리의 남편인 로버트 킨은 삼십 대에 세상을 떠났다. 어린 두 딸과 함께 런던에 가서 재미있는 시간을 보내던 중에 갑작스럽게 닥친 일이었다. 그의 병세는 당장 병원으로 달려가야 할 만큼 심각했지만 일단 입원을 하자 모든 것이 원만하게 해결되는 것 같았기 때문에 아이들 곁으로 돌아간 그녀는 걱정이 되기는 했어도 겁이 나지는 않았다. 그러다 한밤중에 전화벨이 울렸다. 병원 수간호사의 전화였다. "킨 부인, 마음을 단단히 잡수세요. 남편께서 숨을 거두셨습니다." 몰리는 런던에 친구들이 여럿 있었지만 모두 연극을 하느라 바빴다. 그녀는 이렇게 생각했다. '내가 짐이 되면 안 되지. 괜히 난리를 부리면 안 되지.' 품행이 방정한 사람의 전형적인 반응이었다. 게다가 끔찍했던 처음 며칠이 지나가는 동안 여섯 살이었던 큰딸 샐리는 그녀의 손을 잡고 이렇게 말했다. "엄마, 우리는 울면 안 돼. 울면 안 돼."

몰리는 울지 않았다. 40년이 지난 뒤 내게 이 이야기를 꺼냈을 때 그녀는 믿을 수 없다는 듯 쓸쓸한 말투였다. 그녀는 자신이 속한 집단에서 말하는 품행 방정이 얼마나 겉만 번드르르하고 황당하고 잔인한지 속속들이 알고 있었다.

이 소설에서 고통을 애써 삼켰던 그녀의 개인적인 경험이 가장 직접적으로 반영된 부분은 워낙 잔잔하게 흘러가기 때문에 성격이 급한 독자라면 그냥 지나쳤을 수도 있다. 리처드의 차를 타고 케임브리지로 돌아가는 길에 두 아이는 자동차 사고를 당하고, 이 사고로 휴버트는 목숨을 잃는다. 두말하면 잔소리겠지만 이 소식을 전해들은 휴버트의 부모는 난리를 부리거나 눈물조차 흘리는 법 없이, 그들의 입장에서 생각하기에 나무랄 데 없는 태도를 보인다. 일상적인 생활에 무섭도록 집착하는 모습에서 깊고 서늘한 슬픔이 느껴질 따름이다. 하지만 어느 날 아룬이 가면 놀이를 견디지 못하고 리처드가 자신의 애인이라고 밝히자 아버지는 "그래, 다행이로구나."라고 대답해 그녀를 어리둥절하게 만든다. 그러더니 갑자기 늪에 빠진 조랑말들을 보러 가야겠다며 자리를 뜬다. 바로 그날 어머니도 시클라멘 한 다발을 들고 외출을 하자 아룬은 어머니의 행방을 궁금하게 여긴다. 부모님이 몰래 휴버트의 무덤을 찾아가는 길인 줄은 상상도 하지 못한 채. 그녀의 부모님은 상심한 마음을 이런식으로 달래는 데에도 죄책감을 느끼는 사람들이었다. 그러다 아버지가 늪이 아니라 묘지에서 뇌일혈로 쓰러지고, 아버지와 함께 있던 어머니가 도움을 청하며 집으로 달려오는데……. 이렇게 소란스럽고 끔찍한 상황에서도 아룬은 아무 말도 하지 않고, 이번에도 상황을 이해하는 것은 온전히 독자의 몫이다.

선천적으로 엄청난 매력을 타고난 사람은 그 매력이 다른 사람들에게 미치는 영향을 인식할 수밖에 없지만, 이와 같은 인식은 매력을 위험한 선물로 바꾸어놓는다. 살인을 저지르고도 죗값을 모면하는 능력은 남용당하기 마련이고, 지나치게 남용된 매력은 없느니만 못하다. 몰리 킨은 내가 만난 중에서도 가장 매력적인 인물이었을 뿐 아니라 매력적인 사람에게 늘 따라다니는 위험을 완벽하게 따돌렸다는 점에서도 특출한 인물이었다.

몰리는 자신이 얼마나 흡인력이 강한 사람인지 알고 있었다. 언젠가 나에게 "젊었을 때는 노래로 저녁 값을 대신했죠."

라고 말한 적이 있다시피 그녀는 자기 가족보다 흥미진진하고 교양 있는 사람들을 만나면 얼굴이 예쁜 것도 아니고 옷을 잘 차려입은 것도 아니지만 유머 감각과 매력을 동원해 환심을 샀다. 출신에 비해 너무 똑똑한 데다 어머니에게 미운 오리 새끼 취급을 당한 데서 비롯된 습관이었다(사랑받지 못한 아이들이 대부분 그렇듯 그녀도 부모의 입장에서 보면 괘씸한 딸이었을 것이다). 그녀의 매력에 빠진 사람들한테 사랑을 받는 것은 구원의 역할을 했고, 그녀는 사람들의 마음을 사로잡았다고 해서 표리 부동하거나 교활해지지 않았다. 매력보다 훨씬 강한 판단력과 감수성과 솔직함과 아량의 소유자였기 때문이다.

그녀는 나를 처음 만났을 때 칠십 대였음에도 불구하고 인터뷰나 피곤한 공식 행사가 있으면 능수능란하게 매력을 '발동' 시켰다. 하지만 그 밖의 경우에는 사람들의 눈에 자신이 어떻게 보이는가보다 주변에서 벌어지는 일이나 만나는 사람들에게 더욱 많은 관심을 쏟았기 때문에 아주 조금 아는 사이라 하더라도 가면이 아니라 본연의 모습과 마주할 수 있었고, 그렇게 마주한 여인은 사랑스러웠다.

나는 그녀를 진심으로 좋아했지만 정확히 말하면 친구 사이라고 볼 수는 없었다. 그녀는 사랑하는 두 딸이 있고 발이 넓은 데다 오랫동안 알고 지낸 가까운 친구들이 엄청나게 많은 칠십 대였기 때문에 새로운 친구를 들일 자리가 많지 않았다. 몰리가 나를 처음 만났을 때의 나이를 넘기고 보니 이제야 알겠다. 이 나이가 되면 처음으로 만난 사람과 죽이 너무 잘 맞더라도 이제는 너무 기운이 없어서 그 사람을 위한 자리를 마련할 수 없는 현실이 아쉬워지는 것을. 나는 업무차 몰리에게 편지를 보낼 때마다 수다나 농담을 늘어놓고 싶은 유혹을 느꼈지만 그녀는 당면 문제에 대해 잽싸게 휘갈겨 쓴 편지를 보내고 그만이었다. 그녀가 런던으로 찾아오면 재미있는 시간을 함께 보냈지만 우리 사이가 더욱 가까워지지는 않았고, 가끔은 그녀가 내 생활의 아주 중요한 측면(내가 흑인과 동거한다는 사실)을 못마땅하게 생각하지만 예의상 아닌 척하고 있다는 느낌을 받았다. 몰리는 좌익이나 다른 인종과의 결혼이라면 질색하는 등 자신이 속한 계층과 세대 특유의 태도를 다른 사람들이 어떻게 생각하는지 잘 알고 있었다. 하지만 바람직하지 못한 태도인 줄 알고 있다고 해서 고칠 수 있는 것은 아니다.

몰리와 나는 식사를 함께 하는 정도를 넘어서 따로 시간을 보낸 적이 딱 한 번 있었다. 더블린에서 《품행 방정》의 출간 기념 파티가 열렸을 때 내가 차를 몰고 가서 열흘 동안 휴가를 보낼 계획을 세우자 휴가가 시작되는 주말을 함께 보내자며(나는 그런 줄 알았다) 몰리가 자기 집으로 초대를 한 것이다. 그런데 그녀의 집이 있는 아드모어까지 차를 몰고 가는 길에 듣자하니 다음 주 내내 나를 위해 날마다 파티 계획을 잡았고, 휴가 마지막 이틀은 친구네 집에서 묵을 수 있도록 이야기를 해놓았다는 게 아닌가! 생각하지도 못했던 환대가 처음에는 당황스러웠지만 나는 어느덧 매순간을 즐기게 되었다.

그때 매순간을 즐길 수 있었던 이유는 어쩌면 카운티스 코크와 워터퍼드와 내가 자란 고향 이스트 앵글리아 사이에 존재하는 차이점 때문이었을 것이다. 우리가 만난 사람들은 대부분 아일랜드인이라는 점만 제외하면 우리 가족의 친구들과 다를 게 없었다. 사냥, 사격, 농사, 정원 가꾸기에 열광하는 농촌의 유지들…… 내가 밥벌이를 위해 런던의 옥스퍼드로 진학하면서 탈출한 사람들(나는 그들 대부분을 좋아했지만 사실 탈출하는 기분이었다)…… 만약 이런 부류의 노퍽 사람들과 일주일 내내 파티를 벌였더라면 지루해서 어쩌나 걱정이 앞섰을 것이다. 주선자는 낯선 사람을 즐겁게 해주어야 한다는 의무감에 시달리고 나는 그들의 선의를 마지못해 받아들인 희생자일 테니 양쪽 모두 공손하게 잡담을 나누다 그 벽을 넘지 못하고 지쳐서 나가떨어지는, 그런 식의 지루한 파티가 되었을 것이다. 하지만 아일랜드에서는…… 각 국민의 특징을 일반화하고 싶지는 않지만, 확실히 아일랜드 사람들은 대부분의 잉글랜드 사람들보다 똑 부러지고, 대화를 피곤한 필수품이라기보다 긍정적인 즐거움으로 받아들인다. 내 관심사가 잉글랜드 사람들보다 아일랜드 사람들과 비슷하다고 할 수는 없었다. 하지만 어렸을 때 부대낀 주변 사람들보다는 아일랜드 사람들 쪽이 훨씬 활달하고 재치 있고 새로운 길을 개척하거나 걸어가려는 성향이 강했기 때문에 관심사가 비슷한지 여부는 중요하지 않았다. 그저 모든 파티가 정말 즐거웠다.

몰리는 파티가 열리는 집으로 향할 때마다 애피타이저 삼아서 앞으로 만날 사람들에 대한 이야기를 들려주었는데, 어찌

나 스스럼없는지 놀라울 정도였다. 싫어하는 사람이 화제로 등
장하면 아무 말도 하지 않거나 못마땅하다는 투로 짧게 이야기
하고는 그만이었다. 그리고 나머지 사람들에 대해서는 까다로
운 판사가 아니라 매료당한 관찰자의 입장에서 우스운 일화를
소개했다. 소설가들이 종종 수다쟁이인 이유는 용서가 신의 일
이듯 그것이 그들의 직업이기 때문이다.

어느 날인가 이렇게 파티 장소로 향하던 길에 그녀가 이 마
을에서 비평이라고 하면 어떤 수준인지 재미있게 소개한 적이
있었다. 좋은 집안 출신이지만 하는 행동은 소박한(고무장화를
잘 신고 틀니를 빼고 다닌다는 뜻이 아닌가 싶었다) 어느 나이 많
은 이웃 주민이 이렇게 말했다는 것이다. "몰리, 당신 책을 읽었
는데 너무 마음에 안 들었어. 그런데 쓰기는 잘 썼더라. 철자 틀
린 게 하나도 없더라고."

나는 이렇게 차를 몰고 파티 장소로 향하는 순간과 아드모
어와 만(灣)이 내려다보이는 언덕배기에 숨은 집에서 몰리와 단
둘이 보내는 시간이 파티보다 더 좋았다. 그녀는 아주 친절하
고 손님을 배려할 줄 아는 집주인이었지만 그것 때문에 이 여행
이 오랫동안 기억에 남은 것은 아니다. 이 여행이 오랫동안 기억
에 남았던 이유는 항상 아끼고 걱정하는 두 딸, 알고 지내는 사
람들, 기억에 남는 사건들, 정원, 요리한 음식, 작가 생활의 문제
점과 만족감 등 주변 모든 것에 촉각을 곤두세우는 몰리의 천
성 때문이었다. 게다가 시간이 지나면서 하나둘씩 정체를 드러
내는 감춰졌던 성격조차 용기 있고 이타적인 모습 등 모두 좋은

307

면뿐이었다.

창작 능력(소재는 글이 될 수도 있고 음악이 될 수도 있고 물감이나 나무가 될 수도 있다)을 타고난 행운아와 그렇지 않은 사람의 가장 큰 차이점은 무엇일까? 전자는 어떤 경험이건 나름의 방식을 통해 직접적으로 반응하는 반면, 후자는 자신의 반응을 못 미더워하고 친구나 친척들이 용인한 방식에 의존하려는 성향이 다분한 것 아닐까? 함께 지내기 어려운 사람들을 보면 전자가 차지하는 비율이 압도적이지만, 흥미진진하거나 아슬아슬하거나 재미있거나 자극이 되는 인물들을 보아도 마찬가지로 전자가 차지하는 비율이 높다. 그런데 몰리는 매력적이고 훌륭할 뿐 아니라 창조적인 인물이었다.

그런 까닭에 나는 몰리와 마지막으로 주고받은 편지를 단순한 안부가 아니라 작품에 대한 이야기로 채울 수 있었던 것을 기쁘게 생각한다(그녀의 심장병이 심각해진 뒤에는 한동안 안부 편지가 주를 이루었다). 그때 나는 무슨 이유에서인가 《품행 방정》을 다시 읽었고, 몰리의 딸 버지니아를 만나서 개를 데리고 산책을 나선 길에 다시 읽었는데도 정말 좋았다고 이야기했다. 그러자 버지니아는 몰리에게 편지로 알려달라고 했다. 무기력한 환자가 되었다는 데서 시작된 우울증이 조금 나아지기는 했지만 그래도 기운을 북돋울 일이 필요하다면서 말이다. 그래서 나는 장문의 편지를 통해 《품행 방정》과 마지막 소설 《사랑하며 베풀며》를 사랑할 수밖에 없는 이유를 밝히고, 지금은 작품 활동을 할 수 없다는 사실에 우울하겠지만 지금까지 선보인 작품들이 워낙 훌륭한 걸작이었다는 점만큼은 분명히 인정해야 한다고 말했다. 그녀는 내 편지 덕분에 기분이 좋아져서 글을 쓰지 못한다는 우울증이 "당장 날아갔다"며 내 의견을 얼마나 소중하게 생각하는지 아느냐고 썼다. 그러면서 정말 고마운 작별 인사로 답장을 마무리 지었다.

> 당신 출판사가 사라졌다니 뭐라고 해야 좋을지 모르겠어요. 이제 나는 다시 런던 땅을 밟지 못할 테고, 노망이 나지 않는 이상 당신을 이곳으로 부를 일도 없겠죠. 하지만 우리는 행복한 순간들을 수없이 함께 보냈고, 당신은 내 작품을 위해 **모든 것**을 아끼지 않았잖아요. 그게 나에게, 내 인생에 어떤 의미였을지 **생각해줘요**. 사랑과 감사를 담아서. 몰리.

그녀가 내게 "모든 것을 아끼지 않았다"고 한 이유는 우리 출판사에서 《품행 방정》, 《시간이 흐르고 흘러》, 《사랑하며 베풀며》를 출간한 덕분에 예전 작품들도 비라고 출판사에서 보급판으로 다시 선보일 수 있었기 때문이다. 사실 (이언 파슨스는 논외로 하고) 진정한 도화선 역할을 한 사람은 지나 폴링거였고, 몰리는 그녀에게도 감사의 뜻을 전했을 것이다. 하지만 몰리가 우리 출판사를 통해 재발견된 덕분에 제대로 인정받을 수 있었고, 오랜 홀어미 생활을 하는 동안 끊임없이 따라다녔던 금전적인 문제를 해결할 수 있었다는 생각을 하면 뿌듯한 마음은 여전하다. 나는 그녀가 부탁했던 것처럼 이것이 어떤 의미였을지 잊지 않았고, 기억을 되새길 때마다 행복해한다. 그녀를 알고 난 뒤 얻은 수확과 즐거움을 추억하는 것이야말로 이 책을 마무리 짓기에 알맞은 방법이 아닐까 한다.

읽고 쓰는 사람으로 살아온 시간

안드레 도이치 출판사가 사라지는 모습을 보면서 나는 왜 그다지 슬퍼하지 않았을까?

나는 원고 정리나 교열의 수준이 낮아지는 등 영국 출판계에 찾아온 변화의 조짐을 보며 종종 고개를 젓기는 하지만, 원고 정리나 교열이 결정적인 부분이라고 생각하지는 않는다. 요즘 독서 시장은 먹을거리 시장과 비슷한 분위기로 흘러가고 있어서 빠르고 쉽고 간단한 것, 설탕이나 식초처럼 금세 알아차릴 수 있는 맛에 대한 수요가 가장 높다. 하지만 불만이 많은 늙은 세대의 생각과는 달리 이런 현상이 죽음에 이르는 비극은 아니다. 게다가 새롭게 등장한 현상도 아니다. 대중들은 예전부터 빠르고 쉬운 것을 원했으니까. 내 초창기 시절과 오늘날의 차이점은 대중의 욕구가 달라진 것이 아니라 욕구를 채우는 방식이 예전보다 훨씬 사치스러워진 것이다. 그리고 이런 변화의 원인은 출판계가 특정 계층을 장악하는 능력이 느슨해지기 시작한 데 있을 것이다.

나는 그 특정 계층의 일원이었다. 대부분 런던에 살고 대학 교육을 받았고 19세기 말로 향해갈 무렵 도서 판매업자들로부터 출판계를 넘겨받은 영국의 중상류층. 우리는 대부분 책을 좋아했고, 좋은 작품과 나쁜 작품의 차이점을 이해하기 위해 진지하게 노력했다. 하지만 신의 관점에서 본다면 우리가 '좋은' 작품이라고 꼽은 책들은 우리 계층의 기준에서만 좋은 작품이 아니었을까 싶기도 하다. 철저하게 조물주의 관점에서 본다면 내가 즐겁게 작업했던 작품들의 상당수가 시시할 테고, 다른 출판사의 경우에도 마찬가지일 것이다. 우리 '계층caste'을 대변하는 작가 중에서 앤절라 서켈은 가장 밑바닥에 위치해 있고 버지니아 울프는 최고 정점에 해당한다. 서켈은 난처한 작가이다. 나도 알고 있다. 하지만 기회가 주어졌더라면 나는 그녀의 작품을 출간했을 것이다. 누가 뭐래도 베스트셀러 작가였으니 말이다. 그리고 내가 젊었을 때 존경해 마지않았던 울프도 지금 생각해보면 서켈만큼이나 난처한 작가이다. 너무 대단한 평가를 받았기 때문이다. 울프는 우리 계층에 속했고, 그 너머를 보지 못했다. (자의식 가득한 '아름다운' 글들, 그리고 그토록 많은 형용사들이라니!) 두말하면 잔소리겠지만 계층을 정하는 기준은 신성불가침의 권리가 아니다.

이런 생각들은 서글픔을 이기는 특효약이다. **지나치게** 빠르고 쉬운 것을 찾는 세태를 비난하는 사람들이 많다는 사실은 이보다 더 효과가 좋은 특효약이다. 슈퍼마켓에서 유기농 코너가 성장하는 속도는 놀라울 정도다. 그리고 이 세상에는 우리 때보다 더 열심히 진지한 작품에 매진하는 출판사들이 많지는 않아도 여전히 존재한다.

나는 얼마 전에 그런 출판사를 찾은 적이 있다. 7년 만에 처음으로 출판사를 찾아가는 길이었다. 그런데 나는 깜짝 놀랐다. 너무나도 익숙했고, 문 뒤에서 어떤 일들이 벌어지는지 보지 않아도 알 수 있었고……. 게다가 어찌나 애정이 샘솟던지! '이런 출판사가 아직도 있구나!' 하는 생각이 들었다. 집으로 돌아오는 길에 느낀 사실이지만, 내가 말하는 '이런' 출판사란 낯익은 출판사고 젊은 출판사였다. 늙은이들도 얼굴 찡그리는 것을 좋아하지 않지만, 나이가 들면 눈이 침침해지고 시야가 좁아지면서 점점 안 좋은 쪽으로 치닫는 일들만 보일 때가 많다. 따라서 마흔, 서른, 스무 살 때처럼 그 좁은 시야 밖에 얼마나 많은 것들이 존재하는지 깨달을 때마다 위안이 된다.

출판계의 변화를 보면서 별로 슬퍼하지 않는 내 모습은 당연하게 느껴진다. 하지만 날마다 어리석고 잔인한 사건들이 난무하는 이 세상을 살 만하다고 생각하는 이유는 오히려 이해하기가 힘들다. 위에서 말한 소규모 출판사가 해답의 일부를 제시하는 것은 아닐까?

오래전에 나는 베이커가에 있는 술집에서 한 남자의 이야기를 들은 적이 있다. 그는 인류의 70퍼센트는 미개하고 30퍼센트는 지혜로운데, 이 30퍼센트가 세상을 장악하지는 못하지만 세상이 잘 굴러가도록 대중을 발효시킬 수는 있을 거라고 했다. 세태를 즉석에서 대충 평가한 발언에 불과했지만 내가 보기에는 상당히 정확했다. 그가 말한 '지혜'는 단순한 지적 능력이 아니다. 이해하고, 다른 존재와 사물과 사건들 속에서 본질을 찾고, 그 본질을 존중하고, 협동하고, 발견하고, 참아야 할 때 참고, 즐기는 능력이다. 다시 말해 공존하는 능력이다. 안타깝지만 인류는 조만간 어리석은 짓을 저지르거나 하늘을 떠다니는 물체와 충돌해 공룡처럼 자취를 감출 가능성이 높아 보인다. 하지만 지혜라는 효모는 그때까지 분명 제 몫을 다할 것이다.

비록 지혜라는 효모의 노력이 무위로 돌아간다 하더라도 그것은 (우리의 시각으로 보건대) 진화의 정점이 될 것이다. 최대한 즐기고 길러야 할 대상이 될 것이다. 절망이라는 암흑의 구덩이가 아무리 깊어도 저버리지 말아야 할 대상이 될 것이다. 심지어 나는 지혜라는 효모가 특정 행성에만 존재하는 것이 아니라 존재의 일반적인 법칙이며, 먼지에서 생명이 지펴질 만한 물리적인 환경(화학적인 환경이라고 해야 하나?)이 조성된 곳이라면 어디에든 있을 수 있다고 생각한다. 아무 이름도 없으면 혼란스러울 테니 인류는 여기에 다양한 신의 이름을 붙였을 것이다.

나는 미미하기 짝이 없는 존재이지만 이런 믿음을 가지고 있기 때문에 신문을 읽더라도, 안드레의 야심찬 시도가 슬픈 결말을 맺더라도, 내 청춘의 상당 부분이 실연의 아픔으로 날아가 버렸더라도 매일 아침 눈을 뜰 때마다 살아 있음을 즐긴다(한때는 정말 중요한 문제였을 텐데 이런 식으로 가볍게 치부할 수 있게 된 것에 대해 안드레와 젊은 시절의 나에게 심심한 사과의 말을 전하고 싶다). 그리고 아침에 눈을 뜰 때마다 나는 엄청난 행운아이고, 내가 누린 행운의 상당 부분이 이 일에서 비롯되었다는 생각을 한다. 내가 편집자로 보낸 시간 위에 '생生'이라고 끼적이게 된 이유는 그 일이 내 일상에 수많은 발전과 관심과 즐거움과 기쁨을 선물했기 때문이다. 위에서 말한 30퍼센트에 속하는 일이었기 때문이다.

되살리기의 예술

2021년 7월 8일 초판 1쇄 발행

지은이   다이애나 애실
옮긴이   이은선

펴낸이   정상태
펴낸곳   도서출판 아를
등록   제406-2019-000044호 (2019년 5월 2일)
주소   10881 경기도 파주시 문발로 139, 407호
전화   031-942-1832
팩스   0303-3445-1832
이메일   press.arles@gmail.com

한국어판 © 도서출판 아를 2021
ISBN 979-11-973179-1-0 03840

아를ARLES은 빈센트 반 고흐가 사랑한 남프랑스의 도시입니다.
아를 출판사의 책은 사유하는 일상의 기쁨, 아름다움을 발견하는 즐거움을 드립니다.
• 페이스북 @pressarles • 인스타그램 @pressarles • 트위터 @press_arles